AF192140

FRAN GENIS

Karma
hou je niet tegen

Want niemand ontloopt zijn lot ...

De Karma Trilogie bestaat uit:
Karma hou je niet tegen
Instant Karma
Karma verjaart niet

Dit boek is ook als e-book verkrijgbaar.

www.novumpublishing.nl

© 2024 novum publishing

ISBN 978-3-99146-348-1
Geredigeerd door: Ine van Gerwe
Omslagfoto: Fran Genis
Ontwerp omslag, lay-out & typografie: novum publishing
Auteursfoto: Fran Genis

www.novumpublishing.nl

Climate neutral
Print product
ClimatePartner.com/16547-2201-1002

Inhoudsopgave

Eindelijk, vrijheid!

Eindelijk, denkt Ben. Vrijheid!

De vrolijke warme lichten van Bourbon Street verwarmen zijn ziel. Het is een schril contrast met de felle tl-lichten waar hij maandenlang in heeft gezeten in afwachting van zijn onverdiende lot. Op zijn dooie gemakje is hij op weg naar zijn favoriete muziektent op Frenchmen Street in New Orleans. Een tegenligger begroet hem en Ben herkent zijn gezicht. Al weet hij bij god niet meer hoe de man heet, hij beantwoordt diens aangeboden mannenhandgreep alsof ze elkaar gisteren nog gezien hebben.

„Hé, hoe gaat het, man?"

De man kijkt al een beetje te vrolijk, zelfs voor dit uur, in deze stad. „Prima, prima, jij?"

„Ja, goed man, goed. Hé, zie je!" De man banjert ietwat instabiel door.

„Joe," joelt Ben, terwijl ook hij doorloopt.

Hij bedenkt dat namen ook helemaal niet uitmaken. Als je samen aan het feesten bent, is iedereen je beste vriend. Hij weet zeker dat hij de man daarvan kent. Anders had hij immers wel zijn naam geweten. Het is een beetje kort door de bocht toegepaste Sherlock Holmes-deductie dat hij toepast, maar het is sowieso fijn om begroet te worden door bekenden als je lang niet thuis bent geweest. Dat je niet vergeten bent in de tussentijd.

Zodra Ben uit de rammelende houten streetcar was gestapt op Canal Street waren hem de bekende geuren en kleuren tegemoet gekomen. Hij had zijn lichaam direct voelen ontspannen. New Orleans staat niet voor niets bekend als *The Big Easy* en het is Bens theorie dat het in de lucht zit. Niet dat het altijd even fris ruikt – met de hygiëne wordt ook ontspannen omgegaan – maar volgens hem komt er wat mee dat meteen de spieren doet ontspannen. Je zou het bijna magie kunnen noemen. Of zo noemt Ben het.

Hij is blij om weer terug te zijn en naarmate hij dichter bij zijn meest favoriete plek in de wereld komt, glimmen zijn blauwe ogen een beetje meer. En met elke stap voelt hij zijn hart lichter worden. Niet alleen omdat het symbolisch is voor zijn nieuwe vrijheid, maar ook omdat hij de stad heeft gemist. De mensen. Het gevoel. De lichten. Het gefeest. En laten we vooral niet vergeten: de goede muziek! Wat hem betreft de béste muziek van de wereld. Die hij nu vanuit elk raam en elke deur op Bourbon Street naar zich toe hoort komen.

Hij neemt zijn tijd en kuiert op zijn gemakje langs wat ramen waar bands aan het spelen zijn. Ondertussen laadt zijn muziekhart als een accu op. Het maakt niet uit welk raam of welke deur hij kiest; het klinkt hier altijd goed. In het spiegelbeeld van enkele ramen ziet hij zichzelf. Kort legerkoppie met wat bruine pluisstekeltjes, donkere wallen en een bleek gezicht ondanks de zongebruinde huid.

Ik hoef voorlopig niet naar de kapper, becommentarieert hij zijn eigen spiegelbeeld, of op mijn eten te letten. Terwijl hij zijn broek ophijst, besluit hij per se zijn glas vol te willen houden en vult hij in gedachten zijn gedachten aan: of mijn drinken! Vloeibare calorieën tikken immers lekker aan. Met dat voornemen stopt hij bij de tent waar een groot standbeeld van Captain Morgan bij de ingang staat. Hij bokst ter groet zijn vuist tegen de koude standbeeldhand van zijn favoriete rumkapitein. „Vriend."

Even gluurt hij naar binnen naar de twee meiden op het podium die zingen en swingen op de dance classic *Car Wash* van Rose Royce. Ze klinken te gek en van hun uitdagende glitterjurkjes wordt hij vanzelf vrolijk, waardoor hij vanuit de deuropening op de beat meeswingt. Die bassist houdt het lekker pompend en het is onmogelijk om daar niet op te bewegen. Zodra het nummer met luid applaus van het publiek ten einde komt, loopt Ben verder.

Hij passeert een politieauto, die links in de zijstraat staat geparkeerd, waar twee politieagenten tegen de voorkant leunen. Ook hen herkent hij, en dat is ook van het feesten, maar dan op een andere manier. De ene is een ex-roodharige, maar nu voortijdig grijze man met een vollemaansgezicht en een bierbuik die daar qua omvang bij past. Hij heeft wel wat weg van de Ierse acteur Colm Meaney van vroeger. De ander is een bloedmooie blonde vrouw. Een beetje zoals die Cara Delevingne, die *kick-ass* stoer was in die ene sciencefictionfilm met dat schattige beestje dat ze moest redden. Deze Cara kijkt echter eerder streng dan stoer onder haar knallende wenkbrauwen vandaan. Daarop knikt Ben de agenten vriendelijk toe terwijl hij toch ietsjes sneller doorloopt.

In Frenchmen Street is het wat rustiger dan op Bourbon Street wat toeristen betreft. De tent, waar hij naar op weg is, is meer voor het plaatselijke publiek. En zo wil het plaatselijke publiek het ook houden. Hij loopt voorbij de oude vertrouwde platenzaak en zet deze in gedachten op zijn net aangemaakte *to do list*. Dan ziet hij zijn bestemming aan de linkerkant van de straat.

30/90 blinkt er in vrolijke kleuren naar hem op het uithangbord. Voor wie de historie kent: de cijfers 30/90 zijn de nautische coördinaten van New Orleans. Dat je het maar weet. En Ben weet dat omdat dit zijn stamkroeg was voor, tijdens en nu godzijdank ook na zijn ellendige legerervaring.

Wat hem ooit bezield heeft het leger in te gaan, kan hij zich niet meer goed voor de geest halen. Het was eerder een kwestie dat hij zich liet overhalen door zijn twee gemotiveerde en motiverende maten van school. Maar achteraf bezien is Ben te flegmatiek en veel te empathisch gebleken. Met alles wat hij gezien heeft, kan hij zich geenszins meer in dergelijke oorlogspelletjes vinden, behalve dan die op de computer.

Als hij binnenstapt, hoort hij meteen een te gekke band op het podium spelen. Met drie man zijn ze maar, ziet hij, als hij op zijn tenen gaan staan om over het publiek te kunnen kijken, maar er komt toch een sound uit! En die zanger heeft zo'n lekker hees randje op zijn stem. Een soort *cajun-funk* zou hij het willen noemen, als hij het heel plat slaat. Maar dat zou er totaal geen recht aan doen. En daar blijkt zeker de energieke intentie niet uit waarmee de muziek gespeeld wordt.

Luisterend loopt hij langzaam naar de bar, waar zijn maat Jordan achter staat. Een goede barman is altijd je maat, maar gelukkig is het in dit geval ook gewoon een toffe vent. Jordan blikt, als een goede barman die attent is naar klanten, Bens kant op zodra hij bij de bar aankomt, waarop hij zijn armen in een wijd gebaar spreidt. „Ben!"

Hierop komt hij achter de bar vandaan om hem een omhelzing te geven. Jordan is oprecht blij hem te zien en Ben voelt zich onthaald als de verloren zoon. Nog meer warmte in zijn hart. Jordan geeft hem een paar mannelijke klappen op zijn schouderblad. „Jezus, man, wat een tijd geleden, goed je zien!"

Als stoere ex-legerman wil Ben zich niet als watje aanstellen, maar de klappen komen behoorlijk hard aan door het gebrek aan een beschermende vetlaag. Hij ondergaat het gewillig omdat hij de hartelijke uiting van het gebaar wel door de pijn heen voelt.

„Ja man, wat ben ik blij om terug te zijn! Hoe gaat het joh, hoe gaat het met je?"

„Goed!" Jordan gaat fier staan. „Want ik ben net trotse papa van een tweede dochter geworden en ze heet ..." Hij wacht voor het drama-effect. „Mahalia."

„Aha," weet Ben meteen. „Vernoemd naar Ma- ..."

„-halia Jackson," zeggen ze dan tegelijk.

„Jij weet het, voor altijd." Jordan bonst zijn vuist twee keer op zijn hart en kijkt dan even zwijmelend naar boven, waarna hij lomp zijn hand door Bens haar woelt. „Maar hoe is het met jou? Wat is dat met je korte koppie, joh? Je ziet er niet uit! Ik herkende je amper!"

Jordan doelt op het feit dat Ben vanaf zijn kindertijd een volle bos dreadlocks had laten groeien, als onverzettelijke ode aan zijn held Bob Marley. Geen enkel argument kon hem afstand laten doen van de haardos. Een genadeloze legertondeuse standje één, voordat hij naar Syrië werd uitgezonden, had er echter korte metten mee gemaakt. Dit met pijn in zijn hart.

„Zeg, bedankt. Nee joh, ik zat toch in het leger, man. Dan moet dit soort onzin, snap je. Maar dit is mijn eerste avond terug en je snapt: ik kom de bloemetjes buiten zetten!"

„Dan zit je hier goed."

„Dacht het ook." Hierop knikt Ben in de richting van het podium. „Die band is me goed, wie zijn dat?"

„Dat is Liquid Blue. Die gasten zijn tof, hè. Ze zijn ook goed bezig de laatste tijd in de ,scene'." Jordan gebaart met quote-tekens om aan te geven dat hij de lokale muziekbusiness bedoelt.

Een man van rond de dertig met een hip glimmend paisley shirt gaat op de kruk naast Ben zitten en kijkt hem met een net zo glimmende intentie als zijn shirt aan. Jeetje, sta ik weer op Gaydar of zo, denkt Ben, hier heb ik geen zin in. Als de man aanstalten maakt om aan een vast afgezaagde openingszin richting hem te beginnen, breekt Jordan diplomatiek in.

„Hé maat, wat te drinken van me? Als welkom terug in *The City That Care Forgot*. Wat wil je?"

Ben pakt zijn kans, stapt van zijn kruk en gaat er aan de andere kant naast staan, zodat de ruimte tussen hem en de paisley-man groter wordt en de aanspreekbaarheidsfactor kleiner. Om die reden leunt hij nog eens extra over de bar naar Jordan.

„Te gek, doe mij maar een Jack cola."

„Een enkele of een dubbele shot Jack?"

Ben kijkt hem aan alsof hij water ziet branden. „Wat denk je?"

Jordan proclameert: „En een dubbele shot Jack voor de soldaat die zijn tondeuse moet offeren aan de goden van de ... eh ... nou, die van het anti-blotebillengezichtsbeleid."

In heroverweging van zijn laatste uitspraak haalt hij zijn wenkbrauw op. „Of zo."

Grinnikend pakt Ben het drankje aan, waarna hij dit naar hem opheft. „Amen."

Dan gebaart hij hem dat hij naar voren gaat. Weg van de paisley-man die zijn kans lijkt af te wachten, en dichter bij het podium en de band.

De band klinkt echt te gek. Ben is fan. Inmiddels is het behoorlijk warm geworden in de muziektent. Het publiek laat zich opzwepen en er is niemand die niet danst of beweegt op de energieke muziek, die van het podium knalt. Zo ook Ben, die zich als vanouds ondergedompeld voelt in de muzikale dampen die hij zo gemist heeft.

Bovendien, bij elke song die hij voorbij hoort komen, borrelt er steeds meer een gevoel in zijn buik op dat dit precies het spreekwoordelijke potje is waar zijn nichtje Chloe als dekseltje op zou passen. Hij hoort er complete vioolsolo's bij in zijn hoofd. Vioolsolo's van Chloe dan. Zoals zij ze zou spelen. Hij kijkt van de bassist naar de drummer en naar de gitarist-zanger en ziet moeiteloos haar plekje op het podium al voor zich.

Zijn nichtje Chloe is een schat van een meid en een waar talent op viool. Ze schelen zeven jaar en Ben heeft haar altijd als een zusje gezien in plaats van een nichtje. Ze heeft alleen niet zo'n mazzel gehad tot nu toe. Haar vader, zijn oom, overleed door een auto-ongeluk toen zij nog klein was. Daardoor stond haar moeder Christine er al vroeg alleen voor en ze hebben het niet breed. Haar moeder heeft zich een ongeluk gewerkt om toch vioollessen voor Chloe te kunnen betalen en zijn vader heeft hen vaak genoeg geholpen.

Die hulp bestond ook uit het opvangen van Chloe tijdens de vakanties als haar moeder moest werken. Ben en Chloe waren vanaf die eerste vakantie twee handen op één buik. In eerste instantie aangewakkerd door hun gedeelde en soms eenzame ‚enig kind'-status, maar later vooral door de grote liefde voor muziek.

Van kinds af aan bleek Chloe een waar talent op de viool. Ben voelde zich persoonlijk verantwoordelijk voor haar muziekontwikkeling tijdens de zomers dat ze bij hen verbleef. Op haar verzoek nam hij haar mee naar Bourbon Street, zodat ze op straat kon spelen voor de toeristen. Ook al trof hij weleens vrienden voor een biertje; hij zorgde er altijd voor dat er iemand een oogje in het zeil hield. Van het geld dat ze daarmee ophaalde, regelde Ben muzieklessen bij lokale bekendheden of konden er soms nieuwe spullen van gekocht worden.

Ineens vraagt Ben zich af hoe het met Chloe op haar nieuwe muziekschool vlakbij haar huis in Baton Rouge gaat. Hij heeft haar al een tijd niet gesproken, maar hij kan zich zijn nichtje niet voorstellen in een klaslokaal waar men praat over muziek in plaats van het te spelen. Chloe is veel te ‚natuurlijk' en ‚eigen'. En van hoe het moet en hoe het hoort, krijgt ze alleen maar het gevoel dat ze het niet goed doet.

Hier zou ze het nou goed bij doen, vindt Ben, zo alles overziend en horend wat hij tot nu toe van de band op het podium heeft meegekregen. Het bekende ,oudere broer'-gevoel borrelt in hem op en hij neemt zich voor om haar morgen te bellen om te vragen hoe het met haar is op haar nieuwe school. Hij kan zich het laatste contact zelfs niet eens meer voor de geest halen. Zo opgeslokt en weggestopt was hij de laatste maanden door het leger geweest.

Na nog een Jack-cola neemt hij zich voor de band aan te spreken. Misschien kan hij een visje bij hen uitgooien om Chloe een keer met de band mee te laten spelen. Hij is inmiddels volledig overtuigd van het potje en het daarbij passende dekseltje.

Maar na nog een Jack-cola bedenkt hij zich dat hij die jongens eerst wel eens beter wil leren kennen, voordat hij zijn jonge en soms wat naïeve nichtje zomaar voor de leeuwen gooit. Dus eerst maar op verkenningsmissie, besluit hij.

Ben heeft al wel een paar Jack-cola's op. Niet genoeg dat dat ten koste zou gaan van zijn missie, maar net genoeg om zijn missie tot een goed eind te kunnen brengen. Of in ieder geval kennis te maken met de band. Hopelijk dan. Hij betrapt zich erop dat eentje minder misschien toch beter was geweest nu hij zich door het publiek wurmt, vlak na het optreden. Hij is op weg naar de zijkant van het podium waar de bandjongens van het podium afgekomen zijn. Nou ja, jongens. Voor Ben voelen ze als jongens aan, maar dat zal vast komen omdat Ben zich veel ouder voelt dan hij is sinds de laatste paar maanden.

Een *native* Amerikaans meisje, met twee donkerbruine lange vlechten langs haar gezicht, deelt vanaf een dienblad biertjes aan hen uit, die de flink bezwete jongens gretig aanpakken. Net voordat Ben de gitarist-zanger kan aanspreken, stapt de glimmende paisley-man ertussen.

„Hoi! Ik zag je net al bij de bar." Zijn stem klinkt flirterig en Ben baalt ervan dat hij zijn belangrijke missie onderbreekt. Hoe moet hij nu van hem af komen?

„Sorry. Mag ik er even langs?" vraagt hij beleefd. „Ik moet de band even spreken."

De man kijkt even om naar de band, maar lijkt niet van plan zich zomaar af te laten schepen. Dan loopt het meisje met de vlechten – nou ja, meisje – met haar dienblad tegen de man aan, waarbij haar gezicht lijkt alsof dat niet per ongeluk was. Tenminste, als de man niet kijkt. De glimworm wijst druk naar zijn hippe glimwormshirt en vertrekt dan met veel drama naar het toilet, waarop het meisje met een verhuld glimlachje wegloopt. Als ze langs Ben loopt, knipoogt ze naar hem, wat hij beantwoordt met een dankbare scheve grijns. Dat had ze maar mooi voor hem geregeld. Zonder dralen richt hij zich tot de gitarist-zanger.

„Zeg, eh, dat eh ... zo, dat klonk echt goed, man." Zijn mond is nog niet helemaal in sync met zijn brein dat de zin al had gezegd in zijn hoofd. Toch die ene Jack-cola hè. Of misschien wel de laatste twee, probeert zijn mompelende mond hem nu te vertellen.

De jongen kijkt op en schudt zijn warrige donkerblonde haar uit zijn ogen. „Thanks!"

Ben schat hem zo'n drieëntwinting jaar, met lichtblauwe ogen en wat jongvolwassen stoppeltjes op de kin. Zijn haar geeft hem wel een wilde blik. Maar dan op een goede manier, denkt Ben. Een beetje zoals een jonge Jon BonJovi, maar dan met normaal haar.

De stevige bassist heeft een sympathiek rond gezicht met appelwangen, een gezicht van iemand die je gelijk mag. De jongen op de cajon is *cool* met een retro kledingstijl die rechtstreeks uit de zeventiger jaren komt en met een afro waar Chloe jaloers op zou zijn.

„Hoe noemen jullie dit zelf nou, deze stijl van muziek?" vraagt Ben.

„Tja, eh, weet ik het." De jongen schiet in de lach. „Ze hebben onze stijl al van alles genoemd, maar ik noem het gewoon een Liquid Blue-sausje. En joh, dat past op alles!"

De jongen grijnst van oor tot oor en Ben schiet in de lach om zijn ontwapenende en aanstekelijke enthousiasme. Dan steekt hij zijn hand uit. „Ik ben Ben."

Met zijn rechterhand klemt de jongen zijn plectrum tussen zijn lippen om de hand van Ben te schudden. „Josh."

„Zeg ..." begint Ben aan zijn missie.

Dat was psychedelisch

Vanuit haar keukenraam volgt Monique het vrolijke tafereel in haar achtertuin en ze grinnikt om het drukke gedoe. Het is een van de laatste echt mooie nazomerdagen en het ondergaande warme zonnetje geeft lange dunne schaduwen over de achtertuin. Nog even en de speciaal door haar dochter Jacintha opgehangen solar lampionnetjes zullen aanschieten.

Om te vieren dat buurman Ted de volledige voogdij over zijn tienerzoon Billy heeft gekregen na een hartverscheurende rechtszaak tegen zijn ex-vrouw, houden ze een barbeque in de twee aan elkaar grenzende achtertuinen. Haar eigen tienerzoon Jamal is duidelijk blij dat zijn beste vriendje Billy weer naast hem woont. Samen met Ted en Billy is hij in een wild bierviltjes-van-de-tafel-slaan-wedstrijdje beland, terwijl Jacintha haar vader André helpt met het vlees op de barbecueplaat.

Haar man André is al bezig met zijn zesde biertje, ziet Monique bezorgd vanuit het raam. Minstens. Ze grist de twee bakken met salades van het aanrecht en loopt de tuin in, waar The Temptations haar vanuit de bluetoothspeaker op de tafel zachtjes vertellen over hun meisje. Ze zet de twee saladebakken op de tafel en André meldt haar getrouw: „Nog vijf minuutjes, schat, dan zijn ze wel klaar. Ik doe extra lief tegen ze."

Dan houdt hij de vleestang vast als een microfoon. Naar het voorbeeld van The Temptations zingt hij haar uit volle borst de twee woorden *My Girl* toe. Dan kriebelt hij stiekem zijn dochter in haar nek, die denkt dat ze een vervelende vlieg wegslaat. Monique moet erom grinniken als ze weer de keuken in loopt; André houdt wel van plagen.

Maar André houdt ook wel van een biertje. Of tig. Tot nu toe is het op zich niet vervelend geworden. Hij heeft gelukkig een vrolijke dronk. Daarom zegt niemand er waarschijnlijk iets van. Monique en haar kinderen hebben te doen met de man die één jaar geleden nog volop in het leven stond. Een bedrijfsongeval, volledig de schuld van het bedrijf, had André twee vingers gekost. Het bedrijf kon de schadevergoeding niet betalen en ging prompt failliet, waardoor alle werknemers hun baan verloren. Een nieuwe baan in de bouw vinden, op vijftigjarige leeftijd en met maar acht vingers, was tot nog toe niet gelukt.

De miserabele leegte van het vele thuiszitten zonder iets om handen te hebben, vult hij op met het drinken van bier. Tegen de tijd dat Monique van haar werk thuiskomt, is hij doorgaans al flink in de olie en heeft hij weer wat nieuw entertainment voor de avond bedacht. Het gezin heeft dan flink lol om zijn grappen en grollen. Daar kan Monique moeilijk iets van zeggen. Maar een normaal gesprek voeren is bijna onmogelijk. Overdag moet hij bijkomen van zijn kater en later op de dag is hij alweer dronken.

Al zou hij zijn tijd ook kunnen besteden aan klusjes in het huis, denkt Monique weer. Zoals de lekkende douchedeur kitten of de verlichting in de gang ophangen die al vier jaar in het donker is gehuld. Of het van de muur gewaaide naambordje bij de voordeur weer ophangen dat al maanden ondersteboven op de veranda ligt. Haar man is tenslotte klusjesman en zelfs met maar acht vingers is hij handig. Ze hoopt dat het vele drinken maar een fase is en zit het vooralsnog uit. In goede en slechte tijden immers. Bovendien is ze doorgaans te moe om het gesprek aan te gaan.

Vanavond voelt Monique zich een stuk vermoeider dan ze zich voordoet. Haar werk als eerstehulpverpleegkundige in het University New Orleans Medical Center is zwaar. Haar voeten doen pijn sinds de dag dat zij de kostwinner werd en extra diensten moest gaan draaien om de eindjes aan elkaar te knopen. Vandaag heeft ze een lange dag gehad. En al is ze oprecht blij voor Ted, ze had vanavond het liefst op de bank willen netflixen. Ze kijkt weer naar buiten en zet een vrolijk gezicht op. Voor Ted, moedigt ze zichzelf aan.

Ze gaat naar buiten en jaagt de bierviltjesspelers van de tafel weg om deze te kunnen dekken. Ze helpen haar een handje en gaan dan alvast klaar zitten voor het lang verwachte feestmaal. Ondertussen vult Monique de plastic glazen met witte wijn en cola voor de tieners. In haar ooghoek ziet ze André het gare vlees onhandig op een groot bord scheppen dat Jacintha naast hem omhooghoudt. De negen biertjes spelen hem duidelijk parten nu hij half om zijn as moet draaien vanaf de barbecueplaat naar het grote bord, terwijl hij voorzichtig een lap vlees tussen de twee tanguiteinden geklemd heeft.

„Oei papa, het gaat er zo naast, hoor," waarschuwt Jacintha hem. Ze beweegt het bord heen en weer onder André's hand om de ongecoördineerde bewegingen bij te blijven. Vanaf haar plek aan de tafel observeert Monique gelaten de falende richtpogingen van André. Gelukkig springt Ted op om hem te helpen. Hij pakt André's linkerarm om hem te ondersteunen in zijn huidige draai. Zodra André tot stilstand is gekomen, knippert hij vermakelijk met zijn ogen. „Woooh, dat was psychedelisch!"

Jacintha en Ted schieten in de lach om zijn zeer goede imitatie van een op lsd trippende hippie. Ook Monique grinnikt, ondanks zichzelf, het klonk inderdaad erg grappig. Dan pakt Ted de tang uit André's hand en neemt hij zijn taak over. Hierop neemt André de laatste slok bier uit zijn blikje en pakt hij zijn tiende biertje uit de koelbox naast de barbecue. Monique slaakt een onhoorbare zucht. Alsof negen biertjes niet genoeg zijn. Maar ze kan er gezien de heersende feestvreugde toch moeilijk iets van zeggen.

„Kunnen we?" Monique heft haar glas om de toost in te leiden. „Op Ted en Billy!"

„Op Ted en Billy!" roept iedereen enthousiast in koor.

Ik ruik bullshit

Ongeduldig frommelt Lindsay Moore de weerbarstige, rossige plukken van haar steil bedoelde bobcoupe achter haar oor. Ze zit al een half uur te wachten in de drukke lobby van de indrukwekkende New York Times Tower. Ze had nog niet eerder meegemaakt dat haar oud-collega en goede vriend in het vak, Jason Bennett, haar zo lang liet wachten. Natuurlijk heeft hij zijn handen vol aan zijn baan als redacteur Buitenlandse Oorlogen bij de prestigieuze krant New York Times, zeker gezien de vele oorlogen die Amerika begint, dus ze rekent het hem niet aan. Ze weet ook dat wat ze nu op het spoor is gekomen de moeite waard is om een half uur op te wachten. En ze weet ook dat Jason haar neus voor onfrisse zaken zeer serieus neemt. Een ‚bullshit-radar' noemt Jason haar gave. Hij heeft haar als freelance journalist meermaals op onderzoek uitgestuurd naar de meest uiteenlopende oorlogsgebieden in de wereld, omdat het politiek gestuurde beleid van de New York Times hem doorgaans verhindert zijn eigen onderzoeksjournalisten in te zetten voor gevoelige kwesties. Vandaag hoopt ze die constructie weer te bereiken.

Geërgerd kijkt Lindsay naar de vlek op haar net gestoomde zwarte pantalon. Met de eerste slok koffie van de ochtend was dat alweer gebeurd, maar ze had geen kans gehad er iets aan te doen. Ze verbergt de vlek met haar versleten aktetas en ze trekt haar bijpassende zwarte blazer recht. Dan ziet ze de dik opgemaakte receptioniste met een telefoon in haar hand gebaren dat ze door kan lopen naar boven, dit zonder dat er een haartje in het kapsel van de vrouw beweegt.

Lindsay staat op, knikt naar de vrouw en loopt snel door naar de grote hal met liften. Eén opent net zijn deuren en ze stapt in een lege lift. Ze drukt het knopje van nummer 43 in, sinds vorige week ook haar leeftijd, waarna ze in een sneltreinvaart naar boven zoeft. De rust van de zachte tonen van de nietszeggende liftmuziek staat in schril contrast met het serieuze geroezemoes van de serieuze afdeling waar de deuren voor opengaan.

Jason staat voor zijn kantoor en gebaart haar snel binnen te komen. Als ze zijn kantoor inloopt, doet hij de deur achter haar dicht. „Zo, wat heb je nu weer voor spannends?"

„Jij ook hallo," reageert ze quasi-terechtwijzend.

Hierop schiet Jason in de lach en neemt hij plaats in zijn massieve bureaustoel tegenover haar. „Ja ja, je kent me toch."

Ja, dat kent ze wel van hem. Kort door de bocht en recht voor zijn raap. Iets dat Lindsay zeer aansprak in hem, vanaf het moment dat ze samen stage liepen bij deze krant zo'n twintig jaar geleden. Jason was daarna voor een carrière bij de krant gegaan om zekerheid te geven aan zijn gezin. Lindsay was echter voor de vaak gevaarlijke freelanceoptie van oorlogsjournalist gegaan. Met name omdat ze niet opgelegd wilde krijgen wat ze moest of mocht onderzoeken. Of welke politiek gestuurde ‚waarheidsregels' ze daarbij moest volgen. Ook niet gehinderd door het hebben van een gezin dat haar tijd en aandacht zou vragen, motiveert die drijfveer haar nog steeds volop, net als in het begin van haar carrière. Jason compenseerde zijn karma van het ‚verkopen van zijn ziel aan de donkere machten', zoals hij het noemde, door haar scherpe en kritische artikelen te plaatsen in een van de meest gelezen kranten ter wereld.

Vanachter zijn ouderwetse bril kijkt hij haar dringend aan en hij vouwt zijn handen onder zijn kin, als Lindsay van start gaat. „Je kent het verhaal van Nissab toch?"

Jason schudt zijn veel te vroeg kale hoofd, al ruikt ze dat zijn ontkenning bullshit is. Maar zo tast hij eerst af, weet ze.

„Dat is het dorpje in het zuiden van Syrië, vlak bij de grens met Jordanië dat *out of nowhere* is gebombardeerd een paar maanden geleden. Zuur genoeg vond op dat moment een bijeenkomst plaats in de moskee waardoor er onnodig veel burgerdoden zijn gevallen. Niemand heeft deze aanval opgeëist en het is een raadsel van waar of van wie die raket is gekomen." Ze stopt om adem te halen en dropt dan haar bommetje. „Ware het niet dat mij onlangs via via ter ore is gekomen dat ooggetuigen zeggen dat het een langeafstandsraket was. Van Amerikaanse makelij."

Ze laat zich achterover in haar stoel zakken om de ernst van haar statement in te laten dalen, al weet ze dat Jason dat als geen ander begrijpt. Een Amerikaanse raket op een onschuldig dorp ver buiten het oorlogsgebied in Syrië? Dat zou internationaal gezien enorme impact hebben.

Jason benadert het zakelijk. „En waarom weten wij dat niet?"

„Doofpotje? Daar lijkt het althans veel op. Het soort raket dat wordt beschreven, lijkt op de raketten die slechts vanaf één basis in Syrië in het noordwesten van het land kunnen worden gelanceerd. En daar zitten zoveel controles op dat het bijna onmogelijk is daarmee te sjoemelen. Bovendien hebben we in dat gebied eenvoudigweg niets te zoeken. Daar is de oorlog helemaal niet. Je zou bijna denken dat het per ongeluk is gegaan."

„Foutje, bedankt?"

„Tja, wie weet. Ik kan me in ieder geval geen opzettelijke motivatie bedenken die deze actie kan verklaren. Dus met dat in het achterhoofd ben ik door personeelsdossiers gegaan van het militaire personeel op die basis. Vraag niet hoe ik daar aan kom, hè."

Ze werpt hem een scheef glimlachje toe en Jason schudt een vanzelfsprekende ‚nee'.

„Opvallend is dat ene army specialist Weaver – de functienaam verraadt het al – die een meer dan uitmuntend dossier heeft op zijn vakgebied, van de ene op de andere dag oneervol is ontslagen. Overigens nadat hij maandenlang op non-actief was gesteld. Dat ging in vlák na het bombardement. De reden voor dat ontslag blinkt van vaagheid en het is alsof hij van de aardbodem is verdwenen."

Dan geeft ze Jason haar beroemde ‚ik ruik bullshit'-gezicht. „Heel vreemd dus."

Hierop knikt hij langzaam instemmend.

„Oh! En die Weaver viel ten tijde van het bombardement onder ene sergeant Andrew James. En weet je wie dát is?"

Weer schudt Jason zijn hoofd, maar nu écht ziet ze aan zijn samengeknepen ogen.

„Dat is de zoon van Terence James III. Je weet wel, Terence, Vastgoedmagnaat en heer Illuminati-ik-run-de-hele-show-in-New-York' James. De Derde."

Ze eindigt bijna triomfantelijk. Ze weet namelijk heel goed dat dit laatste stukje informatie Jason zal doen besluiten haar de opdracht te geven de zaak tot op de bodem uit te zoeken.

Blamage

Terence James III trekt gehaast zijn jas aan in de statige en luxe gang van zijn appartement aan Park Avenue. Daarop controleert hij zichzelf in de grote goudomrande spiegel, waarbij hij de mooie rustige klanken van Erik Satie's *Gnossiennes* hoort, die hij op verzoek van zijn vrouw had opgezet. Het doet haar namelijk denken aan de tijd dat haar moeder het stuk op de piano speelde als zij ziek thuis was van school en haar wilde laten slapen. Het trucje werkt nog steeds.

Op het tafeltje voor de spiegel ligt een stapeltje post en hij besluit het nog even te bekijken voordat hij weggaat. Elke zaterdagochtend gaat hij naar de Vrijmetselarij Grootloge van de staat New York. Al zestien jaar zit hij als Grootsecretaris verschillende bijeenkomsten verspreid over de dag voor. Vandaag staat er een inwijding van een nieuw lid op het programma. De inwijding van de zoon van colonel Jackson. Voor de zoveelste keer voelt Terence zijn afschuw voor de man omhoog borrelen. Hij vindt het eigenlijk helemaal niet zo erg dat hij aan de late kant is.

Colonel Jackson is al een ware verachting voor het menselijke ras, zo bedenkt hij hooghartig, maar zijn zoon is ...

Hij valt uit zijn voorname en beschaafde rol om zichzelf hardop en hoofdschuddend in de spiegel te vertellen: „... zo dom als het achtereind van een varken!"

Het is een belediging voor de Vrijmetselarij en alles waar die voor staat, zo concludeert hij stellig. Ook voor de zoveelste keer. Maar met het oog op de wederdienst die Terence hem verschuldigd is, kon hij spijtig genoeg dit inwijdingsverzoek van de colonel niet weigeren. Die, schriftelijk in eenzelfde soort envelop met dezelfde officiële US Army-stickers als waar hij nu naar kijkt, bij hem werd afgeleverd. Op de envelop in zijn handen staat echter de naam van zijn vrouw Mrs. Odetta James.

Hij zucht en strijkt een hand over zijn netjes gekamde witte haar, niet goed wetende wat te doen. Hij weet dat dit een brief van zijn zoon Andrew is. Hij herkent dat ietwat kinderlijke handschrift uit duizenden. En natuurlijk wil hij zijn zieke vrouw een brief van hun zoon geven. Als de omstandigheden anders waren geweest.

We moeten nog steeds voorzichtig zijn, je kan niemand écht vertrouwen in een kwestie van deze proporties, denkt hij bezorgd.

Onlangs werd er een knobbel bij zijn vrouw gevonden en ze zit momenteel volop in de behandeling. Haar haar valt uit, elke nacht heeft hij losse plukken in zijn hand als hij haar haar uit haar gezicht houdt tijdens het overgeven. Het is vreselijk om de liefde van zijn leven dit te zien doormaken.

Maar hij weet wat een gevaar hij, maar ook zijn zoon, loopt als er in deze brief informatie staat die werkelijk nooit het daglicht mag zien. Zijn status en positie binnen de Grootloge zouden gecompromitteerd zijn en Andrew loopt kans op nog veel erger.

Met spiedende ogen kijkt hij om zich heen om zich ervan te verzekeren dat hij geen pottenkijkers heeft, met name in de vorm van Rosa, de huishoudster. Met zijn afwachtende en kwispelende Jack Russell aan zijn hiel heeft hij geen problemen; hij heeft nooit problemen met zijn trouwe Fluffy.

Ongeduldig opent hij de envelop en vouwt hij de twee bladzijden open. ‚Lieve mama’ leest hij. Op hoge snelheid scant hij de eerste bladzijde, waarna hij het blaadje omdraait. Na een paar zinnen wordt hij steeds ongeruster en zelfs boos. Maar dit is een regelrechte bekentenis, denkt hij verbolgen, onder het mom van ‚karma’ en ander gezever. Waar zitten de hersens van die jongen toch?

Met grote ergernis versnippert hij de twee blaadjes en gooit ze in het prullenbakje naast het tafeltje. Hierna volgt de envelop. Vervolgens bekijkt hij zichzelf moedeloos in de spiegel die boven het tafeltje hangt. Een steek in zijn hart doet hem namelijk beseffen dat zijn zieke vrouw vandaag geen langverwachte brief zal ontvangen van haar zoon. En dat dat aan hém te danken is.

„Iets waar ik me als een baken van hoop aan vasthoud,” zo heeft zij Terence meermalen toevertrouwd. Hij heeft zelf ook gezien dat een bericht van haar zoon direct een helende werking op haar gestel heeft. In verdriet buigt hij zijn hoofd en probeert zich samen te rapen. Hij zal namelijk ook alle volgende contactpogingen, zij het via post of via telefoon of via andere wegen, van zijn zoon moeten onderscheppen en ze zonodig dezelfde verdwijnbehandeling geven. Hij moet wel. Als Andrew schriftelijke bekentenissen schrijft, hangen ze. Terence voelt zijn hart overlopen van verdriet en zorgen, emoties die hem maar slecht bekend zijn.

Allemachtig, en dan ook nog deze blamage, denkt hij opstandig, denkende aan de aankomende inwijding. Al vindt hij het toch prettiger zich daarover op te winden dan het scala aan vreemde, maar pijnlijke opborrelende emoties te moeten voelen over zijn vrouw en Andrew. Hij wil het nu maar zo snel mogelijk over en klaar hebben, bedenkt hij gejaagd. Des te sneller is hij weer thuis bij zijn vrouw. Hopelijk voelt ze zich dan een beetje beter, zo hoopt hij vurig. Nadat hij Fluffy een paar lichte aaien over zijn hoofd geeft, loopt hij met snelle pas de woning uit.

Een paar bruine oogjes priemen vanachter een deurpost, al een tijdje wachtend op het vertraagde vertrekmoment van de oudere heer. Een klein vrouwtje in een ouderwets huishoudsteruniform loopt onderzoekend naar het tafeltje en ziet dan een stapeltje heel kleine snippers in het prullenbakje liggen. Ze zucht.

„Waarom doet-ie dat nou, hè?" vraagt ze droevig aan Fluffy die als antwoord haar hand wil likken, maar er faliekant naast likt.

Ze pakt het prullenbakje op en loopt terug naar de keuken. Ze heeft er een hard hoofd in dat ze van dit hopeloze hoopje hoop de brief kan herplakken.

Dat klinkt precies zoals ik me voel

In een kleine stilte tussen de nare verwijten en onterechte beschuldigingen, valt het Sophie op dat het buiten net zo hard stormt als binnen, als ze de herfststorm aanschouwt die over de artistieke en goedkopere wijk van Parijs tekeer gaat. De schattige glas-in-loodraampjes van haar kleine rommelige zolderflatje rammelen en tochten fiks in de harde wind, die hoog en jammerend om het achttiende-eeuwse klassieke gebouw huilt.

Dat klinkt precies zoals ik me voel, hoort Sophie met lijdzame wanhoop. Het geluid doet haar denken aan de rammelende raampjes van haar knusse slaapkamertje op de boerderij waar ze haar tienerjaren had doorgebracht. Een ouder echtpaar had zich over haar ontfermd en haar officieel geadopteerd, waar ze hen nog steeds dankbaar voor is. Ook al was hun bestaan eenvoudig en, dankzij de locatie van de afgelegen boerderij in het landelijke noorden van Frankrijk, eenzaam. Maar na een rumoerige tijd in kindertehuizen en pleeggezinnen hadden ze haar de rust en stabiliteit geboden die ze nodig had. Maar die rust voelt Sophie nu absoluut niet.

De jaloerse man naast haar op haar oudroze, fluwelen tweezitsbankje maakt zich klaar voor de volgende ronde en ze zet zich schrap. Ze vindt niet dat ze die jaloezie verdient, totaal niet zelfs, en toch blijft hij aanhouden. Alsof ze hem iets vreselijks aandoet. Aangezien er geen enkele grond is voor deze nieuwe aanval, bevestigt het zeurende stemmetje in haar hoofd dat dit toch echt een tandje verder gaat dan de eerder door haar geïnterpreteerde ,simpele jaloezie door onzekerheid'. Als je vriend gemene ruzie gaat maken als je je reeds gemaakte high-tea-afspraak met je collega-vriendinnen niet wil afzeggen voor een brunch met zijn hockeymaten, waar hij nu net pas mee komt, dan wordt het tijd om ,je biezen te pakken'. Dat vond de dringende blog op *Cosmo.fr* van twee weken geleden in ieder geval. Daar had ze enorm veel overeenkomsten met Thierry gelezen toen het over narcistische karaktertrekken ging. Ze was zich stiekem rot geschrokken van het persoonlijke verhaal van een zogeheten 'slachtoffer' dan wel *target* van een narcist. Zoveel van Thierry herkende ze erin. Zichzelf wijsmakend dat ze het vast erger maakte dan het was, had ze de alarmerende blog weggeklikt van haar computerscherm. Maar als ze eerlijk is tegen zichzelf, was dat eerder een daad van 'kop in het zand steken' geweest. Vanaf dat moment had ze Thierry met andere ogen aanschouwd. Naarstig had ze naar karaktertrekken gezocht die zijn narcisme zouden ontkrachten. Tot nu toe heeft ze er tot haar grote verdriet nog niet één kunnen vinden.

Alsof ze elkaar al niet genoeg zien op het werk trouwens. Sophie merkt aan zichzelf dat ze zich weer gekoeioneerd voelt. En gemanipuleerd. Maar vooral geïntimideerd en onbekwaam. Ze moet ook oppassen, want als ze deze situatie niet goed aanpakt, is ze ook haar baan kwijt. Volgens de vrouw in het artikel moet je niet ingaan op de gemene streken van een narcist, daar wordt het alleen maar erger van. Maar die vrouw zit nu niet hier met haar ervaring bij Sophie op de bank om te adviseren hoe ze wél goed moet omgaan met de narcistische woedeaanval van haar vriend én baas om haar baantje te kunnen behouden.

Echt stom dat ze ooit heeft toegegeven om met hem uit te gaan. Hij leek heel leuk met zijn donkere krullenbol en guitige lach, en in het begin werkten ze nog niet op dezelfde afdeling. Dit is haar eerste échte baantje binnen het zo gewilde grafische vakgebied, bij een gerenommeerd en vernieuwend reclamebureau in het midden van Parijs, nadat ze haar opleiding aan het Grafisch Lyceum had afgesloten vorig jaar. Ze was zo trots en vereerd geweest dat zij op basis van haar portfolio uit velen de kans had gekregen om hier haar carrière te starten.

Dus toen Thierry haar uit eten vroeg na slechts enkele weken, durfde Sophie geen 'nee' te zeggen. Ze werd er ook door overrompeld. En toen werd hij een paar maanden later nog haar baas ook. Ze had al gauw door dat dat een nog mindere zegen was. Het lijkt bijna alsof hij geniet van zijn nieuwe machtspositie tegenover haar. Alsof hij er genoegen in schept haar in een onderdanige en dienende rol te duwen en haar te laten rennen voor hem. Zo geeft hij haar, en alleen haar, vaak opdrachten die eerder als secretaressewerk beschouwd kunnen worden dan het ontwerpwerk waar ze voor is aangenomen. Al diverse leuke ontwerpopdrachten zijn aan haar neus voorbijgegaan terwijl zij koffie moest serveren, of mailtjes voor hem moest beantwoorden of doorsturen. Maar dat kan ze met niemand bespreken binnen het bedrijf.

Sophie heeft bovendien al eerder moeten concluderen dat hij privé heel anders is dan de joviale man op kantoor die iedereen mag. ‚In het echt' kan hij geen schijntje empathie voor andere mensen opbrengen. Ze heeft hem zelfs enkele keren betrapt op keihard liegen of het verdraaien van de feiten, puur om zelf in een beter daglicht te komen. En mocht iemand het lef hebben ertegenin te gaan, dan kon die persoon erop rekenen dat hij achter zijn rug om werd zwartgemaakt en zijn geloofwaardigheid met succes werd aangetast.

Typische kenmerken van een narcist, zo weet ze nu. Met terugwerkende kracht ziet ze al die vreemde dingen die ze eerder niet had gezien of die ze voor zichzelf goed had gepraat. Of nota bene zichzelf had aangerekend. Ook een kwalijk kenmerk dat hij zeer bedreven toepast. *Gaslighting* heet dat, zo weet ze nu. Het stemmetje in haar hoofd en haar onderbuikgevoel vertellen haar op dringende wijze dat ze behoedzaam te werk moet gaan.

„Thierry, het is maar een high tea, ik begrijp het probleem niet zo goed? Ik heb dit al een maand geleden met de meiden afgesproken. Als ik van je brunch had geweten, had ik die afspraak nooit gemaakt. Natuurlijk."

Ze wijdt er een zoet, maar moeizaam glimlachje aan. Om hem af te leiden knikt ze naar de dure fles rode wijn op de koffietafel die Thierry had meegebracht. „Zal ik de wijn alvast openmaken?"

De ogen van de man lijken wel uit zijn oogkassen te ploppen. Wat ze eens zo aantrekkelijk aan hem vond, is er allang niet meer, ziet ze. Ze klemt haar kiezen op elkaar. Wat zou hij doen als ik het uitmaak? Ben ik dan ook mijn baan kwijt? denkt ze gespannen en voor de honderdduizendste keer in de laatste paar weken. Ze strijkt met haar hand haar donkere haar uit haar grijze ogen. Met haar meest onschuldige blik kijkt ze hem voorzichtig en afwachtend aan.

De nijdige man veert echter ineens op en buigt zich dreigend en vervaarlijk over haar heen. Ze kan geen kant op. Met een rood hoofd maakt hij zich op om een tirade vanjewelste over haar heen te spuien. De stilte van de storm ligt achter haar. Ze zit er nu middenin. Op dat moment besluit Sophie dat de pure angst die ze nu voor de man voelt haar baan niet waard is.

Ik wil nu al

Chloe haat haar nieuwe school. Ze vindt de leraren niet leuk, ze vindt de leerlingen niet leuk en ze vindt de lessen niet leuk. Na weer zo'n vreselijke middag op school is ze godzijdank met de bus op weg naar huis. Er was haar gevraagd om een stuk te spelen op viool, maar ze had het weer niet in de goede stijl gedaan. Of zo. Dat vond de leraar dan, die dat even publiekelijk in de klas uitvergrootte. Spontaan had ze klotsende oksels en een knalrood hoofd gekregen. Wat ook al haar medeleerlingen in de les hadden gezien. Ze kan de zweetlucht nog ruiken door haar rode leren jasje heen. Om de vieze lucht zoveel mogelijk op te sluiten, trekt ze haar jasje dichter om haar lichaam.

Ze ziet zichzelf in het busraam en frummelt wat aan haar hoog opgestoken kroeshaarstaartje. Haar cappuccinokleurige gezicht staat flink chagrijnig en haar ogen lijken van nijd een stuk donkerder dan het normale lichtbruin. Ze wil het liefst een tong naar zichzelf uitsteken. Hoe meer ze moet spelen, hoe minder ze wil, dankzij al die starre regeltjes. Toch niet echt de bedoeling van een muziekschool, bedenkt ze met een norse ruk van haar hartvormig kinnetje.

In de verte ziet ze haar uitstaphalte en ze klost haar stoere boots alvast naar de uitgang. Als de bus stopt, stapt ze het trapje af naar buiten. Er staat een fris windje dat de herfstkleurige bladeren over de straat laat rollen. Ze zet er flink de pas in en na drie straten loopt ze de trap op naar haar portiekflat op de eerste verdieping. Aan het nog hangende parfum in het trappenhuis kan ze ruiken dat haar moeder Christine al thuis is.

Ze opent de voordeur en roept de flat in: „Hoi mam!"

Hierop klost ze door naar haar rommelige, oranje slaapkamertje en gooit ze haar versleten vioolkoffer en leren jasje op haar bed. Ze hoort haar moeder rommelen in de keuken. „Hoi schat, hoe was het op school?"

Chloe bedenkt even wat ze hierop moet zeggen. Ze heeft eigenlijk niet zo'n zin om het beschamende verhaal aan haar moeder te vertellen, maar ze wil er ook niet over liegen. „Niet zo." Snel trekt ze haar vieze shirt uit en ruikt ze nog eens aan een okselplek. *Yikes*, denkt ze, gauw in de was.

Ze schrikt van haar moeder die met een spatel in de deuropening staat. „Is er wat gebeurd?"

Enkel gekleed in haar hemdje draait ze zich om, waarna ze haar schouders ophaalt. „Oh, nou nee. Was gewoon niet zo leuk." Vluchtig perst haar moeder haar lippen samen in teleurstelling. „Het is niet helemaal wat je had gehoopt, hè, die school?"

Chloe durft haar amper aan te kijken. Haar moeder had zo haar best gedaan om haar op deze school te krijgen en ze had het zo graag wél leuk willen vinden.

„Nee," aarzelt ze toch maar. „Tot nu toe niet."

Bedrukt en schuldig kijkt ze haar moeder aan, die de kamer inloopt en naast de vioolkoffer plaatsneemt op Chloe's bed. „Wat zou je dan willen?"

Ze is dankbaar dat haar moeder haar serieus genoeg neemt om zo'n vraag te stellen, want zij weet het antwoord wel. Haar handen beginnen al te vertellen voordat de woorden komen. „Ik wil gewoon spelen, mam, zonder al die regels! Het liefst zou ik op Bourbon Street staan, elke dag!"

Veroordelend trekt haar moeder een wenkbrauw op. „Op straat?"

Chloe haast zich om zichzelf te verduidelijken. „Nou ja, op straat. Ja, ook. Maar als ik nou bij een goede band kan aansluiten en zo optredens kan spelen, kan ik ook wat verdienen. En maak ik mezelf bekend."

Ze bedenkt zich het goede en vooraf ingestudeerde argument dat al weken in haar hoofd zit te wachten op het goede moment. „Daar doe ik die school toch ook voor, mam, om werk in de muziek te vinden? Maar als ik er nu al werk in heb, hoef ik die school toch niet te doen?" Zelf staat ze helemaal achter deze logica.

„Opleiding is nooit weg, Chloe." Haar moeder zucht zachtjes. „Ik zou toch wel iets beters voor je willen dan wat ik je heb kunnen geven met mijn minimale opleiding. Dan heb je bij voorbaat al een achterstand in het leven. Zo is het nou eenmaal."

Chloe zucht, want ze voelt de bui, en haar bui die daarop volgt, al hangen.

„Ik weet dat je het niet wil horen, maar ik heb toch liever dat je eerst wat opleiding meepikt. Je zit er nog maar zo kort. Ze gaan echt wel zien dat je al zo goed bent. En in de kerstvakantie kan je op Bourbon Street spelen wat je wil nu Ben weer terug is. Dan kan je weer bij hem logeren," biedt ze haar troostend aan.

Hierop betrekt Chloe's gezicht en haar moeder staat op van het bed om haar een aai over haar wang te geven. „Geef het nog even kans, goed?"

Kort rukt Chloe haar schouders op en neer en haar mond zakt in een pruillip. „Oké."

Haar moeder loopt de kamer uit. „We eten over een half uurtje."

Chloe pakt haar jasje van het bed en gooit het chagrijnig in de richting van de stoel. Ze mist het doel volledig en het jack eindigt natuurlijk precies bovenop de enige plant die in de kamer staat. Met een luide ‚grrr' laat ze zich vervolgens op haar rug op haar bed naast de vioolkoffer ploffen.

Ik wil nu al, denkt ze verbeten.

Niet vergeten

In zijn afgetrapte Hondaatje tuft Ben door de lange Prytania Street in het statige Garden District. Met genoegen bekijkt hij in de achteruitkijkspiegel zijn iets langere pluisjes op zijn hoofd. Nog even, en ik heb weer haar! constateert hij blij. Hij is onderweg naar het huis van Josh die hem heeft uitgenodigd om te komen gamen, nadat ze van elkaar ontdekten dat ze allebei een passie hebben voor *Warcraft*. Vanavond gaan ze voor het eerst tegen elkaar spelen.

De afgelopen paar weken is Ben bij alle optredens van Liquid Blue gaan kijken. Toegegeven, het waren er maar twee, maar Ben en Josh waren na die optredens tot in de kleine uurtjes met elkaar opgetrokken. En vooral gefeest. Ze blijken het goed met elkaar te vinden.

Hij denkt terug aan het gesprek vorige week met Chloe via Facetime. Ze heeft het duidelijk niet naar haar zin op die school. Dat zag hij al direct aan haar teruggetrokken gezicht. Wat ze het liefste wil, is aansluiting vinden bij een band en dan haar eigen centjes verdienen met optreden. En vooral niet meer naar die vreselijke school hoeven. Uiteraard had hij ingestemd met haar vraag of ze in de kerstvakantie bij hem mag logeren, zodat ze op Bourbon Street met haar viool en zichzelf kan leuren om haar nieuwe doel te bereiken. Wat hij Chloe nog niet verteld heeft, is dat hij van plan is vanavond het visje voor haar uit te gooien bij Josh. Het gamen is een uitstekende gelegenheid om het water te testen of het visje blijft drijven.

Mooie huizen hoor, denkt hij, terwijl hij de overdadige kasten in zich opneemt, als hij de lange straat afrijdt naar het goede huisnummer. Verwonderd vraagt hij zich af of Josh ook in zo'n imposant huis woont. Al gauw ziet hij van wel en hij is onder de indruk van het grote witte klassieke pand met een hoge witte stenen trap naar de veranda. De voordeur is vanaf de straat amper te zien, zo hoog is de trap.

Hij parkeert zijn Hondaatje tussen twee overdreven glimmende stationwagons, rent de trap met twee treden tegelijk omhoog en belt aan. Hij hoort wat gestommel en even later doet er een klein oud vrouwtje met guitige ogen en een witte bos haar de deur open. Haar veelkleurige kimono zwiert vrolijk in het frisse briesje om haar ranke lichaam. Vanuit het huis hoort hij pratende stemmen, die boven Anders Osbornes *Ho-Di-Ko-Di-Ya-La-Ma-La* proberen uit te komen. Het klinkt hier in ieder geval heel gezellig.

Vriendelijk neemt het vrouwtje hem in zich op. „Ja?"

„Ik kom voor Josh," aarzelt Ben, het vrouwtje niet met de jongen verenigend, behalve dan door hun bos haar.

Hierop wijst het vrouwtje met haar vinger. „Dan moet je langs de zijkant van het huis door de tuin helemaal naar achteren lopen, tot aan de garage. Josh woont erboven."

Er roept een vrouwenstem uit het huis. „Schat, waar ben je nou?"

Het vrouwtje draait zich half om en roept over de harde muziek: „Hier, bij de voordeur!"

Ze draait zich weer om naar Ben. „Josh is mijn kleinzoon."

De vrouwenstem roept weer: „Nina!"

Hierop pakt het oude vrouwtje met haar kleine vingertjes Bens mouw vast en trekt ze hem mee naar binnen. „We lopen wel door het huis naar achteren. Dat is makkelijker."

Gewillig laat Ben zich leiden en ze lopen samen door de eindeloze gang met grote gouden klassieke spiegels boven antieke tafels. Als hij zichzelf in de spiegel voorbij ziet lopen, ziet hij zichzelf oneindig keer in de tegenover elkaar hangende spiegels. Leuk effect, denkt hij grinnikend. Aan het eind van de gang links naast de statige trap hangt een enorme portretfoto van een ontzettend mooie vrouw met lang donker haar dat weelderig over haar schouders hangt. Als in een flits verschijnt in Bens geestesoog het gezicht van Sophie met haar net zo mooie weelderige donkere haar. En met die geweldige grijze ogen.

Sophie.

De Franse vakantieliefde van voordat hij werd uitgezonden naar Syrië. De herinnering aan haar zorgt voor een glimlachje om zijn mond. Hij neemt zich direct voor om morgen zijn Facebook te checken. Het zou echt leuk zijn om het contact weer op te halen. Zij was wel *the one that got away* als hij P!nk even mag citeren. En nu hij zo vrij als een vogel is, wie weet? Niet vergeten, zegt hij hartgrondig tegen zichzelf, ergens wetende dat hij vanaf nu de hele avond aan Sophie zal denken. Afgeleid door zijn gedachten schrikt hij als een stevige vrouw met kort grijs haar tevoorschijn stapt uit een kamer aan de rechterkant. „Nina, ik was je kwijt. De meiden wachten."

Hierop wijst oma Nina naar Ben. „Vriend van Josh, ik breng hem even."

De stevige vrouw geeft oma Nina een pets op haar kont als ze voorbijloopt. Ben ziet het aan, werpt een nieuwsgierige blik de kamer in en ziet er drie vrouwen zitten. Ze zijn bijzonder uitgedost voor het soort *high society*-dames zoals die bij een huis als dit zouden passen. Hij knippert met zijn ogen. Niet *high society*-dames, maar *drag queens*, ziet hij ineens, waaronder een duidelijke Cher-dubbelganger. Dat zijn vast ‚de meiden'. Hij vindt het nu al leuk hier.

„We plannen een knallend oudejaarsfeestje," legt Nina met een brede glimlach uit, terwijl ze langs de statige trap de grote keuken inlopen. Aan de muren hangen foto's van wilde en kleurrijke feesten uit vroegere tijden, als Ben het zo goed inschat. „Maar het is ook ons jubileum, van Nora en mij. Dan zijn we veertig jaar samen!" Hierop zwaait ze de keukendeur wijd open en wijst ze met haar vinger naar buiten. „Kijk, daar moet je zijn."

Ben volgt de vinger en ziet een oude met klimop overgroeide garage in de verste hoek van de tuin met aan de zijkant een trap naar boven.

„Daar de trap op. Veel plezier!" joelt ze als ze de keukendeur achter hem dicht doet en hij de tuin instapt.

Op dat moment komt Josh tevoorschijn en seint hij hem mee de garage in, waarbij Bens blik direct op een half-kale praalwagen valt, die het grootste gedeelte van de ruimte inneemt. Vragend trekt hij zijn wenkbrauwen op naar Josh.

„Oh, dat is het jaarlijkse project van ‚de meiden'." Josh gebaart met zijn vingers de aanhalingstekens.

„Die zag ik zeker net binnen, ,de meiden'?"

„Ja, klopt. Elk jaar doen ze met hun eigen praalwagen mee met Mardi Gras. Ze hopen dit jaar eindelijk een prijs te winnen!" Dan gebaart hij Ben mee naar de hoek van de garage en wijst hij vol trots naar zijn motor. „Maar kijk, die heb ik zelf in elkaar gezet! Met onderdelen van de sloop."

„Serieus? Oh, wow."

Vanuit het grote huis komt bulderend gelach, gevolgd door opgewonden stemmen.

Ben grijnst naar Josh. „Je hebt een heel leuke oma, als ik het zo goed zag."

„Het is altijd een dolle boel hier."

„Ze plannen een feestje, begreep ik." Bewonderend raakt Ben het glimmende stuur van de motor aan.

„Ja, ze zijn veertig jaar samen met oud en nieuw, dat wordt me een feest! Kom, gaan we naar boven, ik heb de boel al opgestart."

Tijdens het traplopen verschijnt Sophies gezicht weer voor Bens geestesoog. Hij prent zich voor de tweede keer deze avond in om zijn Facebook te checken de volgende dag. Niet vergeten, instrueert hij zichzelf onnodig. Maar nu eerst zijn missie afronden. Hij loopt achter Josh het kleine appartementje in, dat vol staat met muziekinstrumenten en versterkers. Ondanks dat het niet bepaald een doorsnee inrichting is, voelt het heel gezellig. Ben ploft op de bank die er oud en versleten uitziet, maar gelukkig heel comfortabel zit. Hij ziet dat de salontafel bestaat uit een houten plank die in de hoeken op stapeltjes boeken rust.

„Biertje?" vraagt Josh, terwijl hij naar het kleine keukentje loopt.

„Ja, lekker," antwoordt Ben automatisch.

Uit het oude piepende koelkastje pakt Josh twee blikjes, waarna hij er één aan Ben geeft.

Oké, denkt hij, dit is het moment. Hij wacht tot Josh naast hem op de bank ploft.

„Zeg ..." begint Ben aan zijn missie.

Nou, dat begint lekker

„Homo!"

Andrew hoort de mannenstem in zijn linkeroor sissen, vlak voordat hij met dienblad en al tegen de vitrine van de legerkantine aan wordt gekwakt. De onsmakelijk uitziende aardappelen plakken nóg onsmakelijker tegen zijn legeruniform aan, wanneer hij het dienblad van zijn borstkas haalt. „Godver," reageert hij boos. Nijdig kijkt hij om naar het groepje ondergeschikten aan een kantinetafeltje, die elkaar aanstoten en hem duidelijk uitlachen. Klootzakken. Hij draait zich weer om en probeert met servetjes de aardappelprak van zich af te krijgen. Het wordt er niet beter op, wat hij ook doet en wrijft. Kwaad gooit hij alle servetjes in de prullenbak en legt hij het dienblad terug. Om zijn hongerige maag toch iets te kunnen geven, grist hij een eenzaam broodje kaas vanachter het glazen paneel vandaan.

Zonet had hij Rosa aan de telefoon gehad. Wetende dat zijn vader naar de Grootloge zou zijn op dat moment, had hij zijn kans op, en keuze uit, normaal voedsel verkleind door te gaan bellen in plaats van te eten. Maar Andrew weet nu in ieder geval zeker dat zijn moeder zijn brieven niet ontvangt. En dat, tot zijn net zo grote verdriet, het zijn vader is die ze onderschept. Zoals ook de vele telefoontjes, die Andrew had gepoogd.

Rosa, de trouwe huishoudster – sinds meer dan veertig jaar – klonk erg bezorgd om zijn moeder. Het leek ietsje beter te gaan gelukkig, maar ze was er nog lang niet. Op het moment dat hij belde, lag zijn moeder net te slapen, dus hij heeft haar weer niet kunnen spreken. Zijn helblauwe ogen staan droevig.

Onderweg naar de uitgang blikt hij hatelijk naar de aardappeldaders als hij in de deuropening zijn commandant ziet staan, wiens ogen hem al een tijdje lijken te volgen. Hij stopt bij de onverwachte verschijning en gaat in de saluuthouding staan, waarmee hij ten volle de aardappelprut op zijn uniform aan zijn meerdere laat zien.

Met samengeknepen, priemende oogjes schudt colonel Jackson minachtend zijn hoofd naar hem. Alsof Andrew zich al niet genoeg een ‚*loser*’ voelde. Na een miniem afwijzend gebaar van de man stapt Andrew snel de kantine uit. Hij loopt de gang door naar buiten, zucht hoorbaar en gaat op een steen zitten voor de uitgang. Hier heeft hij zicht op de aan- en afrijdende legerjeeps van het Amerikaanse legerkamp net achter de frontlinie in het noordwesten van Syrië. Hij pakt het smerig uitziende broodje kaas uit zijn plakkerig plastic omhulsel en neemt een eerste kleffe hap. Zijn maag borrelt vanwege het naarstig verlangde voedsel en het broodje is in mum van tijd op.

Hij beseft dat als colonel Jackson heeft gezien dat hij geen enkele autoriteit of overwicht over zijn eigen mannen heeft, zijn dagen als leider geteld zijn. Dat kan hij zich in zijn huidige precaire situatie niet veroorloven. Maar, bedenkt hij, zijn minderen moesten eens écht weten. Nu wordt hij slechts gepest en vermeden om zijn geaardheid, niet eens om zijn kolossale fout.

Lindsay stapt uit de jeep die haar naar de US Army Base heeft gebracht. Vanaf deze basis is de vermoedelijk Amerikaanse langeafstandsraket afgeschoten die een onschuldig dorp in het zuiden van een door oorlog geteisterd Syrië in de as heeft gelegd. Het was een lange en zanderige reis geweest om hier te komen. Haar stoere kaki cargobroek schuurt tegen haar benen en haar eens zo witte T-shirt kan gemakkelijk voor beige doorgaan.

Tijdens haar onderzoek heeft ze tot nog toe niets kunnen vinden over army specialist Weaver. Maar als er sprake is van een doofpot had ze ook niets anders verwacht. Dat maakt het juist zo doofpot-achtig. Daardoor heeft ze haar pijlen gericht op first sergeant Andrew James, de meerdere van Weaver ten tijde van het bombardement. Hopelijk kan ze informatie uit hem lospeuteren.

De ondergaande zon schijnt in haar ogen als ze naar de ingang van de basis loopt, maar ze herkent de man die voor de ingang op een steen zit direct als first sergeant Andrew James met zijn helblonde haar en blauwe ogen. Voortvarend stapt ze op hem af en steekt ze haar hand naar hem uit. „Hoi! Ik ben Lindsay, Lindsay Moore.”

Andrew staat op en schudt haar beleefd de hand. „First sergeant James. Kan ik u ergens mee helpen?"

Samenzweerderig kijkt ze om zich heen. „Kunnen we ergens praten misschien?"

De man fronst verbaasd. „Met mij?"

„Jazeker."

Dan knikt hij naar de rij geparkeerde jeeps voor de deur. „Eh, we kunnen wel even in een jeep gaan zitten?"

„Goed idee." Ze loopt met hem mee naar de eerste jeep in de rij, waar zij aan de passagierskant instapt.

Nadat de deuren dicht zijn, bekijkt Andrew haar onderzoekend. „Waar gaat dit over?"

Zoals altijd valt Lindsay met de deur in huis. „Ik ben eigenlijk op zoek naar army specialist Weaver. Die zat in uw peloton, toch?"

Onmiddellijk ziet ze een ondoordringbare ijsmuur optrekken bij de man, wat ze had gehoopt te voorkomen door hartelijkheid en voortvarendheid. Het bevestigt haar dat er wel degelijks iets verborgen wordt.

„Ben?" Andrew is afwerend. „Waarom vraagt u naar Ben? Wie bent u eigenlijk?"

„Zeg maar ‚je', hoor. Ik voel me toch al zo oud," ginnegapt ze in een poging het ijs te doen smelten, maar de man lijkt echter niet onder de indruk. „Ik ben onderzoeksjournalist voor de New York Times."

Prompt klemt hij zichtbaar zijn kaken stijf op elkaar. „Journalist?"

Ze zucht. Ze weet dat ze hem kwijt is. Dan maar op de persoonlijke toer. „Is Weaver een vriend van je?"

Die menselijke vraag had hij niet verwacht en ze ziet zijn gezicht zachter worden bij de gedachte aan Ben. „Ja, Ben is oké."

„Is hij nu nog steeds oké? Want ik heb begrepen dat hij weg is uit het leger?"

Zijn pokerface verraadt niets. „Ja, dat klopt."

„En waarom is hij weg, als ik mag vragen, en waar is hij gebleven?" Lindsay zet de vaart erin, waarbij ze hem strak aankijkt.

Maar hij kijkt van haar weg. „Sorry, u moet niet bij mij zijn."

Voor Lindsay het goed wel door heeft, is de man uit de auto gestapt en loopt hij snel naar de ingang van het gebouw. Haastig stapt ze uit om de achtervolging in te zetten. Wanneer ze echter de autodeur dichtgooit, ziet ze een oudere man in uniform met een hoop strepen en een onvriendelijk pitbullgezicht voor het raam naast de ingang naar haar staan kijken. Ze vermoedt dat ze vandaag geen voet over de drempel zal krijgen. Daarop besluit ze haar armoedige pension in Mafraq te gaan opzoeken om een nieuw plan te bedenken.

Nou, dat begint lekker, denkt ze verbeten.

Dure wijn, ammehoela

Sophie ligt op haar oudroze fluwelen bankje in de woonkamer van haar zolderflatje na te snikken van de rotdag. Ze is zo boos. Boos op Thierry omdat hij zo'n vreselijke vent is gebleken en boos op zichzelf dat ze daar zo is ingetrapt. Haar grijze ogen zijn rood omrand van het huilen. Ondertussen heeft ze er maar een wc-rol bij gehaald om het snotterevenement zo efficiënt mogelijk te faciliteren.

Die ochtend heeft hij haar zó vernederd door publiekelijk haar ontslag per eind van het jaar om te roepen over de afdeling. Hij had verdorie niet eens het fatsoen genomen om haar eerst in te lichten! Ze stond tussen 'marketingpresentatie volgende week' en 'aanvullen bonen koffieautomaat' op de lijst met mededelingen die hij één keer per week met de afdeling doornam. Een mededeling. Eikel. Wat haar betreft voelt het duidelijk als een persoonlijke wraakactie van een gekrenkte narcist die het niet kan verkroppen dat ze de relatie had beëindigd, en die hij vanuit zijn machtspositie kan camoufleren als een 'niet functioneren'-onzinverhaal. Haar collega's keken haar daarna zo vreemd aan. Alsof ze de schande van de dag was. Vreselijk gewoon.

Toen ze eenmaal was bekomen van de eerste publiekelijke vernedering, had ze nagedacht na over de afhandeling. Ze had expres, met vooruitziende blik wellicht, niet veel vrije dagen opgenomen sinds haar start bij dit bedrijf. In het begin omdat ze nog aan het leren was en een goede beurt wilde maken. Maar later veranderde dat al gauw in 'sparen voor wie weet'. Nu was het 'wie weet'-tijd geworden.

Na de lunch was ze stoer zijn kantoor binnengestapt, waarbij ze de deur dicht wilde doen voor een vertrouwelijk gesprek. Thierry had echter 'deur open!' gesnauwd zodra hij haar zag. Hortend en stotend was ze over het opnemen van haar vakantiedagen begonnen, zeker met het oog op de kerstdagen. Maar hij was onverbiddelijk geweest: ze mocht geen vrij nemen. Ook niet met kerst of oud en nieuw. Tot 31 december kloskslag vijf uur werd ze geacht present te zijn en zich rot te rennen. Voor hém. Onvrijwillig snikt Sophies lichaam bij die gedachte en met volle luide overgave snuit ze haar neus. De enige gedachte die haar wél goed doet, is dat ze het nieuwe jaar godzijdank honderd procent Thierry-vrij start. De enige andere gedachte die haar goed doet, is dat ze zich de fles rode wijn herinnert die Thierry had meegenomen op de avond van de laatste fikse ruzie en die ongeopend was gebleven. Die gaat vanavond op, besluit ze.

Ze veegt haar tranen en de in de weg liggende snotproppen op de vloer weg. Net wanneer ze opstaat richting de verlossingswijn klopt haar mobiele telefoon drie keer op de tafel om te melden dat ze een Facebook-chat heeft ontvangen. Ze grist haar telefoon van de tafel en neemt deze mee naar het kleine ingebouwde keukentje. Met één beweging heeft ze de fles gepakt, haar telefoon op het aanrecht neergelegd en de la opengetrokken op zoek naar een flesopener. Ongeduldig rommelt ze door de keukenla, maar ze vindt geen passend verlossingsgereedschap, waarop ze grimmig de la dichtknalt. Dan pas ziet ze de goedkope draaidop op de fles.

Dure wijn, ammehoela, denkt ze nors. Verkooppraatjes zijn het.

Ze pakt een glas, schenkt het helemaal vol en neemt er een flinke slok van. En nog één. Dan opent ze de chat op haar telefoon in de hoop dat het niet van een collega is. Daar heeft ze nu echt geen trek in. Ze is blij verrast als ze ziet dat het van Ben is. Dat is lang geleden!

Ondanks haar boosheid verschijnt er een glimlach op haar gezicht bij de herinnering aan Ben. Als schoolafsluiting was ze vorig jaar op een studentenstage-uitwisseling naar New Orleans geweest. Daar had ze Ben op haar eerste avond in een kroeg op Frenchmen Street ontmoet, toen hij een paar weken verlof had gehad voordat hij zou worden uitgezonden naar Syrië. Vanaf dat moment was de stage bijzaak geweest en samen hadden ze door New Orleans gezwalkt. Ze waren op de meest gekke plekken beland en ze hadden de meest gekke mensen ontmoet. Met Ben kon je alle kanten op en ze hadden zo'n lol gehad samen.

Zijn dikke dreadlocks en mooie blauwe ogen waren haar al die tijd bijgebleven. Zelfs Thierry had dat beeld nooit kunnen vervangen of laten vervagen, noch in goede noch in slechte tijden. Helaas kon het maar bij een vakantieliefde blijven, gezien hun tegengestelde paden. Daarna was er maar sporadisch contact geweest omdat facebooken vanuit Syrië zo zijn beperkingen heeft. Enthousiast reageert ze op zijn chat, blij met het hernieuwde contact en blij met de afleiding van de ellende. Ze blijken elkaar zoveel te vertellen hebben dat ze er op los chatten, tot krampvingers toe.

Drie uur en een fles verlossingswijn later heeft ze haar hart bij hem uitgestort. Ze was het niet van plan, maar het kwam er zomaar uit. Bens oprechte verontwaardiging over het gebeuren deed haar goed. In deze stad heeft ze nog niet veel vrienden en de vrienden die ze heeft, kent ze van haar werk. Ze voelt zich een stuk rustiger en getroost door het gevoel dat hij oprecht met haar begaan is. Ze kan zelfs alweer een beetje lachen om Bens idee om op 31 december klokslag twaalf uur een rotje door de brievenbus van Thierry's voordeur te gooien. „Hij verdient ook een knaleinde," schreef Ben, „en dan fris het nieuwe jaar in." Alleen de gedachte al voelt fijn.

De emoties van de dag en de fles goedkope wijn eisen hun tol en tegen middernacht valt Sophie glimlachend op de bank in slaap met haar telefoon in haar hand.

Och hemel

„Och hemel," zegt Odetta James tegen zichzelf in de goudomlijste spiegel op het toilet van het Metropolitan Museum for Art met haar handen leunend op de wastafel. Ze voelt zich instabiel en de wereld draait. Haar gezicht is bleek weggetrokken onder de volle laag make-up. Al draagt haar knalrode glimmende galajurk daar ook aan bij, ziet ze. Ze zet de koude kraan flink open. Ter verkoeling houdt ze haar polsen onder de waterstroom en probeert ze zichzelf verder te kalmeren.

„Heeft Terence toch gelijk," verzucht ze. Hij had het veel te vroeg gevonden om naar een sjiek galabal te gaan zo vlak na haar tweede reeks chemobehandelingen. Ze was nog lang niet aangesterkt en dat voelde ze zelf ook. Maar ze had per se willen gaan vanavond. Met haar zoon Andrew in gedachten was ze dit goede doel voor veteranen immers zelf gestart en vanavond was het de avond van dit lang van tevoren geplande liefdadigheidsbal. Het kwam dan ook helemaal niet uit dat er een knobbel bij haar werd gevonden. Stiekem vraagt ze zich af of zij deze ziekte heeft gekregen om het ongetwijfelde slechte karma van haar man te compenseren. Hij had zich zijn hele leven egoïstisch en statusgericht opgesteld, ook naar hun zoon en had daarbij meerdere levens *rücksichtslos* beschadigd. Als fervent gelover in karma had ze zich daarom op goede doelen gestort, maar helaas had ze haar ziekte niet kunnen voorkomen. Karma hou je niet tegen, immers.

Ze zucht en kijkt nog even in de spiegel. Het instabiele gevoel trekt gelukkig weg en er komt wat kleur terug in haar gezicht. Uit haar tas pakt ze haar lipstick en brengt ze nog een extra rood laagje aan op haar lippen. Het valt wel mee, constateert ze als ze klaar is met stiften, ik denk niet dat iemand het ziet.

Haar grijsblonde haren zijn in een mooie – maar vooral haaruitval verhullende – chignon gedraaid. Haar blauwe ogen zijn omrand door zwarte eyeliner en mascara waardoor ze nog blauwer lijken. Dezelfde ogen als haar zoon, merkt ze op. Waar ze met angst in haar hart al zo lang niets van heeft gehoord. Vanochtend nog heeft ze haar man Terence gevraagd waarom er geen brief of belletje is geweest al die tijd en gevraagd of hij via andere wegen informatie kan krijgen. Haar man was echter ontwijkend geweest in zijn antwoorden en ze weet niet waarom. Zijn ontwijkende gedrag zorgt alleen maar voor meer kopzorgen om haar zoon aan de frontlinie in Syrië en inmiddels vraagt ze zich af of er iets met hem is gebeurd. Iets dat haar man haar niet durft te vertellen, nu ze ziek is. Het is bijna niet te dragen voor haar zo verzwakte lichaam.

Voor de spiegel haalt ze voor een laatste keer een samenrapende diepe ademteug en loopt dan terug naar de grote zaal waar de veiling plaatsvindt. Vanavond hoopt ze veel geld op te halen bij de allerrijksten der aarde, die uitgedost in de meest dure creaties hun rijkdom en valse goedwillendheid willen tonen aan hun mede-welgestelden.

De catering en de aankleding van de zaal zijn voortreffelijk vanavond, denkt ze, de op en top glamoreuze zaal tevreden in ogenschouw nemend. Onderweg naar haar plaats aan een van de vele ronde tafels midden in de zaal spreekt een tot in de puntjes verzorgde heer haar aan. Ze herkent hem als een zakenvriend van haar man met de naam Gatesley. Geen favoriet van haar, met zijn laffe kin en muisbruine haar.

„Mrs. James," zegt de pedante, puilende man met een geaffecteerd Engels accent en een hete aardappel in zijn keel. „Wat een genoegen u vanavond te treffen." Hij pakt haar hand om deze galant van een kus te voorzien.

„Dank u, dank u. U ook," zegt ze beleefd.

Haar maag doet dan iets vreemds en ze voelt zich weer eng worden, nog enger dan eerder. Ze wil zo snel mogelijk naar haar tafel om te kunnen zitten, maar de man laat zich niet zomaar afpoeieren. Ze doet haar best om zijn woorden te volgen en te begrijpen, maar het geluid klinkt steeds verder weg. Alsof er dikke watten in haar oren worden gepropt. Haar zicht wordt minder en donkerder met de seconde en het voelt alsof haar lichaam op haar benen staat te zwaaien. Ze voelt de warmte van zweetdruppeltjes op haar koude voorhoofd en dan wordt het zwart voor haar ogen.

„Mrs. James!" hoort ze de man in de verte verschrikt uitroepen in zijn overdreven accent, voordat haar hoofd de grond raakt.

Heb je nog meer?

Ben zit proppievol. Er past echt nooit meer wat bij, verzucht hij. Ondanks zijn al ongemakkelijke en overvolle staat blijven de voedselrestanten op de eettafel toch naar hem lonken. Tante Christine heeft haar best gedaan op dit heerlijke Thanksgivingmaal, waarbij tevens wordt gevierd dat Ben definitief terug is uit het leger.

Op uitnodiging van tante Christine is hij vanmiddag met zijn Hondaatje naar Baton Rouge getuft. Aldaar was hij zeer hartelijk ontvangen door zijn tante en nicht die hem echt gemist hebben. Hij kan natuurlijk niet al te veel uitweiden over het hoe en waarom zijn tijd in het leger is afgesloten. Maar ze lijken zijn ontwijkende antwoorden niet echt te merken. Het is fijn om bij te praten en zijn tante Christine heeft heerlijk gekookt. Dat is haar wel toevertrouwd, getuige zijn bolle buik.

Als Christine in de keuken koffie aan het zetten is, laat Ben op zijn mobiele telefoon een videoclipje van Liquid Blue's laatste optreden aan Chloe zien dat hij vanuit het publiek gefilmd heeft. Hij is zo benieuwd wat ze er van zal vinden. Tot zover kijkt Chloe heel aandachtig naar de drie jongens op zijn telefoon.

Zelf vindt Ben hun muziek helemaal te gek, zo is zijn rotsvaste conclusie na die paar live-optredens die hij heeft bezocht. Hij kan hun muziek niet anders omschrijven dan een soort cajunachtige stijl gemixt met americana en New Orleans-jazz, en met af en toe knalrauwe funky bochten en grooves, dat wordt versterkt door het hese randje op de stem van Josh. Of zoals die dat zelf noemt: een ,Liquid Blue-sausje'. Héél apart vindt Ben het. Zoiets heeft hij nog niet gehoord en hij heeft aardig wat gehoord inmiddels. Hopelijk vindt Chloe dat ook. Hij hoopt in ieder geval dat zijn muzikale inschatting over Chloe en haar eventuele toevoeging klopt.

Halverwege het nummer kijkt Chloe vragend naar hem op. „Waarom kijk ik dit? Behalve dan dat het súpertof is?"

Op slag kijkt Ben zelfgenoegend; hij weet het, maar hij kan het niet helpen. „Hoe zou jij het vinden om met deze gasten te spelen als je met kerst bij mij bent?"

Verrast trekt ze haar wenkbrauwen op. „Eh ... ik?"

„Ja, jij," knikt hij. „In het kader van je plan en zo."

Hij zegt het met veel trots, omdat zijn missie een zeer goed resultaat had gehad. „Neem maar een keer mee naar de repetitieruimte en dan jammen we wel wat," had Josh hem toegezegd. Ben had er niet eens heel hard zijn best voor hoeven doen.

Tante Christine loopt de kamer in met de koffie voor Ben en hij geeft Chloe een samenzwerende knipoog. Nog steeds staan haar wenkbrauwen in de verbaasdstand, wanneer ze haar blik weer op het scherm richt. Maar nu lijkt ze het clipje met heel andere ogen te bekijken.

„Dat klinkt lekker," zegt tante Christine. „Wie zijn dat?"

Ben straalt bijna. „Liquid Blue. Dat is een nieuwe band. Uit New Orleans. Klinkt goed, hè?"

Zijn tante knikt ,jazeker' naar hem en kijkt vervolgens naar Chloe, waarbij Ben haar blik volgt. Chloe lijkt er helemaal in te zitten. Ze heeft haar lippen op elkaar geperst vanwege de inspanning van het luisteren. Zachtjes beweegt ze haar hoofd mee met de muziek, terwijl ze intensief naar het schermpje staart. Ben en zijn tante Christine delen een geamuseerde blik met elkaar en ze zet de koffie op de salontafel. Dan is het clipje afgelopen.

Het ontgaat Ben niet hoe glimmend Chloe's ogen zijn geworden als ze vraagt: „Heb je nog meer?"

Vertel me nou eens wat ik met jou aan moet

„First sergeant Andrew James."
Prompt veert de soldaat op uit zijn stoel om in de saluuthouding te staan als zijn meerdere colonel Jackson het spaarzame kantoortje binnenstampt. Het kantoortje bevindt zich in de Amerikaanse legerbasis vlak achter de frontlinie in het noordwesten van Syrië. Vanuit deze basis worden geheime missies gecoördineerd waarvan het eind nog lang niet in zicht is, omdat steeds meer partijen zich met deze oorlog bemoeien.
Colonel Jackson draagt een net gereinigd legeruniform met een fiks aantal strepen dat hem oncomfortabel kriebelt. Hij draagt een oorlogsgezicht passend bij de omstandigheden en hij heeft zijn haar niets verhullend over de kalende plek gekamd.
„Ja ja," gromt colonel Jackson de soldaat toe. „Rust, en zo."
Hij gebaart hem te gaan zitten terwijl hij aan de andere kant van het bureau plaatsneemt, waarbij hij zijn knokkels agressief op het bureau klopt. „Tja. Vertel mij nou eens wat ik met jou aan moet."
Hij richt zijn priemende blik op de zongebrande en gespierde soldaat en kijkt eens goed. Zijn haar is zo lichtblond dat het lijkt alsof hij niet eens korte stekeltjes heeft. Hetzelfde geldt voor zijn wenkbrauwen en wimpers. En in die blauwe ogen lijkt steeds minder inhoud te zitten, bedenkt hij met minachting. Terwijl hij zo'n goede start had. Snel opgewerkt tot first sergeant en op zijn 31e al verantwoordelijk voor het uitvoeren van missies onder zijn commando. Er is maar weinig van over, denkt colonel Jackson. De zon doet natuurlijk goed voor het uiterlijk, maar eronder ziet hij zwakte. De zwakte van een gebroken persoon. Even voelt hij compassie voor de man, die strak naar de grond blijft kijken onder zijn ijzige staar. Heel even.
„Je mag spreken, hoor. Ik stelde je een vraag," snauwt colonel Jackson, nu weer geërgerd. De compassie was met dezelfde rotvaart weggedenderd als deze kwam.

Verschrikt kijkt de soldaat naar hem op. „Eh ...ja, nee, ik weet het ook niet. Meneer."

„Wat heb jij die journalist verteld die hier maar rond blijft hangen en vervelende vragen stelt? Ik heb jullie wel gezien."

„Nee, niets meneer. Ik zeg haar keer op keer dat ze niet bij moet zijn en dat is alles."

De colonel laat het sarcasme ervanaf druipen. „Dat weet je zeker?"

„Ja meneer, héél zeker."

Ondanks het schichtige gedrag van de soldaat gelooft colonel Jackson hem wel. Zelf heeft hij die journalist de afgelopen weken met politiek vage antwoorden en intimiderende uitspraken van het kastje naar de muur gestuurd, in de hoop haar te vermoeien of af te schrikken. Helaas heeft hij zich nu eenmaal te houden aan persvrijheid of ‚dat soort onzin', zoals dat bij hem te boek staat. Hij kan haar niet verbieden vervelende vragen te stellen op de legerbasis, dus colonel Jackson reageert zijn frustratie maar wat graag af op de soldaat voor hem en valt hem aan om de tweede reden van dit gesprek.

„Zeg, maar hadden we ook niet afgesproken dat jij je rustig zou houden?" blaft colonel Jackson, die ook wel wat wegheeft van een pitbull: een propperige man met een groot hoofd dat zonder nek op zijn schouders is gezet en waarin kleine oogjes, neus en mond zijn gepropt. „Waarom hoor ik dan verhalen die ik niet wil horen?"

De soldaat waagt het om hem aan te kijken. „Ik weet niet wat voor verhalen?"

Strak kijkt de colonel hem aan. „Nou eh, homoverhalen?"

„Oh! Eh ... ik ... eh."

Paniekerig schudt de soldaat zijn hoofd, waarna de colonel smalend met zijn ogen rolt. „Joh, mij maakt dat niet uit. Tenminste, we doen allemaal wel alsof dat niet uitmaakt, want ‚oh, wat zijn we bij de tijd'. Maar als jij geen overwicht op je mannen hebt, dan is dat gewoon een probleem."

De soldaat slaat zijn blik naar beneden en stottert: „Ik weet niet hoe ze ... eh ... nou eh ... iets zouden kunnen weten of zo, ik doe er niets mee."

De colonel haalt even diep en hoorbaar adem, precies zoals pitbulls met hun doorgefokte neusjes. Agressiever klopt hij met zijn knokkels op het bureau.

„Tja, mij rest geen andere optie, zo alles overziend. En de wil ontbreekt me zeker. Ik maak je iemand anders zijn probleem, ver weg van hier en die journalist. Je wordt overgeplaatst naar het Rode Kruis Ziekenhuis in Mafraq. Dat is net over de grens in Jordanië. Hu-ma-ni-tair." Hij priemt een minachtend vingertje naar de soldaat. „Geen precisiebommen meer voor jou. Daar waag ik me niet meer aan."

De soldaat kijkt strak naar de grond en ondergaat de furieuze monoloog van zijn meerdere als een bang kind.

„De deal met je vader verplicht mij niet je per se hier te houden, mocht dat misschien nog in dat lege hoofd van je opkomen. Dus oprotten maar, wat mij betreft. Oh! Toevalligerwijs ligt dat ziekenhuis vlakbij Nissab."

Hij wacht dan even en leunt naar voren. „Weet je nog, Nis-sab?"

Op de meest sarcastische toon die er bestaat, spreekt hij de Syrische plaatsnaam uit, waarna de soldaat in elkaar krimpt en zijn ogen sluit.

Kleinerend besluit colonel Jackson: „Mag je lekker zelf de consequenties van jullie fuck-up onder ogen zien. Ik heb colonel dr. Lewis gezegd dat hij je vooral niet hoeft te sparen als het gaat om het bij elkaar zoeken en identificeren van stukken kapotgebombardeerde lichaamsdelen." Dan leunt hij achterover in zijn stoel. „Je vertrekt over twee weken. Ik wil je niet meer zien of horen, of over je horen in die tijd. Of je met die journalist zien. Begrepen?"

De colonel wacht het antwoord niet af en blaft: „Ingerukt. Wegwezen nou!"

Ga je weg?

Vanachter zijn woonkamerraam ziet Ben de auto vanuit een met kerstlichtjes verlichte straat aankomen. Dat was niet toevallig, want hij lette er ook op. Wel een uurtje later dan verwacht, maar het zal in deze tijd van het jaar wel druk zijn op de weg vanuit Baton Rouge. Hij hoort Levon Helm op zijn favoriete radiostation 106.7 Krewe zingen dat hij klaar is voor de *second coming* van *Ophelia*, en zo voelt Ben zich ook. Hij kan niet wachten om Chloe overmorgen voor te stellen aan de band Liquid Blue. Hopelijk klikt het en knalt ze hen omver. Hij is zo benieuwd of de combinatie, die hij in zijn hoofd hoort, ook gaat kloppen met de werkelijkheid.

De moeder van Chloe, zijn tante Christine, stapt uit de auto en loopt naar de kofferbak. Wanneer ze hem uit het raam ziet kijken, zwaait ze naar hem, waarop hij terugzwaait. Zoals altijd ziet zijn tante Christine er prima verzorgd uit. Niet de overdreven driedubbele rij nepwimpers en een muur van plamuur, maar elegant en eenvoudig en ja, gewoon verzorgd en zowaar bijna statig in haar voorkomen. Haar zwarte kroeshaar is netjes glad geföhnd zonder platgespoten te zijn en haar kleding is mooi op elkaar afgestemd. Hij kan het positieve commentaar van *Fashion Police* al in zijn hoofd horen. Niet dat hij dat ooit gekeken heeft natuurlijk.

Het is een contrast met Chloe, met haar wilde, bruine kroeskrullenbol die ze vandaag in een hoog staartje heeft vastgebonden. Dezelfde jukbeenderen en katachtige ogen, dat wel. En, nu Ben ze zo naast elkaar ziet, zou Chloe eigenlijk bijna een lichtergekleurde en langere kopie kunnen zijn van haar moeder. Minus de gescheurde jeans in stevige boots gepropt en het rode leren versleten jasje dan.

Tante Christine laadt twee grote weekendtassen uit en zet ze op de grond. Chloe heeft haar vioolkoffer al om haar schouder hangen en pakt een van de tassen op. Ben haast zich naar buiten om de tas van haar over te pakken, want aan de koffer hoeft hij niet te komen, weet hij.

„Nichtje! Kom 's hier!" Hij geeft haar een hartelijke knuffel. Chloe kucht overdreven. „Lieve neef, dat was je schouder in mijn luchtpijp. Uche uche." Aan haar lichtbruine ogen en de scheve grijns ziet hij dat ze blij is om hem te zien.

Tante Christine komt aanlopen met de andere tas en geeft Ben een gracieuze omhelzing. „Ben, wat goed je weer te zien." Hij pakt ook de tas van tante Christine over en gebaart ze beiden mee naar binnen.

Na slechts één kopje koffie staat tante Christine al op om weg te gaan. Het is nog een eind rijden terug naar huis en het is al donker aan het worden. Met een kritische blik kijkt ze rond in de schattige shotgun-woning waar Ben sinds zijn studietijd in woont en geeft hem, tot zijn opluchting, een goedkeurende knik. De studentikoze inrichting van zijn woonkamer kan zeker een update gebruiken, dat weet hij ook wel, maar het voldoet prima om een vakantie lang te verblijven.

Hierop geeft ze Chloe een lange omhelzing en een zoen op haar wang. „Je belt me, hè?"

Chloe glimlacht. „Ja mam, dat doe ik, hoor."

Want dat zal Chloe ook doen, zo weet Ben. Zeker omdat ze hun traditionele gezamenlijke kerstviering gaat missen om ‚haar geluk in New Orleans te beproeven', zoals hij zijn tante tegen haar dochter had horen zeggen. Ben vermoedt dat ze eerder aan ‚stoom afblazen' had gedacht.

Tante Christine loopt naar de voordeur en draait zich om naar Chloe. „Veel plezier, lieverd, ik zal je missen!"

Ben toont tante Christine zijn goede manieren door met haar naar de auto te lopen, iets waarvan hij weet dat ze dat waardeert en wat hem bovendien geen moeite kost. Bens moeder grapt altijd dat zij niets met de goede manieren van haar zoon te maken had gehad. Dat hij zo uit de verpakking was gekomen.

Ze werpt hem een zorgelijke blik. „Ben, je belooft me dat je goed voor haar zorgt, hè?"

„Natuurlijk, tante Chris, ze is als mijn zusje."

Met een schuldgevoel bedenkt hij zich dat hij expres wacht tot zijn tante weg is om Chloe te vertellen van zijn impulsieve besluit om naar Parijs te gaan op oudejaarsavond om Sophie te verrassen. Ze hadden zo'n leuk contact met elkaar nu en hij was gewoon ... Tja, wat was hij eigenlijk gewoon? Eigenlijk gewoon verliefd, bedenkt hij en hij glimlacht bij die gedachte. Hij wist niet dat dat kon als je elkaar alleen via een computerscherm spreekt, maar hij is vastbesloten voor de deur van haar kantoor te staan om klokslag vijf uur op oudejaarsdag. Hartelijk zwaait hij zijn tante uit en gaat hij naar binnen.

Als Ben de woonkamer instapt, vraagt Chloe hem honderduit over de band waar ze mee gaat jammen overmorgen. Ze heeft duidelijk gewacht, totdat haar moeder weg zou zijn om tot de échte vragen en antwoorden te komen. De andere videoclipjes die ze her en der heeft kunnen opsnorren, zijn in ieder geval te gek, zo ratelt ze enthousiast. Thuis had ze geprobeerd met hun muziek mee te spelen op haar viool, maar met wisselend succes vindt ze zelf. Ze is er vol van. Ze heeft al die vragen, omdat ze wil weten wat de jongens van haar verwachten qua spel. Omdat hun aparte muziek bij geen enkele vaste stijl hoort, vindt ze het moeilijk de goede toon in te schatten. Misschien willen ze iets aparts, of juist iets klassieks? Of juist iets jazzigs?

Het duurt even bij Ben, voordat hij begrijpt waar haar onzekerheid vandaan komt en welk antwoord ze zoekt bij hem. En het enige antwoord dat hij haar daarop kan geven, is dat ze niet in een vooraf bepaalde stijl hoeft te spelen. Ze hoeft alleen maar haar eigen stijl te spelen. Dat concept lijkt ze maar niet te bevatten.

„Maar Chloe," probeert hij nogmaals uit te leggen, „ze willen jóu horen. Niet de schoolboekregeltjes van hoe je binnen een bepaalde stijl ‚hoort' te spelen, maar juist wat er van nature bij jou uitkomt als je hun muziek hoort."

Onmerkbaar zucht hij; niet omdat hij moe is van het gesprek, maar omdat hij nu al die school van haar haat die haar zo gek en onzeker heeft gemaakt. Waar is dat meisje gebleven dat hem in de zomervakanties, soms voor dag en dauw, meesleepte naar Bourbon Street, omdat ze haar nieuwe zelfgemaakte melodietjes en liedjes wilde spelen op straat?

Zijn gedachten worden onderbroken door George Michael die in volle overtuiging *Freedom* tegen hem zingt. Ben heeft voor bijna iedereen van zijn telefooncontacten een eigen ringtone waarmee zijn relatie tot de beller wordt omschreven. Zo heeft hij voor Chloe *Songbird* van Fleetwood Mac en voor haar moeder *Marie Laveau, the Voodoo Queen* van Dr. John. Maar dit is de ringtone van zijn maat Andrew. Toepasselijk gekozen, maar wrang.

Ben gebaart naar Chloe dat hij deze even moet nemen en neemt op. „Hé Andrew! Hoe gaat het, maat?"

„Hé Ben, wat fijn om je stem te horen." Andrews stem klinkt hem wanhopig in de oren. „Heb je de brief voor mijn moeder nog ontvangen?"

Andrew heeft hem onlangs een brief gestuurd die voor zijn moeder bestemd is en Ben heeft beloofd de brief af te leveren als hij in New York een overstap heeft. Hij heeft zichzelf genoeg tijd gegeven om langs het statige appartement aan Park Avenue te gaan, de brief af te leveren en weer tijdig op het vliegveld te staan voor zijn volgende vlucht met eindbestemming Sophie. De vluchten zijn erop gepland.

„Nee, nog niet. Je hebt het wel naar het goede huisnummer gestuurd, hè?" vraagt Ben scherp, uit bittere en desastreuze ervaring wetende dat Andrew een soort dyslexische neiging heeft de zes en de negen om te draaien.

„Ja, ja. Ik heb je adres vanaf je sms geprint, ik ben er zelf niet aan geweest."

„Oké. Hopelijk komt hij nog, voordat ik volgende week op het vliegtuig stap."

Hierop kijkt Chloe op van het spelletje op haar telefoon en Ben ziet haar wenkbrauwen vragend omhooggaan.

„Hartstikke bedankt, Ben. Je weet niet hoe blij ik daarmee ben." Andrew's stem klinkt al iets minder wanhopig.

„Komt allemaal goed," verzekert Ben hem, terwijl hij Chloe's vragende blik negeert. „Wat is dat voor herrie op de achtergrond. Is er wat aan de hand of zo?"

„Niet dat ik weet. Maar ik word zo overgeplaatst. Naar fucking Jordanië, wil je het geloven?"

„Jordanië? Wat moet je daar dan?"

„De consequenties van jullie fuck-up onder ogen zien." Ben herkent Andrews imitatie direct als de snerende toon van colonel Jackson, die hij zelf ook vaak genoeg naar zijn hoofd geslingerd had gekregen.

„En dat betekent?"

„Dat ik de kapotgebombardeerde lichamen van de Syrische mensen van Nissab bij elkaar moet gaan rapen en identificeren. En dat ik het slaafje word van het hoofd van het ziekenhuis net over de grens, die dat faciliteert. Oh wacht, ‚humanitaire hulp' heet dat."

„Kolere man, wat ben jij de lul. Daar was ík toch voor," zegt Ben verbeten.

„Karma hou je niet tegen. Heeft mijn moeder toch gelijk." Andrew zucht. „Nou, daar ga ik dan. Op naar het volgende feest. Het ga je goed en nogmaals bedankt voor de brief, en ja, eigenlijk ... Gewoon voor alles." Het blijft even stil. „Ik mis je."

Dan verbreekt Andrew de verbinding. Ben haalt zijn telefoon van zijn oor en kijkt naar het scherm hoe de verbinding ook visueel verbroken wordt. Hij voelt zich immens triest om Andrews lot, of ‚karma' zoals Andrew het zelf noemt. Tegelijkertijd vraagt hij zich bezorgd af hoe het inmiddels met zijn eigen karma is gesteld. Die kan nooit goed zijn.

Nietsvermoedend onderbreekt Chloe zijn sombere gedachten. „Ga je weg?"

Vertel mij nou eens wat ik met jou aan moet

„First sergeant Andrew James."

De soldaat veert op uit zijn stoel en gaat in de saluuthouding staan als zijn meerdere colonel dr. Lewis het tijdelijke en slecht verlichte kantoortje binnensloft. Het kantoortje bevindt zich in het Rode Kruis-kamp, dat op verzoek van de koning van Jordanië is opgericht naast het Government Hospital in Mafraq. Als gevolg van een bombardement in het dorpje Nissab net over de grens in Syrië is men al maandenlang bezig de lichamen te borgen en te identificeren. Bovendien kampt het ziekenhuis met ziekte-uitbraken en kunnen ze alle hulp goed gebruiken. In ruil hiervoor mag het Amerikaanse leger gebruik maken van de Jordaanse Army Airbase aan de andere kant van het spoor. Hier worden goederen vanuit Amerika met vliegtuigen ingevlogen en via de trein zo ver mogelijk de oorlogsgebieden in Syrië in vervoerd.

Colonel dr. Lewis draagt een uitgeput gezicht passend bij zijn stemming, zijn doktersjas en dito omstandigheden. Zijn brilletje glijdt telkens ergerlijk van zijn neus. „Ja ja. Rust en zo." Slapjes gebaart hij de soldaat te gaan zitten en neemt zelf plaats aan de andere kant van het bureau.

„Tja." Hij is blij dat hij kan zitten, merkt hij aan zijn rug, terwijl hij de volheid van de asbak op zijn bureau in ogenschouw neemt. Dan bekijkt hij de soldaat door zijn kleine brilletje en haalt ongeïnteresseerd zijn schouders op. „Vertel mij nou eens wat ik met jou aan moet."

Fijn dat hij weer de klos mag zijn om de gebroken vogeltjes op te vangen. Want onder de helblonde stekeltjes, de zongebruinde huid en het gespierde fysiek ziet colonel dr. Lewis in de blauwe ogen van de soldaat dat dit een gebroken man is. Hij heeft in zijn lange jaren als legerarts genoeg van dit soort ogen gezien.

Zoals verwacht geeft de soldaat hem een lege blik. „Ik kom hier om u te dienen, meneer."

„'Meneer' zegt-ie. Dienen, huh!" snuift colonel dr. Lewis meewarig. „Het is me wat." Hij opent de onderste bureaulade en haalt er een half opgerookt zelf gefrommeld jointje uit, dat hij aan de soldaat aanbiedt. „Jij ook een haal?"

„Nee meneer."

„Oké joh, jouw feest." Onverschillig steekt hij het peukje aan met een aansteker. Met kracht zuigt hij een heerlijke teug lokaal geoogste ontspanning naar binnen. Langzaam en voldaan blaast hij de rook in de richting van de soldaat.

„Oké. Colonel Jackson was nou niet echt te spreken over jou. Waarom zei hij niet, maar toen ik hem bedankte voor de dubieuze eer waarmee hij zijn zonnestralen over mij heen laat schijnen ..." Met opgetrokken wenkbrauw priemt hij over zijn kleine brillenglaasjes heen, „... vertelde hij me dat jij ,er goed voor bent de rotzooi op te ruimen, omdat hij er klaar mee was dat voor jou te doen'. Boude uitspraak in deze contreien. Zelfs voor díe klojo. Wat heb je geflikt?"

Hierop slaat de soldaat beschaamd zijn ogen naar beneden en op dat moment rinkelt zijn smoezelig uitziende telefoon op het bureau.

Geërgerd om de onderbreking grist hij de hoorn van de haak. „Lewis. Uhhuh ja. Ik kom eraan."

Hij klapt de hoorn terug op de haak en staat abrupt op. „Joh, het maakt me ook allemaal niet uit ook. Je kan je morgenochtend melden bij major Poston. Die zal je verder op de hoogte brengen."

Nogal onhandig draait hij zich uit de draaibare-bureaustoel-knoop waarin hij zichzelf had gemanoeuvreerd. Ongeduldig stampt hij het laatste stukje joint uit in de asbak, die nu zéker veel te vol is, waarna hij naar de deur loopt.

„Sorry, ik moet weg, dus je moet het even zelf uitzoeken nu."

Liquid Blue

Ben opent de deur voor Chloe en weifelend stapt ze de repetitieruimte binnen. Buiten kon ze de muziek al horen die op slag wegsterft door haar entree. Als haar ogen aan de schemer gewend zijn, ziet ze een gezellige kamer met Perzische tapijten op de grond en rode doeken over de lampen. Drie jongens tussen opgestelde muziekspullen en een meisje met lange vlechten, dat aan de zijkant op een oude bank zit, kijken haar vol verwachting aan.

Liquid Blue, denkt Chloe. Oké, hier gaan we dan.

Op het videoclipje van Ben had ze al gezien dat ze iets ouder zijn dan zij, maar toch ook niet veel ouder. Die jongen met de gitaar ziet er ook in het echt wild uit met zijn warrige haar voor zijn ogen. Op een goede manier dan, denkt ze, een beetje zoals de zanger van Bon Jovi uit de *Keep the faith*-tijd. Dus zonder dat gekke permanentje. De stevige bassist heeft een sympathiek rond gezicht met appelwangen; een gezicht van iemand die je gelijk mag. De jongen op de cajon is cool en heeft echt een heel toffe afro, vindt ze. Ook in het echt. Het meisje met de lange donkerharige vlechten knikt haar vriendelijk toe.

Zonder pardon duwt Ben Chloe de ruimte in. „Nou jongens, dit is nou Chloe!" Daarop knipoogt hij schalks naar het meisje. „En meisje natuurlijk."

„Chloe, dit is Josh, dit is Danny en dit is Charlie." Ben wijst de jongens om de beurt aan en ze schudden handen. „En dit is Clara, de vriendin van Danny, en ook de onlangs verkozen manager van de band."

„Ik doe mijn best, ik doe mijn best," lacht Clara, waarna ze zich naar Chloe richt. „Ha Chloe, fijn dat je er bent. Heb je er zin in?"

Ongewild blaast Chloe een adem uit die verraadt dat ze die al enige tijd had staan inhouden. „Eh, zin? Eh ... ja!"

Ze brengt de boodschap niet overtuigend over, waarop Clara haar een bemoedigend kneepje in haar arm geeft. „Komt vast goed."

Voortvarende Josh staat al klaar met zijn gitaar. „Nou, ik dacht dat je misschien kan aanhaken op wat wij spelen. Kijk, dit liedje bijvoorbeeld."

Hij zet een leuk gitaarriedeltje in, waarop Charlie op zijn cajon plaatsneemt en invalt op Josh, zo ook Danny op zijn basgitaar. Het lijkt een vrolijk riedeltje en Chloe pakt snel haar glimmende viool en strijkstok uit de versleten koffer, onderwijl luisterend. Eén voor één kijkt ze naar de jongens om een goed invalmoment te vinden, waarbij haar vingers bibberen van de zenuwen. Ze strijkt haar eerste noot, en gelukkig, die zit goed. Ze speelt een mooi vrolijk melodietje, denkende dat dat is wat de jongens willen horen. Het klinkt volgens haar niet slecht, al voelt het voor haar als een schoolopdracht.

Plots stopt Josh, waardoor Danny en Charlie ook stilvallen. Chloe ziet hun bedenkelijke gezichten en kijkt met wat paniek in haar ogen om naar Ben die haar aanmoedigend toeknikt. Maar ze voelt zich toch een stuk kleiner dan ze is. „Deed ik het niet goed?"

Op dat moment drukt Clara haar een groot glas met een goudgeel goedje in haar hand. „Hier, doe eerst deze maar."

Chloe ruikt het goedje al, voordat ze het naar binnen slokt. Ze moet haar best doen zich niet te verslikken. Sterk spul.

Glimlachend pakt Clara het lege glas van haar aan. „Scheelt een slok op een borrel, toch."

Ondanks haar zenuwen glimlacht Chloe. Aardige meid, die Clara.

Peinzend kijkt Josh voor zich uit, terwijl Danny en Charlie hem afwachtend aankijken. Dan stelt hij voor: „Weet je wat. Wij spelen gewoon even en jij doet je ogen dicht. Probeer te horen wat ik je probeer te vertellen met mijn gitaar. Zodra je het gevoel hebt dat je snapt wat ik zeg, dán pas ga je spelen. Zullen we dat proberen?"

Chloe knikt wat onzeker. „Oké. Ja, dat is goed."

Onbewust gaat ze in de speelstand staan, om dan bewust haar armen naar beneden te doen, zich de nieuwe afspraak herinnerend. Josh zet hetzelfde riedeltje in en Danny en Charlie volgen hem op de voet. Voor wat steun kijkt ze om naar Ben. Hij gebaart ,doe nou maar, er kan je niets gebeuren, en misschien gebeurt er wel iets goeds'. Ze hoort hem zijn gebruikelijke mantra in haar hoofd zeggen en kijkt weer naar de jongens voor haar. Dan haalt ze diep adem en doet ze haar ogen dicht. Wat probeert hij mij te vertellen, denkt ze. Ze luistert naar de akkoorden van de gitaar, hoe de bas daarmee speelt en hoe de cajon haar in een ritme dwingt. Haar hoofd deint lichtjes op de maat op en neer. Nu denkt ze niet meer, ze voelt. En ze voelt een brok in haar keel komen. Als in een droom pakt ze haar viool op en zet ze hem tegen haar gezicht. Het koude hout voelt als een vertrouwde omhelzing tegen haar wang en ze zucht onhoorbaar. Nog met haar ogen dicht begint ze te spelen, dit keer een weemoedige verlangende melodie met lange noten.

Verschrikt opent Chloe haar ogen. Weer zijn de jongens stilgevallen en niemand in de kamer beweegt. Ze kijkt in drie paar ogen die haar heel vreemd aankijken, vindt ze. Misschien is ze toch niet klaar voor haar eigen grootste plannen en wensen en bakt ze er helemaal niets van. Weer vraagt ze, met een nog kleiner stemmetje: „Doe ik het niet goed?"

Maar de jongens zwijgen en ze kijkt schichtig om naar Ben, die net zo vragend terugkijkt. Nee, dit is vast geen goed begin.

Dan springt Josh op en Chloe schrikt van de explosiviteit van zijn actie. Hij pakt zijn gitaarhals een stukje steviger beet en kijkt haar indringend aan met intens lichtblauwe ogen, die haar recht in haar ziel lijken te kijken. „En deze, doe deze eens!"

Hard stampt Josh met zijn voet, terwijl hij een uptempo funky en ietwat ruig gitaarrifje speelt, waar Charlie en Danny direct op invallen.

Automatisch gaat Chloe weer in de speelstand staan, maar Josh gebaart met zijn hand tussen twee akkoorden door. „Nee, nee! Weer eerst met je ogen dicht!"

Hierop doet ze haar viool en stok weer naar beneden, waarna ze omkijkt naar Ben en zucht. Ze vindt dit wel moeilijk en ze voelt haar oksels vochtig worden onder haar rode T-shirt.

Oké Chloe, spreekt ze zichzelf in gedachten toe. Chill the f down! Voeten op de grond. Ogen dicht. En oren open.

Ze doet haar ogen dicht en zucht. Door haar zenuwen duurt het dit keer wat langer, voordat ze hoort wat Josh aan het vertellen is. Ze zijn zelfs het eerste stukje al aan het herhalen. Naarstig probeert ze de zenuwen in toom te houden die haar gehoorgang en hart blokkeren.

Oké, luisteren, instrueert Chloe zichzelf ferm. Op dat moment kruipt er een klein glimlachje van haar hart naar haar mond, omdat ze inderdaad hoort wat Josh aan het vertellen is. Alsof hij haar aan haar mouw trekt om mee te komen naar de wondere wereld waarin hij zich bevindt. Mee naar de speeltuin. Waar geen regels zijn. Daarop legt ze snel haar viool tegen haar wang en strijkt ze met haar stok een vrolijk themaatje. Af en toe speelt ze er een lekker ondeugend nootje tussendoor, dat ze ongemerkt begeleidt met een wiebelend wenkbrauwtje.

Als ze haar ogen weer opendoet, ziet ze tot haar grote opluchting dat de drie jongens lachend naar elkaar en naar haar kijken. Zij vindt het zelf helemaal leuk in ieder geval. Het voelt goed en ze kan en durft zichzelf helemaal te laten gaan. Het lijkt wel alsof de jongens háár aanvoelen in plaats van andersom en het spel van Josh neemt haar zo gemakkelijk mee. Het gaat gewoon vanzelf. Wat een heerlijk gevoel!

Abrupt stopt Josh met spelen, alsof hij zich niet langer kan inhouden. „Te gek, man! Zo, dat was te gék!"

Danny knikt uitbundig en instemmend naar Josh en Chloe en coole Charlie springt op van zijn cajon. „Jezus, man, wat gebeurt hier?!"

Het komt op Chloe over dat ze het dit keer goed heeft gedaan, maar ze is er toch nog niet helemaal zeker van. Ze houdt haar adem in en kijkt heimelijk om naar Ben om zijn reactie te peilen. Hij grijnst van oor tot oor en lijkt van trots zelfs wat langer te zijn geworden.

Oh, denkt ze met opluchting. Goed. Het is écht goed, verzekert ze zichzelf en er verschijnt een glimlach op haar gezicht. Ze had niet gedacht dat ze gewoon zichzelf mocht en kon zijn. Dat concept was ze toch een beetje kwijtgeraakt. Misschien was dat wat die ogen-dicht-truc van Josh deed. Alsof die de regeltjesmuur afbrak die ze van school opgelegd kreeg, waarna ze vanuit haar hart kon spelen. Geamuseerd bekijkt ze de jongens die bijna ruzie lijken te maken over de volgende song die ze met haar willen spelen.

Ineens stoot Clara haar aan. „Ik denk dat je hier nog wel even bezig bent vandaag."

Daarop begint Chloe te glimmen. Precies wat ze zelf ook wilde. Haar glimlach voelt alsof die nog wel een tijdje in haar gezicht gebeiteld zal staan.

Even naar huis bellen

„Rosa!" blaast first sergeant Andrew James opgelucht de microfoon van de telefoon in.

„Meneer Andrew." Hij kan haar maar slecht horen. „Ik moet stil zijn, zachtjes. Oké, meneer Andrew?"

Hij staat in zijn ieniemienie kantoortje dat direct grenst aan de goedereningang van het tijdelijk met dunne gehorige gipswandjes gebouwde Rode Kruis-kamp naast het ziekenhuis. Er lopen veel mensen in ziekenhuisuniformen heen en weer dankzij de laatste zending die hij net heeft opgehaald.

„Rosa, hoe is het met mijn moeder?"

„Ach, meneer Andrew ... ze is ziek, élke dag ziek van het gif dat ze in haar spuiten." Rosa's dikke Mexicaanse accent is nog erger dan normaal door de waterval van woorden. „Ik zeg haar elke dag, *todos los dias*, meneer Andrew. Ik zeg tegen haar, ‚mevrouw, u wordt beter, u bent zo sterk, wacht maar', maar ..." Rosa's stem breekt. „Ze is niet meer zo sterk, meneer Andrew. *Demasiado veneno* ... is ... is teveel gif."

De tranen zijn in Andrews ogen gesprongen tijdens het emotionele relaas van Rosa en hij probeert ze weg te knipperen. In een van de knipperslagen ziet hij de twee bullenbakken van zijn barak de goedereningang inlopen. Als de bliksem draait hij zich om in de hoop dat ze hem niet zien, wat natuurlijk belachelijk is aangezien zijn kantoortje direct naast de ingang ligt en ze vast voor hem komen. Hij besluit het gesprek snel af te ronden. Hopelijk kan hij nog redden wat er te redden valt.

„Rosa, even snel, ik moet zo weg," blaast hij de microfoon in. „Er wordt één dezer dagen een brief bezorgd van mij, voor mijn moeder. Mijn vriend, hij heet Ben, komt ermee langs. Kan jij hem opvangen, zodat hij de brief persoonlijk aan mijn moeder kan geven? Alsjeblieft? Het is belangrijk."

„James!"

Andrew schrikt op uit zijn haastige relaas, waarbij hij weet dat deze dag geen goede afloop meer kan hebben. Langzaam draait hij zich om om de aankomende ellende dan maar zo snel mogelijk het hoofd te bieden. Hij kijkt recht in de ogen van bullebak Nummer Eén die in de deuropening van zijn kantoortje staat en wordt bijgestaan door zijn trouwe bullebak-assistent Nummer Twee, die schuin achter hem staat. Ze lijken wel personages uit een clichématige legerfilm. En ze doen weer die *G.I. Joe*-imitatie, van ‚oh wat ben ik breed en stoer', denkt hij. Het werkt echter wel, merkt hij daarop, geïntimideerd door zoveel testosteron dat hem aankijkt. Plechtig hoort hij Rosa beloven hoe goed ze die brief wel niet zal opvangen van meneer Ben, waarna hij de telefoonhoorn langzaam op de haak legt. Strak houdt hij Nummer Eén in het oog.

„Wat ben je aan het doen?" beveelt Nummer Eén, met een korte ruk van zijn kin. Zijn ogen lijken wel van staal. Andrew hoopt dat hij er nog een beetje stoer uitziet. Hij heeft zichzelf wel alvast breder gemaakt met zijn schouders.

„Ja, wat ben je aan het doen?" papegaait Cliché Nummer Twee achter Cliché Nummer Eén vandaan.

Andrew probeert een lachje en wijst met een zwak vingertje naar de heuse aanwezigheid van een ouderwetse telefoon op zijn ieniemienie bureautje. „Nou, eh, wat denk je jongens ... bellen?"

„Wat, met je vriendje?" vraagt Nummer Twee op verwijfde toon.

Nee, met mijn huishoudster, denkt Andrew. Maar op de een of andere manier leek dat antwoord nog minder geslaagd om uitgerekend tegen deze uit de kluiten gewassen mannen te zeggen die overduidelijk zonder privileges ter wereld waren gekomen.

„Nou?" beveelt Nummer Eén.

„Ik zeg het je," zegt Nummer Twee betweterig en dan weer op verwijfde toon: „Zijn vriendje."

Andrew probeert zijn toon licht te houden. „Even naar huis bellen. Niets aan de hand, hoor."

„Zo zag het er niet uit," bromt Nummer Eén.

„Mijn moeder is ziek." Verontschuldigend haalt Andrew zijn schouders op en trekt even een *sad duck face*. Misschien werkt de compassie-manipulatietechniek? Die had hij nog niet geprobeerd.

Hij ziet al gauw aan het hoofd van zowel Nummer Eén als Twee dat ook díe techniek tot mislukken gedoemd is.

Missie geslaagd

Ben drukt op de deurbel van het imposante Park Avenue-gebouw in New York waar de ouders van Andrew wonen en wordt binnengelaten door de portier. Na de propere melding van zijn naam, de te bezoeken bewoners en de reden van zijn bezoek mag hij door naar de topverdieping op de vijfde. De lift is groter en glimmerder dan zijn toch best ruime badkamer in New Orleans en brengt een gezapige Kenny G voort.

Slechts zijdelings heeft Ben te maken gehad met het rijke nest waaruit Andrew was voortgekomen, maar dit maakt wel indruk. Hij begrijpt beter waarom zijn vader zo'n druk op zijn zoon uitoefende en hem koste wat het kost in het leger wilde houden. Dit soort mensen heeft immers een status hoog te houden. Ondanks dat ,oneervol ontslag' dat Ben er zelf aan over heeft gehouden, heeft hij toch de betere deal gehad, zo vindt hij zelf. Hij is er godzijdank vanaf. En dankzij de financiële afkoopsom hoeft hij zich de komende tijd nergens zorgen om te maken.

De voordeur wordt geopend en een oudere, gedistingeerde heer met wit haar staat Ben beleefd te woord. „Goedenavond, waar kan ik u mee helpen?"

Met zijn vriendelijkste gezicht steekt hij zijn hand uit ter kennismaking. „Goedenavond, meneer James. Ik ben Ben Weaver."

Het gezicht van mr. James III reageert echter heel anders op zijn goede bedoelingen. De man stapt achteruit en er verschijnt een argwanende frons op zijn gezicht. „Ben Weaver."

Van zijn stuk gebracht door de negatieve reactie waagt Ben er nog maar eens een vriendelijk en onschuldig glimlachje aan. „Ja. Eh, ja, ik ben nou Ben."

De man stapt met vaart twee grote stappen vooruit zodat hij vlak voor Bens neus staat. „Wat wil je? Het geld is nu op. Dat je dat even weet."

Ben is behoorlijk geïntimideerd door de felheid van deze zo voornaam lijkende man. „Nee, nee, ik kom helemaal niet voor geld!"

Plots kijkt de man om hem en Ben heen. Daarop loopt hij afwerend nee-schuddend, nee-zeggend en nee-gebarend met hoge snelheid achteruit de woning in. Ben kan amper volgen wat er gebeurt.

„Nee meneer, nee, het gaat over heel wat anders!" probeert Ben nog, maar de deur is al halverwege de zin in zijn gezicht dichtgeslagen. Ben zucht en weet niet wat hij nu moet doen. Moet hij de brief maar onder de deur schuiven? Maar die gooit mr. James III meteen weg, zeker na zijn briljante kennismakingspoging van net. En er is ook geen schuifruimte onder de deur te zien, ziet Ben. Tot dusver plan B. Hij krabt zich op het hoofd en draait zich gelaten om naar de lift.

De lift pingt open op het moment dat de voordeur van de woning zachtjes opengaat. Ben kijkt om en een klein vrouwtje met zwart haar in een knot glipt naar buiten, waarbij ze de voordeur op een klein kiertje laat openstaan. De lift pingt dicht en Ben en de vrouw lopen op hun tenen naar elkaar toe.

„Haai," fluistert de vrouw met een Mexicaans accent. „Ben jij meneer Ben?"

Ben knikt.

Ze checkt snel de voordeur en fluistert dan: „Meneer Andrew belde me dat zijn vriend meneer Ben een brief voor zijn moeder komt brengen. Nou, dat moet jij dan zijn, hè?"

Ben realiseert zich de kouwe kak nóg meer bij het horen van de titels ‚meneer Andrew' en ‚meneer Ben' en het zien van het ouderwetse huishoudsteruniform dat ze draagt. Deze vrouw moet toch minstens dertig jaar ouder zijn dan Andrew. Waarschijnlijk heeft ze zijn luiers nog verschoond en dan ‚meneer Andrew' moeten zeggen. Nee, van dit soort kouwe kak krijgt hij maar buikpijn. Al is de kleine vrouw zelf helemaal geen koude kak, de warmte straalt er juist vanaf.

Ben fluistert dankbaar: „Ja, dat klopt! Ik heb hem hier, dit is 'm!" Hierop haalt hij de brief uit zijn binnenzak en geeft hij deze aan de huishoudster.

De huishoudster heeft tranen in haar ogen als ze de brief aanpakt.

„Dankjewel, dat zal mevrouw James goed doen."

Even raakt ze met haar andere hand Bens hand aan als teken van dankbaarheid. Dan draait ze zich om om terug het huis in te glippen.

Hij fluistert haar na: „Hoe is het met haar?"

Ze draait zich half om en haalt moedeloos haar schouders op. „No bueno, niet goed. De artsen zeggen van alles, maar ja ..."

Ze knikt naar de brief in haar hand. „Daarom is dit ook zo fijn."

Met een triest glimlachje glipt ze als een muis het appartement in en doet ze de deur dicht.

Ben slaakt een zucht namens zijn vriend Andrew over het aankomende, onvermijdelijke lot van diens zieke moeder. Weer een missie geslaagd. Ondanks het slechte begin en een rot-einde voor allen, denkt hij opstandig.

Dan draait hij zich om en neemt hij de beslissing zich vanaf nu alleen met zijn nieuwe Franse missie bezig te houden. Voor zijn gezondheid. Voor zijn toekomst. En met name voor zijn karma. Hij voelt de noodzaak daartoe vanuit het diepst van zijn wezen. Dus vanaf nu noemt hij zijn ondernemingen ook geen missies meer.

Voortaan noemt hij ze ‚avonturen'.

Papa, ik help je wel

„Papa, ik help je wel."

Vier uur voor middernacht op oudejaarsavond schiet Jacintha haar dronken vader André te hulp. Ze sjort hem uit zijn comfortabele leren stoel omhoog en ondersteunt hem, totdat hij steviger op zijn benen lijkt te staan.

„Dankjewel, schatje." Met veel liefde in zijn ogen glimlacht hij dankbaar naar haar.

Ook Monique kijkt dankbaar naar haar lieve dochter als ze André in de gaten blijft houden op weg naar het toilet, waarna ze een trieste, wetende blik met elkaar delen. Middernacht gaat hij niet halen. Monique kijkt naar de veel te lege fles wodka die op het bijzettafeltje naast André's stoel staat. Nee, middernacht gaat hij niet halen.

Al maanden ziet Monique lijdzaam aan dat het niet goed gaat met haar man. Er valt ook bijna niet meer met hem te praten. Overdag heeft hij last van een kater en komen er maar éénlettergreperige woorden uit. En 's avonds is hij zo in de olie van de drank dat hij het of verkeerd opvat of niet eens begrijpt wat Monique zegt. Ze voelt zich er hopeloos onder, omdat ze weet dat er onder al die drank een hulpbehoevende man zit die ze maar niet kan bereiken. Sowieso is André een binnenvetter van de grootste orde. Ze gelooft er dan ook niets van als hij zegt dat hij oké is. Hij is duidelijk niet oké. Dat ziet ze elke dag.

Op haar werk heeft ze met een maatschappelijk werker gesproken die hulp voor André kan regelen. Mits hij het zelf wil. Ze heeft tot nog toe geen kans gezien om dat gesprek met André te voeren. Ze is ook zo moe van het harde en vele werken en de zorgen dat ze blij is dat ze met het gezin een rustige oudejaarsavond kan vieren vanavond. Haar zoon Jamal zit boven te gamen, maar hij zal zo ook wel naar beneden komen, verwacht ze.

Taylor Swift staat bij de *Dick Clark Rockin' New Year's Eve*-show op de tv zachtjes te zeuren over *Haters gonna hate*. Monique kijkt naar het bewegende beeld zonder de bipswiegende, klagende Taylor te zien of te horen.

Zwaaiend op zijn benen komt André terug van het toilet en strompelt hij naar zijn stoel in de woonkamer. Halverwege struikelt hij echter over niets op de vloer. In zijn sloffen kan hij zijn evenwicht niet bewaren op de gladde parketvloer en hij belandt met een vaart in de knipperende kerstboom voor hem. De kerstboom bewaart het evenwicht ook niet en valt met een klap naar achteren, waarbij André boven op en midden in de kerstboom belandt. Ruw wordt de stekker van de kerstlichtjes uit het stopcontact gerukt en op slag knippen de lichtjes uit. De kapotvallende kerstballen veroorzaken een lawaai vanjewelste en schieten alle kanten de kamer in.

„André! Papa!" roepen Monique en haar dochter tegelijk verschrikt uit. Ze haasten zich naar de man die verstrikt zit in de kerstslingers en die zich naarstig van de beklemmende boom denkt te kunnen ontdoen door wild met zijn armen te maaien. Zijn linkerhand tikt daarbij per ongeluk tegen de wang van Monique, die van schrik en pijn twee stappen naar achteren doet.

André verstart en het is even doodstil.

Op het moment dat Jacintha bukt om een hand op zijn schouder te leggen, gaat André als een gek met zijn vuisten en voeten in de omgeharkte boom tekeer. Hij verwenst hem schreeuwend en vloekend naar de hel, als de grote schuldige in dit verhaal. Alle boosheid over de onrechtvaardigheid van zijn situatie lijkt er in volle glorie uit te komen. Hij heeft het inmiddels zo lang opgekropt dat het een tsunami van een woest oergevoel is die de onschuldige boom over zich heen krijgt.

Geschrokken trekt Jacintha haar hand terug en doet ze een stap naar achteren. Ook Monique schrikt van de aanblik voor haar. Nog nooit van haar leven heeft ze haar lieve man zo kwaad en stampend gezien. Het beangstigt haar. Maar hij kan het niet tegenhouden, lijkt wel. Schreeuwend en stampend verwoest hij de kerstboom tot groene dennenpulvers en glimmende scherven die onder de luchtverplaatsing van zijn armen en benen door de kamer stuiven, alle kanten op.

Dan neemt Monique het heft in handen en wijst ze hem onverbiddelijk terecht. „André!"

Op slag stopt hij met zijn tirade en valt hij stil.

Met tranen in haar ogen hurkt Jacintha naast hem neer en legt ze haar hand zachtjes wrijvend op haar vaders schouder. „Papa, kom. Ik help je wel."

Oudejaarsavond

„Voor plezier," meldt Ben vrolijk aan de douaneman die eigenlijk geen ander antwoord leek te verwachten op zijn vraag. Het is immers 31 december 14.07 uur, en ik ben in Parijs! denkt Ben uitgelaten. Hij had zichzelf meer dan genoeg tijd gegeven om na zijn aankomst op het Charles de Gaulle-vliegveld ruim voor vijf uur in de binnenstad bij het kantoor van Sophie te arriveren. Hij had op de vlucht vanuit New York geslapen als een os en van Sophie gedroomd. Met een lach op zijn mond was hij wakker geworden en met diezelfde lach staat hij naar de douaneman te stralen.

De man geeft hem zijn paspoort terug. „Veel plezier dan ook."

„Dat gaat wel lukken," verklaart Ben met een grote grijns.

De oudere man knikt instemmend alsof hij zich de goede tijden ook nog kan herinneren. „Volgende."

Ben loopt de paspoortcontrole uit en de grote aankomsthal in. Ondertussen checkt hij alle borden of hij daar de gewilde ‚taxi' op ziet staan. Het is een eind lopen en hij manoeuvreert zijn trolley behendig door de drukte. Dan ziet hij zijn doel en het laatste stukje van de weg naar zijn nieuwe avontuur.

Nog een half uur, denkt Sophie verbeten met een blik op de klok. Nog even doorbijten. Thierry had deze laatste dag wel tot een hel gemaakt met al die lullige en onnodige renklusjes voor hem. Ze had ze allemaal tot een goed einde had gebracht, zodat hij niets te klagen had over haar competentie.

Ze kan zich niet meer voorstellen dat ze ooit dacht dat ze verliefd op hem was. Ze weet nu wel beter, denkt ze, terwijl er een glimlachje op haar gezicht verschijnt bij de gedachte aan Ben. Hij heeft het haar draaglijk gemaakt tijdens deze laatste paar weken die ze hier verplicht moest uitzitten. Ze hebben bijna elke avond met elkaar gechat via Facebook of geskypet. Het was even wennen geweest, Ben zonder dreadlocks, maar hij was zijn haardos op pure wilskracht aan het groeien, zei hij. Behalve dat was er verder niets veranderd aan zijn guitige uiterlijk of karakter.

Ondanks dat Thierry opperlullig tegen haar was geweest sinds hij haar ontslag zo publiekelijk had omgeroepen, hadden al zijn onderwatersteken haar niet eens geraakt. Ze waren simpelweg van haar afgegleden. Ze had hem en zijn verwaande ego zelfs een keertje in zijn gezicht uitgelachen. Het was per ongeluk gegaan. Ze had Ben de avond ervoor Thierry's Facebook-profielfoto laten zien en die had daarop ,ziel van potaarde' uitgeroepen. Sophie kende de uitdrukking helemaal niet. Maar toen ze Thierry's gezicht had gezien de volgende ochtend, had ze ineens de betekenis begrepen en was ze alsnog in de lach geschoten. Oeps. Dat was uiteraard een knak voor zijn ego geweest en zeer slecht gevallen. Daarna had hij uiteraard een stapje bijgezet om zich van zijn slechtste kant te laten zien. Het was haar terdege opgevallen dat hij erger werd naarmate zij het zich minder aantrok. Egotripper. Machtswellusteling. Narcist. Ach, karma zou wel met hem afrekenen.

En, denkt ze met weer een snelle blik op de klok, nog vijftien minuten! Haar glimlach wordt met de minuut breder. Over een uur is ze thuis en kan ze Bens olijke lach en pretoogjes weer zien via haar laptopschermpje en zo samen oudejaarsavond vieren. Haar oorspronkelijke plannen voor vanavond met de meiden van het werk had ze afgeblazen. Dat was gepland voordat ze wist dat ze ontslagen zou worden. Ze denkt niet dat iemand dat haar kwalijk zou nemen gezien de situatie. Maar eerlijk gezegd, kan het haar niet eens schelen wat ze denken. Ze hadden haar sinds Thierry's actie zo raar aangekeken. Het beviel haar niets hoe zij zichzelf door hun ogen terugzag. Als ze uitging van Thierry's standaardprocedure bij een ,gekrenkt ego', heeft hij haar achter haar rug vast flink zwart gemaakt. Sophie wil die vuiligheid niet eens weten. Het zegt immers meer over hem dan over haar.

Toen iedereen op de afdeling om drie uur vertrok om zich klaar te maken voor hun oudejaarsavondplannen, had ze zich op de wc verstopt. Ze hoefde geen afscheid van haar collega's. Ze wilde het liefst met zo'n stil mogelijke trom haar nieuwe vrijheid in.

Weer kijkt ze op de klok, het is zes voor vijf. Nog één minuut en dan sluit ik af, denkt ze, met haar gezicht in een heerlijke grijns. Ze richt alvast haar muis op de kruizen rechtsboven in haar computerscherm en met haar oog op de tikkende klok is ze klaar voor de start.

Alsof hij het ruikt, staat Thierry ineens aan haar bureau. Hautain commandeert hij: „De brochure voor Michelin, waar is die?"

Hij staat maar vervaarlijk dicht bij haar, vindt ze, maar ze doet alsof ze zijn opdringende aanwezigheid niet door heeft. „Op je bureau," zingt Sophie hem onbewogen toe.

Dan klikt ze demonstratief alle kruisjes op haar scherm dicht. Met eenzelfde vloeiende beweging klikt ze op de startknop en ,afsluiten'.

„Je bent nog niet klaar!" buldert Thierry over de lege afdeling.

Sophie kijkt onschuldig vragend naar hem met een bewust ,om-gek-van-te-worden-glimlachje' om haar mond. „Maar Thierry, ik ben toch allang klaar met jou."

Kordaat staat ze op en doet ze haar spullen in haar tas, ritst deze dicht en legt haar jas over haar arm. Ondertussen realiseert ze zich zeer goed dat ze als enige twee op de afdeling zijn achtergebleven. Wanneer ze aanstalten maakt om weg te lopen, kijkt ze al snel tegen een rood aangelopen Thierry aan die met gebalde vuisten haar weg verspert. Wéér voelt ze zich geïntimideerd door deze man. Zijn helse ogen maken haar nu zelfs nog banger dan toen ze het net had uitgemaakt. En ze kan er niet langs. Van binnen voelt ze haar angst omslaan in paniek. Hij lijkt niet in staat om woorden voort te brengen en staat rood aangelopen als een soort neanderthaler dreigend voor haar. Een knuppel en een grot zouden hem momenteel niet misstaan.

„Pardon." Ze probeert langs hem te glippen, maar hij beweegt mee met haar beweging en laat haar niet door.

„Thierry!" Gefrustreerd geeft ze hem een zetje naar achteren. „Hou nou op, joh!"

Dan pingen de liftdeuren open. Een oudere man in joggingpak met een grote koptelefoon op zijn hoofd rolt verveeld een schoonmaaktrolley de afdeling op. Thierry wordt er een moment door afgeleid en vliegensvlug duikt ze onder zijn andere arm door. Hij probeert haar dan te grijpen, maar mist net haar wapperende jas. Ze schiet langs de verbaasd uitziende schoonmaker de open lift in, waarbij Thierry haar woest achterna stampt. Wanhopig drukt ze op de BG-knop en fluistert paniekerig tegen het rode lampje: „Schiet op, schiet op, schiet nou op," de lift bevelende nú zijn deuren dicht te doen.

De schoonmaker lijkt aan te voelen dat er iets niet pluis is en rolt zijn schoonmaaktrolley voor de liftdeuren om zo de weg voor Thierry te blokkeren. Hierop laat Thierry een prehistorisch gegrom horen nu hij niet bij de lift kan komen als deze pingt dat hij zijn deuren dichtdoet.

Als de liftdeuren bijna dicht zijn, roept Sophie nog een hart-grondig: „Bedankt!" naar haar redder die de blokkade handhaaft tussen de lift en de agressieve Thierry.

Ze staat te trillen op haar benen. Ze moet er niet aan denken wat er gebeurd zou zijn als die man niet tussenbeide was geko-men. Ze hijgt en bibbert en de tranen schieten in haar ogen. De zoevende rit naar beneden en de mooie zachte pianoklanken van de *Moonlight Sonata* vanuit de liftspeakers proberen haar te kalmeren. Maar het helpt maar een beetje. Het helpt eigenlijk helemaal niet. Snel trekt ze haar jas aan voor de kou die buiten heerst en tegen de tijd dat de liftdeuren open gaan, herinnert ze zich dat ze nu haar vrijheid tegemoet loopt, dit keer in meerde-re opzichten. De hal van de receptie is uitgestorven en ze loopt snel naar de draaideur, haar nieuwe vrijheid in. Maar vooral om buiten Thierry's bereik te komen.

Nog vijf minuten, denkt Ben. Hij wrijft in zijn koude handen die deze temperaturen niet gewend zijn. Hij en zijn weekendtas staan al een tijdje te verkleumen in de wind voor het kantoor van Sophie. Maar de beste positie is hier, had hij besloten na een korte verkenning van de opties. Alleen jammer dat hij zo op de tocht staat. Maar ach, hij voelt de kou wel, maar ook weer niet. Zo warm is hij van zichzelf bij de gedachte om Sophie te verrassen.

Hij had het laatste uur maar weinig mensen uit de draaideur zien komen van het hoge moderne gebouw en kijkt nog eens op zijn telefoon naar de tijd en weer terug naar de draaideur. Hij denkt dat hij binnen iemand naar de draaideur ziet lopen. Met geknepen ogen tuurt hij om te ontwaren of het Sophie is. Zodra de persoon vanuit de draaideur in het lichtschijnsel van de straatlantaarn stapt, verschijnt er een heerlijke grijns op Bens gezicht. Hij strekt zijn armen zijwaarts uit in een groot wijds gebaar en roept opgetogen uit: „Sophie!"

Hierop verstart ze, terwijl haar tas van haar schouder glijdt en op de grond ploft.

Ben ziet een scala aan emoties in haar gezicht voorbijtrekken. Hij schrikt als hij ziet dat het angst is en dan ziet hij de tranen over haar wangen biggelen. Met vier grote passen is hij naar haar toe gesneld, waarna hij haar bleke en trillende gezichtje in zijn handen neemt. „Sophie."

Ze kruipt tegen hem aan en hij neemt haar bezorgd en innig in zijn armen.

„Wat is er gebeurd?" Hij had toch een heel andere verwachting van dit moment gehad.

Ongecontroleerd snikt ze in zijn jas. „Ik ben zo blij dat je er bent."

Teder kust hij haar haren. „Ik ook."

Dan ziet Ben beweging bij de uitgang en vanuit zijn ooghoek ziet hij een man met donkere krullen door de draaideur naar buiten stappen. Al snel richt hij zijn blik weer ten volle op Sophie die naar hem opkijkt met die mooie grijze ogen. Hij kan het niet laten de even zo mooie mond te kussen. Het geluid van de voetstappen van de nijdig weglopende man hoort hij niet meer.

Josh zet alvast de nieuwe fles Jack Daniels klaar op de kleine vleugelpiano in de verste hoek van de woonkamer. Dan geeft hij Danny, Clara en Charlie de bestelde flesjes bier die hij voor hen heeft gehaald. Het is een rumoer vanjewelste in het grote huis van zijn oma Nina die deze oudejaarsavond ook het veertigjarig jubileum viert met haar vriendin Nora. Het is pas negen uur, maar het grote huis is tot de nok gevuld met een vrolijk bont gezelschap van jong en oud. De drank vloeit rijkelijk en de driekoppige jazzband in de hoek bij de trap speelt een opzwepende versie van *Tootie Ma Is a Big Fine Thing* dat enthousiast wordt meegezongen door de feestgangers. ,De meiden', zoals de drie uitbundig geklede drag queens graag genoemd worden, zijn grotendeels verantwoordelijk voor de feestelijke aankleding van de grote benedenverdieping. In hun mooiste galajurken en op palen van hakken dansen ze sexy voor de jazzband, waarbij ze bruisende champagne uit smalle elegante glazen drinken. ,Cher', de langste van de drie, geeft Josh een knipoog als hij in haar richting kijkt. Waarom wachten met de champagne tot twaalf uur, had ze Josh eerder toevertrouwd. Ze lijken hun intentie in ieder geval goed uit te voeren, ziet Josh gniffelend.

Voor de gelegenheid heeft zelfs Josh, voor zijn doen, wat nettere kleding aangetrokken. Dat bestaat bij hem uit een spijkerbroek zonder gaten en een schoon wit shirt. Zijn warrige haren hangen voor zijn ogen wanneer hij de fles Jack openmaakt en een genereus glas voor zichzelf inschenkt. Hij is blij dat Chloe er nog niet is en grijpt het moment aan om zijn laatste *brainwave* met zijn bandleden Dan en Charlie te bespreken.

In de laatste dagen is Josh er namelijk overtuigd van geraakt dat Chloe de *missing link* is in hun band na het vele spelen dat ze met elkaar gedaan hebben. Ze brengt niet alleen een nieuwe sound in met haar viool, waar hun muziek nog meer van tot leven komt, maar ze heeft ook goede songschrijver-instincten en kan goed harmonieën zingen. En naast dat allemaal, is ze ook nog eens een heel aardige meid met eenzelfde soort passie voor muziek en neiging tot zure humor als hij.

Josh zou Chloe heel graag vast bij de band willen. Hij kan zich de band eigenlijk al niet meer zonder haar voorstellen. Hij kan echter niet goed inschatten of de afgelopen dagen voor haar slechts een leuk tijdverdrijf tijdens de kerstvakantie zijn geweest. En of ze na de vakantie terug naar haar muziekschool gaat in Baton Rouge. Maar sowieso wil Josh zijn *brainwave* eerst met de band bespreken om te kijken hoe Danny en Charlie erin staan. Ze zijn al zeker drie jaar met zijn drietjes bezig en Josh had nooit kunnen bedenken dat hij er ooit een vierde bij zou willen.

„Dus eh …," begint Josh, zijn stem verheffende om de muziek van het jazztrio te overstemmen dat onder luid gejoel aan het laatste vrolijke deuntje van hun eerste set begint. „Ik had het idee opgevat, maar ik weet niet hoe jullie erover denken, om Chloe bij de band te vragen?" Verwachtingsvol kijkt hij naar zijn bandleden en hij vult ter verduidelijking aan: „Voor vast."

Prompt ziet Josh een tevreden glimlach op het gezicht van Clara verschijnen, die achter Danny staat en de vraag van Josh heeft gehoord. Dat verbaast hem niet, aangezien Clara en Chloe het heel goed met elkaar kunnen vinden. Hij richt zijn blik op Danny en Charlie die de tijd nemen om zijn vraag te overwegen. Dan kijkt Danny Charlie aan en Charlie Danny, waarna ze eensgezind Josh aankijken en hun verlossende antwoord geven.

„Welkom, welkom."

Chloe wordt door een oud guitig vrouwtje aan haar mouw mee naar binnen getrokken voor de feestelijkheden in het indrukwekkende klassieke huis.

„De meiden hebben flink uitgepakt, vind je niet?"

Het vrouwtje zou zelf de winnaar van de wedstrijd kunnen zijn in haar veelkleurige kimono die net als haar witte wilde bos haar op elke beweging zwiert. *Red hot mama from Louisiana* zingt Funkadelic haar toepasselijk toe vanuit de speakers, alsof ze het over haar hebben. Chloe denkt aan de wilde haardos te zien dat dit de oma van Josh, Nina, moet zijn. Ze heeft geen idee wie ‚de meiden' zijn, maar ze neemt aan dat het ‚uitpakken' verwijst naar de kleurrijke aankleding van het indrukwekkende klassieke pand. Overal hangen slingers en andere versieringen en zelfs de gouden spiegels in de gang zijn met boa's in schreeuwende kleuren bekleed. Behalve de glanzende kersenhouten vloer is er geen stukje oppervlakte niet bedekt met sfeerlichtjes, kaarsen, feestelijke snuisterijen en zeer smakelijk uitziende hapjes.

Op uitnodiging van Josh is ze naar het oudejaarsfeest/veertigjarig jubileum van zijn oma Nina en haar vriendin Nora gekomen waar de gehele band hun oud en nieuw viert. Ze hebben de dagen na hun eerste jamsessie gevuld met nog meer jammen wanneer ze maar konden. Na het jammen waren ze naar optredens op Bourbon Street en Frenchmen Street gegaan. Chloe had tot dusver de beste kerstvakantie van haar leven gehad en had het zelfs niet eens zo erg gevonden dat Ben inmiddels naar Parijs was vertrokken. Van het idee dat ze over slechts een paar dagen terug naar school in Baton Rouge moet, wordt ze echter verre van vrolijk. Maar vanavond wil ze genieten en feestvieren ter afsluiting van een geweldige vakantie. Met wat ze zo om zich heen ziet, moet dat wel lukken.

Oma Nina trekt haar langs een stel grote vrouwen in complete galajurken met bijpassende boa's. Als ze langs hen loopt, voelt Chloe zich wat verlegen worden in haar eenvoudige zwarte jurkje en stoere boots. Misschien zijn dit ,de meiden', denkt ze ineens. Ze lachen haar toe en de dubbelganger van Cher proclameert theatraal: „Prachtig haar, schat, prachtig!"

Voor vanavond heeft Chloe haar haar los gelaten in plaats van haar getrouwe staartje, en de kleine krulletjes omlijsten haar hartvormige gezicht. Ze is er zelf wat onzeker over, dus het compliment doet haar goed. Dankbaar glimlacht ze naar de dik in de magnifieke make-up zittende *drag queen* die zelf ongetwijfeld een weelderige pruik draagt. Ze is behoorlijk onder de indruk van het vele werk dat dat uiterlijk gekost moet hebben. „Jij ook."

In antwoord geeft Cher haar een flinke met drie rijen wimpers gevulde knipoog, waarbij Chloe een bijna onmerkbaar windvlaagje op haar wang voelt door de luchtverplaatsing van het gebaar.

Naast de statige trap hangt een prachtige, levensgrote portretfoto van een jonge vrouw met mooi donker haar. Aan de ogen te zien vermoedt Chloe dat dit de oma van Josh is in jongere tijden. In de hoek aan de andere kant staat een grote contrabas en andere opgestelde muziekinstrumenten en speakers.

Oh wat leuk, denkt Chloe blij verrast bij dit aanzicht, er is ook een band. Oma Nina trekt haar mee de grote woonkamer in, waarbij Chloe's oog op Josh valt, die speciaal voor vanavond een spijkerbroek zonder gaten heeft aangetrokken. Zijn wilde haren doen Chloe denken aan de wilde bos van zijn oma, al houdt daar de vergelijking qua uiterlijk op.

„Hé, Chloe!" Josh neemt het typische familietrekje van zijn oma over door haar aan haar mouw mee naar de verste hoek van de woonkamer te trekken. Daar ziet Chloe naast de kleine vleugelpiano haar enige bekenden op dit grote feest staan. Tot haar opluchting heeft Clara ook een jurkje aan met sneakers eronder en haar losse zwarte haar hangt tot aan haar middel. En Danny heeft zowaar een colbert aan en zijn haren gekamd, ziet ze. Charlie is weer zeer cool met zijn afro en een blits, door de zeventiger jaren geïnspireerde retro-overhemd.

„Hoi!" roept ze vrolijk naar Liquid Blue en manager.

„Hoi!" roepen ze terug waarna ze verwachtingsvol naar elkaar kijken, wat Chloe een bevreemd gevoel geeft. Niemand geeft haar echter een verklaring en ze kan niet ontdekken wat er aan de hand is. Ze weet niet goed waar ze in is gestapt en ze trekt vragend haar wenkbrauw op.

Dan stapt Clara kordaat naar voren. „Oké jongens, laat mij maar."

Met drie breed grijnzende jongens achter haar kijkt Clara Chloe aan met haar warme donkerbruine ogen en pakt ze haar handen in haar handen. Theatraal schraapt ze haar keel.

„Lieve Chloe. Wil jij bij de band?" Net zoals Josh vult Clara ter verduidelijking aan: „Voor vast."

„Echt?" Het antwoord duurt haar al bij voorbaat te lang en ongeduldig schudt Chloe Clara's handen op en neer. „Echt?"

Hierop schiet Clara in de lach en de jongens knikken haar beamend toe.

„Ja, echt! Zeker weten!" verklaart Josh met intens oprechte ogen vanonder zijn warrige haren. „Jij bent onze *missing link!*"

Chloe kan haar geluk niet op. Spontaan gooit ze Clara's handen de lucht in en strekt ze haar armen omhoog. „Jaaaaaa!"

Hierop juichen Danny en Charlie alsof hun voetbalteam net het winnende goal heeft gemaakt, en Josh springt jolig een gat in de lucht. Met uitgestrekte armen komt Clara op haar af en geeft ze haar een knuffel. „Fijn! Ben ik niet de enige vrouw!"

„Hier moet op gedronken worden!" roept Josh enthousiast uit, de fles Jack van de piano grissend.

Klein beetje viraal

Als een gek komt Clara de gezellige repetitieruimte van Liquid Blue binnenrennen, met haar knalroze iPhone geklemd in een hand met dito gekleurde nagels. „Jongens!"

Chloe en haar bandleden schrikken van de onstuimige wervelwind met vlechtjes die alle kanten opvliegen. Ze waren net een vierstemmige harmonie aan het arrangeren. Met Chloe's aanvulling op de zangharmonieën is er een nieuw scala aan mogelijkheden ontstaan die ze volop in hun songs willen verwerken. Elk vrij moment dat ze in de afgelopen maanden hadden tijdens hun betekenisloze en slechtbetaalde maar broodnodige baantjes hadden ze gespendeerd aan schrijven. Met goed resultaat, al zeggen ze het zelf.

Chloe's moeder had geprotesteerd toen Chloe haar had meegedeeld dat ze niet terug naar school zou gaan en in New Orleans zou blijven voor haar nieuwe band. Ondertussen had Clara haar een parttimebaantje bezorgd als barista bij haar in de Starbucks op Canal Street en onderdak had ze in de vorm van Bens woning, die in Europa aan de boemel was met een Frans meisje. Met haar natje en droogje geregeld en haar twintigste verjaardag in het vooruitschiet had haar moeder het haar moeilijk kunnen verbieden. Maar het was niet een heel fijn gesprek geweest.

Onstuimig springt Clara op en neer en haar donkere vlechten springen vrolijk mee in tegengestelde richting. „We mogen spelen op JazzFest!" Dan springt ze een enthousiast rondje om haar eigen as. „Op JazzFest! Horen jullie me!" Ze gooit er een welluidende *woehoe* achteraan met bijbehorende victoriesprong.

Chloe en de bandleden veren op en praten enthousiast door elkaar heen, waarbij Josh jolig een gat in de lucht springt. Het is een dolle boel en er is weinig harmonie meer te ontdekken in vergelijking met twee minuten geleden. Maar JazzFest is dan ook heel wat, het is namelijk het grootste jaarlijks terugkerende muziekfestival van New Orleans! Het *New Orleans Jazz & Heritage Festival*, in de volksmond JazzFest, vindt plaats op het immens grote Fairgrounds Race Parcours. Vanaf eind april treden bands twee weken lang op op twaalf podia van verschillende groottes waar lokale en internationale, grote artiesten spelen en nieuw talent wordt gelanceerd.

Dan komen de vragen: „Hoe kan dat nou?", „Hoe heb je dat voor elkaar gekregen?"

Verwachtingsvol luistert Chloe naar de nieuwe manager die sinds vier maanden actief is, nadat de band het regelwonder om promotionele hulp had gevraagd.

„Weten jullie nog? Dat filmpje dat ik had gemaakt?" Clara struikelt over de snelheid van haar eigen woorden.

De bandleden knikken vurig instemmend ‚ja' naar Clara. Een paar weken geleden had Clara de band met haar iPhone gefilmd tijdens de vertolking van hun spiksplinternieuwe song *Voodoo you* die zij als grap tot ‚hun nieuwe hit' hadden gedoopt. Clara had dit filmpje op allerlei socialmediakanalen gezet en er waren heel veel leuke reacties op gekomen. Chloe en de jongens zijn zelf niet zo handig of bezig met dit soort bandpromotie. Daarom beseffen ze maar al te goed hoe blij ze moeten zijn met een Clara die dat wél is.

Ze kan de trots op haar deel van de prestatie duidelijk niet verbergen. „Nou, die is toch, wat we noemen, een klein beetje viraal gegaan. En gezien door een van de organisatoren van JazzFest. Er is een band uitgevallen en nou mogen wij dat gat opvullen!"

„Zo, te gek zeg! Wow, echt waar?" roepen Chloe en Josh door elkaar. Chloe kan het niet geloven. Wat een kans! En ze zit nog maar zo kort bij deze band. Ze kan niet wachten om haar moeder het goede nieuws te vertellen. Misschien dat ze dan wat positiever over Chloe's besluit kan zijn.

Charlie steekt slechts in een vuist gebalde handen in de lucht en springt er stiekem ook een beetje bij, zijn coolheid bijna verliezend. Danny loopt naar zijn vriendin, die hij sinds vele jaren heeft, en tilt haar op, wat hem geen moeite kost gezien zijn forse postuur en Clara's bescheiden lengte. Met haar hoog in zijn armen draait hij een rondje en verklaart: „Jij bent me super."

Hij geeft haar een zoen en hierop roepen Chloe, Josh en Charlie quasi-walgend door elkaar: „Hé, joh, fatsoen! *Get a room!*" waarna ze het hardst lachen om zichzelf.

„Hier moet op gedronken worden!" besluit Josh, de fles Jack van het bijzettafeltje grissend.

Zullen we?

Ben kan zijn geluk niet op. Samen met Sophie is hij al door zes landen getrokken. Zijn voorstel om eropuit te gaan en niet in Parijs te blijven, waar ze het nieuwe jaar werkloos in zou gaan, was goed gevallen bij haar. Ze had genoeg van alles en het idee om zich ook geografisch van Thierry te bevrijden, kwam precies op het goede moment.

Eén maand werd echter twee maanden en toen drie, en nu zijn ze aan de vierde begonnen. En ze zijn nog lang niet klaar! Ben heeft de tijd van zijn leven. Het gezwerf bevalt hem goed en het gezelschap van Sophie nog meer. Het is voor hem de perfecte ommekeer van zijn eerdere leven en hij is er halsoverkop in gedoken. Daarbij weet hij toch ook zeker dat het Sophie is, die hém gered heeft, en niet andersom, zoals zij hem telkens vertelt. Met zijn karma had hij dit geluk in ieder geval zeker niet verwacht.

Dankzij zijn ‚bloedgeld', zoals hij het in gedachten noemt, had hij haar die eerste maand op luxe reisjes kunnen meenemen. De tweede maand troffen ze echter al snel backpackers met ervaring, van wie ze heel snel de kneepjes van het vrije en veel goedkopere backpackersbestaan hadden geleerd en nu zijn ze volop op eigen avontuur. Met de laatste lift zijn ze zomaar per ongeluk in Amsterdam beland.

Het is heerlijk lenteweer en Sophie heeft haar donkere haar in een hoog staartje geknoopt dat speels op en neer wipt. Haar grijze ogen kijken hem vrolijk aan, terwijl ze naar de beroemde Wallen lopen en Ben smelt weer van geluk. Dat strakke truitje mag er ook wel zijn, denkt hij glunderend.

Even verderop ziet Sophie een poffertjeskraam. „Zullen we proberen? We zijn tenslotte in poffertjesland."

„Is prima. Deeg is toch deeg in welk land je ook bent?" grapt hij.

Hierop rent Sophie naar de kraam om twee porties poffertjes te halen en Ben loopt haar rustig achterna. Hij spiekt bij de andere poffertjeseters, die voor de kraam aan een tafeltje zitten, voor de te volgen etiquette. Hij ziet al snel dat het net als met beignets een kwestie is van oppassen met de poedersuiker.

Sophie reikt hem zijn portie aan en ze gaan samen aan het enige andere tafeltje voor de kraam zitten.

„Nou, hier gaat ie dan!"

Enthousiast spiest Ben drie hele poffertjes aan zijn mini plastic vorkje, die hij met verve naar binnen werkt. „Lekker zeg! Ik wist niet dat ik zo'n trek had in poffertjes!" roept hij met volle mond uit. Hij vergeet hierbij de etiquette waardoor zijn net schone rode T-shirt weer gelijk de was in kan. Sophie schiet om hem in de lach en verslikt zich daarbij in de poedersuiker.

Tijdens zijn tweede overladen hap ziet hij een smartshop aan de andere kant van de straat. Met pretoogjes wenkt hij: „Zullen we proberen?"

Sophie keert zich om naar waar hij op doelt en kijkt hem daarop met grote aarzeling aan.

Slim voegt hij er aan toe: „We zijn tenslotte in wietland."

Je moet niet bij mij zijn

Met moeite laadt first sergeant Andrew James de eerste van de twee grote houten, dichtgetimmerde kisten uit de laadbak van de jeep. Moeizaam zet hij deze op de grond tegen de muur naast de goedereningang van het Rode Kruis-kamp. Hij weet niet zo goed wat hij met die dingen aan moet. Normaal gesproken bestaat een zending uit Amerika uit harde handzame zwarte koffers met zilveren hoekranden die vaccinaties, medicijnen, apparatuur en andere ziekenhuisbenodigdheden bevatten. Houten kisten van dit formaat en zonder de verplichte Rode Kruis-stickers had hij nog niet eerder meegemaakt.

Vanochtend vroeg moest hij op bevel van major Poston deze vreemde zending met spoed ophalen in het Jordaanse Army Base en bij het Rode Kruis-kamp afleveren. Hij had aangenomen dat dit de zending met de nodige extra vaccinaties betrof voor het ziekenhuispersoneel waar colonel dr. Lewis op zat te wachten. Deze waren besteld in verband met een op handen zijnde epidemie van vermoedelijk het Zika-virus dat door vluchtende Syrische gewonden meegenomen wordt naar het ziekenhuis in Mafraq in Jordanië. Maar hij twijfelt nu over die aanname. Net zoals hij nu twijfelt of colonel dr. Lewis überhaupt op de hoogte is van deze mysterieuze en ongebruikelijke zending.

Andrew is nu zo'n vier maanden gestationeerd in Jordanië bij het Amerikaanse Rode Kruis-kamp en hij is door colonel dr. Lewis op het goederentransport gezet. In de praktijk houdt dat in dat hij op de gekste uren heen en weer rijdt tussen het Rode Kruis-kamp naast het Mafraq Ziekenhuis en het Jordaanse Army Base, zo'n twintig minuten verderop. Het gaat veelal om het ophalen of afleveren van medische Rode Kruis-goederen die per vliegtuig naar en van Amerika worden gevlogen. Het is een strikt humanitaire opzet en niet militair. Ook al denkt major Poston, die de leiding heeft over het Amerikaanse legerkamp dat naast het Rode Kruis-kamp is opgezet ter beveiliging ervan, daar toch vaak wat anders over.

Andrew vermoedt dat colonel dr. Lewis hem een lol doet met zo'n noodzakelijk maar onder-de-radar-baantje. Ondanks dat zijn vader er waarschijnlijk anders over zou denken, is Andrew er stiekem dankbaar voor. Hij doet zijn best om het goed te doen voor colonel dr. Lewis die dan ook niets over hem te klagen heeft. Dagelijks ontloopt hij de twee bullebakken van zijn barak door sociaal contact te ontwijken en op zichzelf te blijven. Het is een eenzaam bestaan, maar Andrew is allang blij dat hij niet op het gewondenvervoer of bij het identificatieteam van doden is gezet, zoals colonel Jackson wilde. Dat zou hij simpelweg niet trekken.

Van het idee alleen al krimpt zijn lijf ineen. Hij trekt dit nog maar net. Schuldgevoel is een zware last en inmiddels is hij wel zo ver dat het hele leger hem gestolen kan worden. Hij droomt ervan stilletjes in de nacht te verdwijnen en zich als verstekeling in de laadruimte van een vliegtuig naar Amerika te verbergen. Weg hier. Het enige dat hem weerhoudt, naast het gebrek aan middelen, is dat dat deserteren is. De kans op een normaal leven is dan in één keer voorbij en waarschijnlijk zal de schande hetzelfde veroorzaken voor zijn vader.

Het is zeven uur 's ochtends en Andrews maag knort door het fysieke werk in de vroege ochtend. Hij zet zich schrap om de tweede houten kist uit de laadbak te sjorren en bedenkt dat hij maar beter braaf de bevelen van zijn meerdere kan opvolgen. Als militair valt hij immers officieel onder major Poston. Hij wordt slechts 'uitgeleend' aan colonel dr. Lewis ten behoeve van de humanitaire inspanning van het Rode Kruis.

Ook de tweede houten kist zet hij met moeite op de grond tegen de muur, naast de eerste kist. Zijn rug protesteert krakend en hij voelt een pijnscheut als hij rechtop gaat staan. „Au. Godver."

Als hij de tochtige goedereningang binnenstapt, ziet hij tot zijn verrassing dat de deur van zijn ieniemienie kantoortje, dat eerder een veredelde kast lijkt, openstaat. Hij zou toch zweren dat hij de deur had dichtgedaan. Een klein bureaustoeltje staat voor een houten bureautje onder het raam waar een klein computersysteempje en een ouderwetse telefoon op staat. Er lijkt niets aangeraakt of veranderd. Wellicht is de tocht verantwoordelijk voor de open deur, besluit hij. Genoeg gerustgesteld pakt Andrew de telefoon en toetst hij de drie cijfers in van major Poston om hem te informeren dat zijn zending is gearriveerd.

Lindsay staat al enige tijd in de vroege ochtend te wachten in de goederengang van het Rode Kruis-kamp. Ze is de gang ingestapt om de tocht en het door de wind binnenwaaiend zand te vermijden. Tot haar verrassing is ze door niemand tegengehouden of ondervraagd op weg hiernaartoe. Maar dit is dan ook niet de frontlinie, zo bedenkt ze. Dit is humanitair en dat maakt dus duidelijk verschil.

Ze hoopt hier first sergeant Andrew James te treffen. Door allerlei omstandigheden en veel desinformatie had het Lindsay een paar maanden gekost, voordat ze zijn huidige locatie had achterhaald. Het feit dat Andrew werd overgeplaatst vanuit Syrië naar een onbekend gat net over de grens in een ander land – nadat zij vragen ging stellen – had haar bullshit-neus alleen maar meer overtuigd van de vieze luchten. Uit colonel Jackson had ze niets gekregen; die man was als een kluis geweest. Enkele keren had hij haar expres de verkeerde kant op gewezen, totdat zij de truc doorkreeg. Daarna had ze haar eigen trucjes toegepast om achter zijn rug om de juiste informatie over Andrews overplaatsing te bemachtigen. Daarop was ze via Libanon en Israël naar Jordanië gereisd en vanochtend vroeg aangekomen in het Rode Kruis-kamp.

Vanuit de verte hoort ze een jeep aan komen rijden en ze spiekt om het hoekje van de deurpost. Pas als de man een duidelijk zware houten kist uit de jeep haalt en vlak naast de ingang op de grond zet, ziet ze dat het Andrew James is. Voordat ze hem echter kan aanspreken, is hij naar de laadbak van de jeep teruggelopen en kan ze hem niet meer zien.

Verwonderd bekijkt ze de grote houten kist die hij net heeft neergezet. Tot haar grote verbazing herkent ze de houten kist als een standaard legerkist met militaire inhoud, oftewel wapens, die natuurlijk niet bij een Rode Kruis-kamp met humanitaire doeleinden horen.

Spontaan pikt haar bullshit-neus nare luchtjes op. Ze besluit zich nog niet bekend te maken aan Andrew, die met een tweede zware kist in zijn armen naar de eerste kist strompelt. Hij heeft haar nog niet gezien en ze scant de goedereningang voor een schuilplaats. Snel duwt ze de eerste deur aan de rechterkant van de gang open en stapt ze een piepklein kantoortje binnen, waarop ze zijn voetstappen naar de ingang hoort komen. Haastig verschuilt ze zich achter de deur van het kantoortje die ze zover mogelijk tegen zich aandrukt. Ze staat nu als een sandwich tussen de muur en de deur ingeklemd, waarbij haar neus kennismaakt met een onaangenaam geurende jas die aan een haak aan de deur hangt.

Geen beste schuilplaats, beseft ze. Als Andrew uitgerekend dit kamertje binnenloopt en de deur dichtdoet, kijkt ze hem recht in het gezicht. Tot haar ontsteltenis hoort Lindsay zijn voetstappen harder worden en de kleine ruimte binnen stappen om even later de telefoon van de haak te pakken. Gespannen houdt ze haar adem in.

Na enige momenten hoort ze hem zeggen: „Uw zending is gearriveerd, meneer." Met stiltes ertussenin hoort ze Andrew eenzijdig antwoorden: „Bij de goedereningang ... Eh ja, op zich wel, ik moet ze alleen nog in het systeem zet... U wilt ze niet in het systeem geregistreerd hebben?"

Dan blijft het langer stil. Even later hoort ze zijn aarzelende stem: „Eh ja, meneer ... maar eh, alles moet via het systeem van colonel dr. Lewis." Dan blijft het stil, totdat ze Andrew bedremmeld hoort zeggen: „Ja meneer, natuurlijk meneer. Ik wacht hier."

De telefoon wordt op de haak gelegd en ze hoort hem mompelend op een krakende stoel plaatsnemen. „Godver, krijg ik weer met díe gasten te maken."

Lindsay heeft geen idee wie ‚die gasten' zijn, maar het klinkt niet aangenaam. Dat ‚niet via het systeem'-verhaal ook.

Dan hoort ze de motor van een jeep luider worden, waarna deze voor de goedereningang stopt. Twee autodeuren worden dichtgeklapt en zware voetstappen klinken in de gang, gevolgd door een bulderend „James!"

Ze hoort Andrew van zijn krakende stoel opstaan en de gang inlopen.

„Zijn dat ze?" hoort ze de bulderende stem vragen, waarop Andrew een bevestigend antwoord geeft. Drie paar voeten lopen dan naar buiten. Lindsay besluit een heimelijke blik te werpen op ,die gasten', die voor de ,niet-in-het-systeem'-zending komen. Schuilend achter de deurpost van de goedereningang ziet ze twee uit de kluiten gewassen mannen in legeruniform waar het testosteron vanaf knalt. Type *Alfa Macho* van het ergste soort wat haar betreft. Ze pakt haar telefoon en maakt stiekem close-up foto's van de gezichten van de twee mannen, die moeiteloos de twee houten kisten in de jeep zetten. Bij het wegrijden wordt het raampje aan de passagierskant omlaag gedraaid en verschijnt er een grote middelvinger als afscheid.

Vanaf haar positie hoort ze Andrew hen verwensen: „Bullebakken," waar ze het alleen maar roerend mee eens kan zijn. Hij draait zich om en stapt de goedereningang binnen. Als een duveltje uit een doosje springt ze tevoorschijn vanuit haar schuilplaats, precies voor zijn neus. Hij schrikt zich een hoedje en wrijft zijn hand over zijn borst. „Godver! Ik schrik me een ongeluk!"

„Oh sorry!" zegt ze op meelevende toon, terwijl dit juist de bedoeling was. „Gaat het?"

Andrew spuwt: „Wat doe jij nou hier?"

„Ook goedemorgen," lacht ze. Dan knikt ze samenzwerend in de richting van de wegrijdende jeep. „Wat was dat?"

Op slag wordt zijn gezicht rood en hoofdschuddend snelt hij naar zijn kantoortje. Hij poogt de deur van zijn kantoortje achter zich dicht te doen, maar Lindsay zet haar voet tussen de deur.

„Ga nou weg, joh!" smeekt hij haar bijna.

Hierop gaat ze voor een deal. „Als jij me vertelt wat dat was?"

Gelaten laat hij de deurknop los en wenkt hij haar naar binnen. Zodra ze in het kantoortje staat, doet hij de deur achter haar dicht. „Luister, ik weet niet wat dat was en ik wil het niet weten ook."

„Hoezo niet?"

„Daar heb ik helemaal niets mee te maken. Alsof ik niet al genoeg gezeik heb."

„Welk gezeik?"

De ijsmuur wordt weer opgetrokken en Lindsay herhaalt: „Welk gezeik?"

Ze heeft op een of andere manier elke keer met de man te doen, maar de waarheid is belangrijker. Daar is ze hier immers voor. Hij zwijgt, terwijl hij haar verbeten blijft aankijken. Zijn ogen verraden dat hij meer weet. Veel meer.

„Heb je het over het bommetje op Nissab waar het Amerikaanse leger in alle toonaarden over zwijgt? Jij weet daar meer van, hè?"

Ondertussen manoeuvreert ze zichzelf tactisch voor de deur, zodat hij niet zomaar kan weglopen.

„Laat me nou met rust, je moet niet bij mij zijn."

„Ja, dat zeg je elke keer." Ze rolt haar ogen. „Maar bij wie moet ik dan wél zijn? Zeg het maar, hoor. Geef me een naam en dan laat ik jou met rust."

Deze deal lijkt hij te overwegen. „Luister, over Nissab weet ik niets. Van die houten kisten van net ook niet, behalve dat ik ze moest ophalen. En die opdracht kwam van major Poston. Weet je zo genoeg? Laat je me nou met rust?"

Lindsay ruikt dat hij liegt over Nissab, maar niet over major Poston. In de vijf minuten dat ze elkaar hebben gesproken, lijkt Andrew vijf jaar ouder geworden en ze kan zijn angstzweet ruiken. Ze schat in dat er op dit moment niet meer te halen valt dan dit. En op de een of andere manier voelt ze zich te bezwaard om dat de man nog verder aan te doen. Berustend stapt ze opzij en de man rukt daarop de deur open en verdwijnt naar buiten. Even later hoort ze een motor starten en een jeep met gierende banden wegrijden.

Ik zal het er maar even mee moeten doen, denkt ze. Ze noteert ,Major Poston' in haar telefoon en bekijkt de foto's die ze van de twee alfa's heeft gemaakt. Daar moet ze toch een eind mee kunnen komen.

De gil

Na een lange dienst op de eerstehulpafdeling van het University Medical Center New Orleans komt Monique eindelijk thuis. Het werk van een eerstehulpverpleegkundige is zwaar en haar voeten doen pijn. Haar man André ligt onderuitgezakt in zijn comfortabele leren stoel in de woonkamer, met naast hem een halflege fles Smirnoff op het bijzettafeltje. Ze ziet dat haar dochter Jacintha haar controlerende blik naar de fles heeft gezien en ze wisselen een gespannen blik uit. Daarop geeft Monique haar achttienjarige dochter een zoen op haar prachtig gestylede haar. „Ha, liefje."

„Hoi, mama."

Monique vraagt het wel, maar ze is er niet zeker van het antwoord te willen horen. „Hoe gaat het?"

„Het ging wel."

Hierop grimast ze wat. „Ik ga me even omkleden, ik ruik niet echt fris meer."

Ze loopt naar de slaapkamer en trekt dankbaar haar groene ziekenhuisuniform uit. Ze heeft geen tijd meer gehad om zich op het werk om te kleden in haar haast haar dochter te willen ontlasten. Ze voelt zich altijd extra vies om zo in de *streetcar* te zitten en trekt haar lekker zittende joggingpak aan, waarna ze zich naar de woonkamer haast om haar dochters ongevraagde waakdienst af te lossen.

Monique kust haar weer op haar haar. „Oké liefje, ga maar lekker slapen nu, hoor."

Met een opgeluchte uitdrukking op haar gezicht staat Jacintha op. „Welterusten, mama."

Jacintha is blij dat ze naar bed kan. Ze is moe en de hele avond oppassen op haar vader valt haar zwaar. Niet dat haar moeder dat van haar vraagt, maar dat doet ze uit zichzelf. Ze is van mening dat als zij hem rustig en in een goede bui kan houden, erger wordt voorkomen. Nadat hij zijn woede op de kerstboom had uitgeleefd op oudejaarsavond was het even wat beter gegaan met haar vader. Hij leek zelfs hulp te willen zoeken voor zijn overduidelijke drankprobleem, zo had haar moeder haar verteld. Maar de laatste paar weken was het weer mis. Iedere vorm van hulp wijst hij af en hij lijkt steeds meer ruzie met haar moeder te willen zoeken. Maar bij Jacintha is hij altijd de liefheid zelve. En dus voelt zij de druk en de verantwoordelijkheid om hem zo te houden op haar schouders rusten. Daarom blijft Jacintha zo lang mogelijk op. Ook als ze al op bed ligt, ligt ze met open ogen en oren te wachten, totdat haar ouders rustig op bed liggen. Dan pas kan zij haar ogen dicht doen. Dan pas is de kust veilig.

Jacintha heeft het haar moeder nog niet durven vertellen, maar het gaat ook helemaal niet goed met haar opleiding tot kapster en visagiste. Door het opgebouwde slaapgebrek en de stress van haar vaders toestand loopt ze inmiddels flink achter. Ze is zelfs al aangesproken door de studiebegeleider dat ze het tij moet keren wat haar schoolprestaties betreft. Ook daarover maakt ze zich zorgen.

Maar vanavond is ze zo moe dat ze haar ogen niet meer open kan houden. Ze zakt weg in haar dromenlandje, waar zij als gevierde haarstyliste door Beyoncé gevraagd wordt haar haar te doen voor een flitsende awardshow. Ze past de vandaag op de kappersschool geleerde techniek toe om een bepaalde krul te maken.

Ruw wordt ze wakker geschud door gestommel, gegrom van haar vader en een ingehouden stem van haar moeder die haar veel te dringend in haar oren klinkt. Bij het geluid van brekend glas springt ze uit haar bed en rent ze via de donkere hal naar de trap, pardoes tegen haar broertje Jamal op die haar met bange ogen aankijkt. Hierop pakt Jacintha zijn hand en trekt ze hem mee de trap af en de keuken in, van waaruit ze zicht hebben op de woonkamer.

Ze ziet dat haar dronken vader, met ogen van een man die zij niet herkent, haar moeder met zijn linkerhand van de grond opraapt alsof ze een zak aardappelen is. Even houdt hij haar dreigend en stil omhoog. Dan begint zijn rechterarm aan een enorme zwaai, die eindigt in een rotklap tegen de rechterwang van zijn vrouw. Haar lichaam geeft geen enkele weerstand en ze zakt tegen de woonkamermuur in elkaar.

Op deze aanblik geeft Jacintha, met alles wat ze kan, een ultrasonische, lange, ijzingwekkende gil waar de ruiten van hadden moeten breken, of in ieder geval hadden moeten bevriezen. En zeker vanwege de duur ervan.

Het is stil.

De seconden lijken wel uren.

Haar vaders ogen staan zo groot als schoteltjes op Jacintha gericht. Langzaam veranderen de ogen van de onbekende man weer in die van haar vader. Hij lijkt al starende uit zijn nachtmerrie te ontwaken.

André knippert met zijn ogen. Het is net alsof hij uit een diepe slaap wakker wordt en zijn hoofd voelt alsof er een pak watten in zitten. Hij ziet Jacintha en Jamal vanuit de keuken naar hem staren. De tranen biggelen over hun wangen en ze lijken als aan de grond genageld.

Dan komt in één keer ten volle terug wie hij is en wat hij net heeft gedaan.

De emotie van dit besef past bijna niet in zijn lichaam en André begint onhoudbaar te beven. Hij moet zichzelf werkelijk dwingen om zijn hoofd te draaien en de afschuwelijke gevolgen van zijn eigen daden onder ogen te zien. De onzichtbare barrière van ontkenning met zijn wil doorbrekend kijkt hij met een ruk naar zijn vrouw die op de grond ligt tegen de muur. Met doodsangst in haar ogen kijkt ze hem vanachter haar opgeheven beschermende arm aan.

Zijn vrouw.

Die hij daar neergeslagen heeft.

Hij voelt niets meer. Hij denkt niets meer. Hij ademt niet meer.

Dan komt er een geluid uit zijn lichaam waar hij geen controle over heeft, een soort eeuwigdurende, hartverscheurende klaaggrom die hem zijn adem ontneemt. André strompelt achteruit en valt met zijn rug tegen de achterkant van de witte sofa. Hij laat zich zakken, totdat zijn lijf niet meer verder kan zakken tegen de achter- en ondergrond en krimpt in elkaar. De klaaggrom is een zacht, hoog klaaggekreun geworden en hij wiegt zichzelf als een baby heen en weer. Dit moet het eind van de wereld zijn. Of in ieder geval het eind van zíjn wereld. En dat heeft hij zelf gedaan.

Ted zit rustig op de bank de biografie van John Lennon te lezen. Hij heeft er eindelijk een moment voor gevonden. Zijn zoon Billy logeert bij zijn oma vanavond en hij geniet van zijn eerste vrije avond sinds lange tijd. Om in de geest te komen van Johns verhaal heeft hij zachtjes de muziek opgezet die in het boek wordt besproken. Voor hem is dit een ultiem plezierige avond na een week cijfertjes optellen en aftrekken bij de bank.

Hij staat op het punt een slok te nemen van zijn Johnnie Walker met ijs als hij een lange, ijzingwekkende gil uit het huis van de buren hoort komen. Hij schrikt zich een ongeluk en zet haastig zowel John als Johnnie neer op de salontafel voor hem, waarna hij zich naar buiten spoedt om poolshoogte te nemen. Er zal toch niets met Monique zijn?

André is een toffe vent, maar het laatste jaar had hij André vaker dronken gezien dan niet. Met dronken André was het doorgaans lachen, dus Ted zei er maar niets van. Sinds oudejaarsavond hoort hij echter regelmatig ruziemakende stemmen uit het huis komen. Iets wat wellicht op een nieuwe en niet-leuke dronken André zou kunnen duiden. Monique wil het er niet over hebben en Ted wil niet aandringen. Maar hij houdt het in de gaten.

Hij staat daarom behoorlijk bezorgd door alle ramen van de woning te turen in een poging de oorzaak van de ijzige gil te zien. Er staat zoveel troep tegen de buitenmuur van het huis dat er nog maar een klein stukje looppad begaanbaar is en in het donker stoot hij diverse malen pijnlijk zijn tenen. Als hij door het keukenraam aan de achterkant naar binnen tuurt, kijkt hij tegen de ruggen van Jacintha en haar broertje Jamal aan. Ze lijken als aan de grond genageld. Ted ziet André in een hele vreemde houding tegen de achterkant van de bank in de woonkamer aan liggen. Er is duidelijk wat aan de hand. Bezorgd klopt Ted hard op het keukenraam en Jacintha en Jamal draaien zich om. Dan ziet hij tot zijn grote schrik langs Jacintha's lichaam een paar blote en duidelijk vrouwelijke onderbenen op de woonkamervloer liggen.

Dat is Monique! realiseert hij zich in paniek.

Weer klopt hij op het raam, waarna hij roept en druk gebaart tegen de twee bleke gezichten die hem slechts met verdwaasde ogen aankijken. Maar Jamal lijkt dan op te schrikken van iets anders dan Teds geroep. Hij kijkt angstig achterom, om zich daarna naar het keukenraam te spoeden, waarna hij kordaat het rolgordijntje naar beneden trekt.

Zijn zicht is nu volledig geblokkeerd en Ted begrijpt er niets van. „Wat is er toch in godsnaam aan de hand?" mompelt hij geagiteerd. Met een snelle en bezorgde pas loopt hij terug naar zijn eigen woning. Daar grist hij zijn mobiele telefoon van tafel en toetst hij een kort nummer in dat al snel beantwoord wordt: „Politie?"

„Melding van vermoedelijk huiselijk geweld, op Banks Street 3396. Er is gegil gehoord en de beller heeft een van de bewoners in de woning op de grond zien liggen voordat het gordijn werd dichtgetrokken," laat een nasale, onverschillige vrouwenstem door de radio weten aan de agenten in de omgeving. „Wie biedt?"

Sergeant David Mulroon pakt de radiozender uit de houder van het dashboard. „Mulroon, G45, wij bieden. Op drie minuten rijden." Dan hangt hij de zender terug.

„Nou, je hoort het," zegt hij tegen zijn bloedmooie, blonde partner Krysta Zdrajca achter het stuur.

De vrouw antwoordt lusteloos: „Joepie."

De avond heeft al lang geduurd. Door de extra beveiliging die het jaarlijkse twee weken durende muziekfestival JazzFest vraagt, is de politie op straat onderbemand. Mulroon en Zdrajca draaien deze week lange diensten op het normale politiewerk in de wijken.

Zdrajca zet de vaart erin om zoals altijd de drie minuten te willen verkorten tot twee. Mulroon is ouder dan zij, en sowieso een stuk gematigder ondanks zijn midlifecrisis. Hij kan de opgefoktheid van de vrouw af en toe maar moeilijk verdragen. Het lijkt wel een soort eeuwigdurende zucht naar harde confrontatie. Harde confrontatie is haar ,ding', zeg maar. Zelfs dat beeldschone uiterlijk kan haar hardheid niet verzachten, het staat in haar ogen gebrand. En die blik heeft ze streng gericht op de weg, die hem veel te rap onder hun wielen verdwijnt.

Laat maar gaan, denkt Mulroon gelaten. Ik blijf bezig.

Godver

First sergeant Andrew James rijdt zijn jeep het terrein op en parkeert hem behendig naast de goedereningang van het Rode Kruis-kamp naast het ziekenhuis. Hij zorgt ervoor dat de laadbak in het lichtschijnsel van de buitenlamp staat, zodat hij die kan zien bij het uitladen nu het inmiddels helemaal donker is geworden. Hij springt uit de jeep en opent de laadbak om de nieuwe spoedzending uit te laden. Dit keer is hij er zeker van dat het de zo gewilde vaccinaties zijn, omdat de opdracht persoonlijk van colonel dr. Lewis was gekomen en de zending geheel bestaat uit de gebruikelijke zwarte koffers met zilveren hoekranden, mét correct geplakte Rode Kruis-stickers.

„Allemaal een gevalletje van geld, hoor," had colonel dr. Lewis hem toevertrouwd, toen Andrew om tien uur 's avonds werd opgeroepen om zo snel mogelijk de ingevlogen vaccinaties op te halen. 's Avonds is het echter pikkedonker op de onverlichte en slecht onderhouden weg tussen het ziekenhuis en het vliegveld, maar ondanks dat had Andrew een nieuw tijdrecord neergezet.

„First sergeant James!" klinkt major Postons indringende stem vanuit het donker als Andrew de laadbak openklapt. Meteen gaat hij in de saluuthouding staan en wacht hij netjes tot de major in het licht van de buitenlamp staat.

Major Poston is een stevige man met een uitgezakte snor op zijn uitgezakte gezicht en een uitgezakt lichaam dat zelfs zijn strakke uniform niet kan insnoeren. In zijn linkerhand heeft hij een zwarte koffer die hij Andrew in zijn handen duwt.

„Spoed, spoed, spoed! Hier moet het naar toe. Kan jij dat goed en duidelijk op de koffer plakken met al die nodige hoempapastickers en zo? De piloot wacht op je bij hangar 2, sectie 12."

„Ja meneer."

Dan ziet Andrew de naam van een erg belangrijke hotemetoot als geadresseerde, een heuse *VIP* binnen het leger. Verbaasd kijkt hij naar major Poston die zijn blik heeft gevolgd. De major kijkt hem dan strak aan en maakt Andrew het enorme belang van deze en de volgende opdracht duidelijk. „Dit moet buiten het systeem om. Strikt vertrouwelijk. Begrijp je dat, soldaat?"

In reactie trekt Andrew zijn wenkbrauwen omhoog, want niets mag buiten het systeem om, zoals hij major Poston een paar dagen geleden telefonisch al had gemeld. Het is duidelijk een clandestiene zaak en hij wil daar het liefst niets mee te maken hebben. Hij baalt ervan dat hij nu wéér in zo'n situatie wordt geplaatst. Dat kan niet goed zijn voor zijn karma. En zijn karma is al niet goed.

„Weet colonel dr. Lewis hiervan?"

De major trekt een smalend gezicht en valt hautain naar hem uit. „Ík ben je meerdere, vergeet dat niet, James."

Daarop kijkt major Poston hem zeer indringend aan en doet alsof het een grote eer is. „Kan ik op je rekenen, first sergeant James? *Strikt* vertrouwelijk. Het is belangrijk."

Hier durft Andrew niet tegenin te gaan.

„Jazeker, meneer, natuurlijk meneer." Hij gooit er nog een braaf saluutje tegen aan.

Hierop lijkt major Poston tevreden. „Akkoord. Mijn dank."

Andrew loopt naar de in het donker gehulde passagierskant van de jeep en zet de koffer neer voor de jeepdeur. Hij opent de deur en pakt een A5 adreslabel en een viltstift uit de doos op de stoel. De major is hem achterna gelopen en leest het adres voor dat Andrew in het licht van de binnenverlichting van de jeep opschrijft, met ‚Vertrouwelijk' in de linkerbovenhoek. Gelukkig zitten er geen zessen of negens in om te kunnen omdraaien, bedenkt hij. Ter bevestiging laat hij het adres aan de major zien die daarop goedkeurend knikt. Snel pakt Andrew een plastic insteekzakje en hurkt hij neer bij de koffer op de grond om deze zo secuur mogelijk, ondanks het donker, op te plakken. Dan schuift hij het net geschreven adreslabel erin. Hij pakt een Rode Kruis-sticker, oftewel een ‚hoempapa'-sticker zoals major Poston deze noemde, uit de doos op de stoel en plakt deze op de koffer aan de rechterzijde van het label. Hij hoopt maar dat hij daarmee ook de opening van het opgeplakte insteekzakje heeft afgeplakt.

Hij kan het toch maar moeilijk zien in het donker, maar hij voelt de hete adem van zijn meerdere in zijn nek, die uitermate ongeduldig op hem staat te wachten.

„Oké, zo snel mogelijk, James, gaat dat lukken? De piloot staat al op je te wachten."

„Ik rijd zo snel mogelijk, meneer," belooft Andrew en salueert de major nogmaals. Demonstratief legt hij de koffer in de laadbak boven op de stapel identieke koffers. Daarna stapt hij in de jeep en rijdt hij snel het terrein af met zijn steeds kleiner wordende meerdere in zijn achteruitkijkspiegel.

Het zit Andrew niet lekker, hoe meer hij erover nadenkt. Rode Kruis-zendingen mogen namelijk geen militaire of diplomatieke inhoud hebben of naar militaire of diplomatieke adressen gestuurd worden. Hij weet niet wat er in de koffer zit, maar de zending gaat duidelijk naar een militair adres. En nog van een militaire *VIP* ook, maar onder de vlag van het Rode Kruis. Het Rode Kruis-systeem mag hier absoluut niet voor misbruikt worden, dat is een schending van de humanitaire regelgeving. Hij kan de volledige mantra van colonel dr. Lewis over dit onderwerp in zijn hoofd horen. En blabla, denkt Andrew gelaten. Zo blijkt maar weer als je hoger in rang bent.

Voor de tweede keer deze nacht rijdt hij de eenzame weg naar het vliegveld af. Het licht van de koplampen van de jeep reiken slechts een paar meter en verder is het zwart om hem heen. Hij tuurt om de slecht onderhouden weg te kunnen zien en de diepe kuilen te kunnen vermijden. Plots klapt er iets hard tegen de voorruit en van schrik rukt Andrew aan zijn stuur, waardoor de jeep regelrecht in een diepe kuil langs de weg belandt. Met een noodvaart klapt hij tegen het stuur als de jeep met een schok tot stilstand komt. De koffers in de laadbak knallen tegen de achterwand van het zitgedeelte aan. Eén koffer vliegt over de passagiersstoel tegen de voorruit en dreunt boven op de doos met stickers, die van de stoel is afgegleden en op de grond voor de stoel is beland. Versuft van de klap knippert Andrew met zijn ogen. De adrenaline van de schrik giert nog door zijn lichaam en zijn hart klopt in zijn keel.

Een zielig veertje plakt tegen de met bloed besmeurde voorruit. Godver, zeker een vogel of zo, denkt hij. Dan kijkt hij in de achteruitkijkspiegel naar de stapel koffers. Hij kan het niet goed zien in het donker, maar de nette rij waar hij eerder tegenaan keek, lijkt verdwenen. Daarop pakt hij zijn mobiel uit zijn zak en zet de zaklampfunctie aan om poolshoogte te nemen van de staat van de jeep en de koffers in de laadbak. Het rechtervoorwiel van de jeep staat in een kuil, maar de andere wielen staan gelukkig op vaste grond, waardoor hij verwacht dat hij de jeep er zonder problemen uit kan rijden. Hierop opent hij de laadbak. Een aantal koffers is verschoven, maar de schade lijkt mee te vallen. Snel duwt hij de koffers terug op de juiste plek en vraagt zich dan met schrik af waar de speciale koffer is gebleven. Dan herinnert hij zich de koffer die tegen de voorruit knalde, en haast zich naar de passagierskant van de jeep. Hij opent de deur en het binnenlichtje knipt aan, waarop hij de zaklamp van zijn telefoon uitzet en de telefoon in zijn zak stopt.

In het schijnsel van het aangeknipte binnenlichtje ziet hij dan de inhoud van de opengeklapte koffer. Zijn mond valt open en zijn ogen puilen bijna uit zijn oogkassen. Wat Andrew ook van de inhoud had verwacht, militair of diplomatiek, dit valt werkelijk in geen enkele categorie. Zijn handen bibberen spontaan en een klein stemmetje in zijn achterhoofd roept steeds harder en harder naar hem. Het stemmetje dat al heel lang naar hem roept en dat hij niet langer kan negeren bij dit aanzicht. Hij maakt op dat moment een zeer bewust besluit, de grote gevolgen ervan goed beseffend.

Dit is mijn kans, denkt hij opgewonden. Dit is mijn káns!

Haastig grabbelt hij met beide handen de inhoud van de koffer bij elkaar, doet deze terug in de koffer en sluit deze vervolgens af. Tot zijn geluk ziet hij dat hij eerder bij gebrek aan licht de Rode Kruis-sticker te ver van het insteekzakje heeft geplakt, waardoor de open zijkant voor een groot deel nog steeds open is. Voorzichtig pulkt hij het adreslabel voor de hotemetoot er onbeschadigd uit. Dan zoekt hij op zijn mobiele telefoon de sms van zijn maat Ben met zijn adres, aangezien Ben de enige is die hij vertrouwt. Die schrijft hij haastig op een nieuw adreslabel met een groot ‚Vertrouwelijk' in de linkerbovenhoek en hij schuift het nieuwe adreslabel in het insteekzakje.

Dan pakt hij de koffer en het losse adreslabel voor de topman hotemetoot en loopt naar de laadbak. Hij zet de koffer dit keer zijwaarts voor de stapel koffers en pakt één van de koffers met vaccinaties van de stapel. Op de tast maakt hij een opening in het insteekzakje van deze koffer. Hij verwisselt het label van het geadresseerde Rode Kruis-ziekenhuis in Mafraq met dat van de legerhotemetoot. Ook deze koffer zet hij zijwaarts voor de stapel, naast de speciale koffer.

Hij zal de piloot twee koffers aanbieden: één voor de *VIP* en één voor Ben. Er staat immers niets in het systeem, dus er kan niets getraceerd worden, is zijn logica. Als de piloot maar niets verklapt of vermoedt, hoopt Andrew vurig.

Opgewonden doet hij de laadbak dicht en klimt hij weer achter het stuur. Zoals inderdaad juist ingeschat, pakken de overige drie wielen probleemloos vaste grond en hij is snel op weg. Tijdens de laatste tien minuten tot aan het vliegveld werkt hij zijn snode plannen verder uit in zijn hoofd. Snelheid is in dezen het allerbelangrijkste.

En hij moet Ben bellen, zodra hij de kans krijgt.

Lindsay staat al enige tijd in de late avond te wachten in de goedereningang van het Rode Kruis-kamp. Zoals eerder is ze de gang naar binnen gestapt om de tocht en het door de wind opwaaiende zand te vermijden. Ze wacht op Andrew om hem nog een keer aan de tand te voelen, nadat ze hem een paar dagen met rust heeft gelaten. Ze wil toch weten wat dat met die kisten is. En natuurlijk kan ze het bombardement ook niet laten gaan. Daar is ze immers voor hier.

Ze heeft in de afgelopen dagen het getroffen gebied bezocht, verschillende getuigen gesproken, voornamelijk weduwen, en de ravage mogen aanschouwen. Het bombardement was ten tijde van het middaggebed geweest, waardoor de moskee vol zat met biddende mannen. De verhalen van de weduwen, die de ledematen van hun mannen en zonen bij elkaar hadden moeten zoeken tussen het puin, waren hartverscheurend geweest. Bovendien, tot haar grote zorg, had ze ook wat opgevangen van een op handen zijnde rebellie, die als direct gevolg van het bombardement was ontstaan in het dorp en omstreken.

Het was moeilijk geweest om als Amerikaanse informatie uit die mensen te krijgen, aangezien zij de schuld aan de Amerikanen gaven. Inmiddels was ze daar zelf ook van overtuigd door de poppenkast van colonel Jackson en first sergeant James en de verdwijning van army specialist Weaver. In haar optiek was het bovendien slechts een kwestie van tijd, geld en kans dat de rebellen genoeg wapens zouden hebben om actie te kunnen ondernemen tegen de Amerikaanse basis net over de grens. Of om problemen te veroorzaken met Jordanië. En dat zou de internationale poppetjes aan het dansen krijgen.

Ze hoort vanuit de verte een jeep aankomen en spiekt om het hoekje van de deurpost. De jeep stopt voor de ingang met de laadbak in het schijnsel van de buitenlamp die boven de ingang hangt. Ze kan aan de rug van de uitgestapte man niet zien of het Andrew is die de laadbak van de jeep opendoet.

Dan klinkt een indringende stem vanuit het donker: „First sergeant James!"

Op slag verschuilt Lindsay zich achter de muur van de ingang en pakt ze haar telefoon uit haar zak. Iedereen gaat op de foto, wat haar betreft. Met haar telefooncamera knipt ze een paar foto's van een stevige man met een uitgezakte snor op zijn uitgezakte gezicht en een uitgezakt lichaam dat zelfs zijn strakke uniform niet kan insnoeren. Ze herkent hem als major Poston. Hij heeft een koffer in zijn linkerhand, die hij Andrew in zijn handen duwt. Ze kan het gesprek tussen de mannen niet helemaal volgen, maar het ziet eruit alsof Andrew een opdracht krijgt waar hij niet blij van wordt. Ze hoort de uitgezakte man op ferme toon zeggen: „Dit moet buiten het systeem om. Strikt vertrouwelijk. Begrijp je dat, soldaat?"

Dan lopen ze uit haar gezichtsveld en staan ze enige tijd achter de jeep. Ze hoort een autodeur dichtklappen en de mannen lopen naar de laadbak waar Andrew de zwarte koffer op een stapel identieke koffers in de jeep legt en de laadbak dichtdoet. Andrew salueert, stapt dan haastig in de auto en rijdt weg.

De uitgezakte man staat enige tijd de jeep na te kijken, waarop hij zich omdraait en richting de goedereningang loopt. Enige paniek slaat Lindsay om het hart en in de gauwigheid verstopt ze zich op dezelfde plek als eerst: achter de open deur van Andrews kantoortje tegen de muur geklemd en met haar neus in die vieze jas.

Ze berispt zichzelf streng dat haar verstopinstincten ronduit waardeloos zijn, maar hoopt maar op het beste. Ze houdt haar adem in als ze de voetstappen van de man dichterbij hoort komen en het kantoortje in hoort stappen. Even later hoort ze het gekraak van de bureaustoel, en dan niets meer. Langzaam en onhoorbaar laat ze haar adem door haar neus ontsnappen en dwingt ze haar lichaam in een onbeweeglijke ademspaarstand. Het enige wat ze nu kan doen, is niet bewegen en wachten.

Zeker een uur later staat Lindsay nog steeds in dezelfde houding achter de deur, maar met een enorme kramp in haar kuit die in een pijnlijke onnatuurlijke houding tegen de muur schuurt. Ze durft zich niet te bewegen en verbijt de kramp. Hoe lang nog? denkt ze ongeduldig, als ze haar voet voelt tintelen en jeuken.

De uitgezakte man heeft zich amper bewogen in al die tijd. Enkel het kraken van de bureaustoel en wat zware ademhalingen hadden verraden dat de man er wel degelijk zat.

In de verte hoort ze het geluid van een motor harder worden. Godzijdank, denkt Lindsay opgelucht.

De man heeft het motorgeluid kennelijk ook gehoord, want ze hoort hem abrupt opstaan van de krakende bureaustoel en naar buiten lopen. Van verlichting slaakt Lindsay een zachte zucht en ze gluurt achter de deur vandaan. Tot haar nog grotere opluchting ziet ze door het raampje van het kantoor een jeep staan, waar Andrew uit stapt. Ze ziet de uitgezakte man op hem toelopen, waarna er een kort gesprek plaatsvindt. De man loopt hierna weg en verdwijnt uit het zicht, waarna Andrew in de richting van de goedereningang loopt. Onhandig hinkt ze achter de deur vandaan en verschijnt ze als een duveltje in een doosje in de deuropening.

Van haar plotse verschijning trekt Andrew bleek weg. „Godver! Ik schrik me een ongeluk!"

„Sorry!" Lindsay verbaast zich over die overdreven schrikreactie van de man. Slecht geweten? bedenkt ze zich.

„Jij weer!" roept hij geërgerd uit zodra hij haar herkent. Voordat ze wat kan zeggen, draait hij zich resoluut om en loopt hij naar de uitgang. Beduusd rent Lindsay hem achterna, maar hij is al in de auto gestapt. Met boze verwijtende ogen op haar gericht, draait hij met een beslist gebaar de sleutel om de jeep te starten en rijdt hij vlak langs haar voeten de weg op.

Gefrustreerd kijkt ze de jeep na. „Nou, dat ging lekker."

Hou je goed

Ted ziet Claudette vanuit zijn woonkamerraam aan komen rijden. Hij kent de zus van Monique wel, ze is een beetje een rouwdouw. Wel vroeg voor een bezoekje, denkt hij en neemt nog een slok van zijn koffie. Dan kijkt hij naar de klok en ziet dat hij moet opschieten. Op deze manier komt hij nog te laat voor de wekelijkse *staff meeting* met de bobo's, zoals hij ze noemt. Hij kijkt er niet naar uit. Zijn afdeling staat onder druk en hij zal ze de slechte cijfers moeten presenteren die dat inderdaad bevestigen. Wat de bobo's daarmee gaan doen, kan hij niet inschatten, maar veel goeds kan het niet brengen.

Vanuit zijn ooghoek ziet hij Monique en haar kinderen met grote weekendtassen naar de auto van Claudette lopen die voor hen de kofferbak openmaakt. Verrast kijkt Ted op naar het bedremmeld uitziende viertal dat in de auto stapt. Dan ziet Monique hem vanuit zijn woonkamerraam kijken en ze zegt wat tegen haar zus. Daarop stapt ze uit de auto en loopt ze snel naar Teds voordeur. Als Monique het trapje van Teds veranda op loopt, staat hij haar voor zijn voordeur op te wachten.

„Ha, Ted," groet ze hem bedrukt.

„Hé, Monique, alles goed?" Onderzoekend en bezorgd neemt hij haar in zich op. Haar doorgaans vrolijke Whoopi Goldberggezicht staat triest en ze heeft wallen onder haar ogen. Ook is haar ene wang verkleurd en lijkt het pijnlijk opgezet. Maar het ergste is dat ze hem niet lijkt te durven aankijken.

Bijna onmerkbaar schudt Monique haar hoofd. „Het gaat gewoon niet meer, weet je." Dan kijkt ze hem met tranen in haar ogen aan en fluistert ze met diepe schaamte in haar stem: „Ik moet wel. Afijn, je hebt het toch gezien gisteren."

Al die maanden dat Ted voorzichtig zijn bezorgdheid over het vele drinken van André had geuit, had Monique stellig volgehouden dat het wel goed zou komen. En toegegeven, André had doorgaans geen kwade dronk. Maar zover Ted weet, had

André haar nooit eerder geslagen. Dat was gisteren voor het eerst geweest. Wel een teken aan de wand.

Als een plotse waterval vertrouwt Monique hem toe: „Ik herken mijn lieve, vrolijke André niet meer en dat beangstigt me zo, Ted. Het lijkt wel een andere man. En die man ken ik niet. Hij maakt me bang. Plus ik heb me gerealiseerd dat ik verantwoordelijk ben voor de veiligheid van mijn kinderen. Ze horen toch ook niet bang te zijn voor een dronken, ruziezoekende vader. Niet dat ik ooit zou denken dat hij de kinderen wat zou aandoen, maar ik had ook niet gedacht dat hij mij ooit wat zou aandoen. En dus, ik moet wel. Ik weet anders ook niet wat ik moet."

Hierop ziet Ted haar onderlip trillen en hij zucht hartgrondig.

„We kunnen voorlopig bij Claudette terecht, en ... eh ..." Weifelend haalt ze haar schouders op. „En dan zien we wel. Misschien komt het toch nog goed. Al weet ik even niet hoe. Maar Ted, zou jij alsjeblieft een oogje in het zeil willen houden? Hij is gewoon niet in orde."

Voor Ted zijn die smekende ogen van Monique niet nodig. Hij beschouwt André ook als vriend en zeker als goede buur en verzekert haar: „Ja, natuurlijk doe ik dat, natuurlijk."

Monique knikt met een klein glimlachje en een dankbare Bambi-blik. „Dankjewel Ted, voor je hulp. Het komt vast goed. Ooit."

Dan loopt ze naar het verandatrapje. Ze draait zich een laatste keer om en steekt bedroefd haar hand naar Ted op ter afscheid.

„Hou je goed, Monique, hou je alsjeblieft goed."

Ze geeft hem een klein belovend knikje en loopt naar de auto. Dan stapt ze in en het viertal rijdt weg.

Het voelt definitief.

Verrek!

„Yo! Chloe!" roept Ben in zijn mobiele telefoon.

Van Chloe's kant kan ze zijn huig zien zitten. „Yo! Ben! Je facetimet me, hè. Ik zie je verstandskiezen zitten!"

Ze schiet in de lach als ze het moment van besef bij Ben voor haar ogen ziet geschieden en Ben hoort uitroepen: „Verrek!"

Chloe zit in Bens Honda en is op weg naar huis voor een rustig avondje voordat de lol losbreekt morgen. Morgenavond heeft ze een barbecue bij de oma van Josh die samen met haar vriendin een etentje geeft ter ere van de band. Om ze succes te wensen voor het optreden dat ze overmorgen op, jawel, JazzFest mogen verzorgen! Ze mogen spelen op een klein zijpodium, niet op één van de grote podia, maar wat een kans! Sinds de band hiervan weet, pakken ze elk uurtje dat ze kunnen om te oefenen en oefenen en oefenen. Ondertussen zijn ze retestrak geworden en staat de set als een huis.

Chloe draait Nikka Costa's *Everybody's got their something* dat ze hard aan het meezingen was, wat zachter op de autoradio om haar neef beter te kunnen verstaan, al had dat niet echt gehoeven.

„Hé Chloe!" Ben lijkt de microfoon in zijn telefoon alle kans te willen geven om de geografische afstand tussen hem en Chloe zo goed mogelijk te overbruggen door daar zelf een hoop volume aan bij te dragen.

„Ja!" roept ze net zo hard terug, terwijl ze stiekem lol heeft om zijn ontploft uitziende haardos.

„Mag ik je voorstellen aan mijn vrouw?"

Hij draait zijn mobiele telefoon zo dat er een donkerharige, vlotte meid met grote grijze ogen in beeld komt. Ze lacht wat verlegen en opgelaten. Zwaaiend steekt ze haar hand op en stelt ze zich in een dik Frans accent voor: „Bonjour kloWiéieie, je m'apelle soPHiéieie!"

„Oh, hé, hallo, eh … Oké." Chloe is het plotse, verrassende nieuws aan het verwerken en eindigt in een suf lachje.

Dan draait Ben zijn telefoon weer naar zich toe. Net zo stralend als het laaghangende zonnetje met de knalblauwe luchten in de achtergrond straalt hij Chloe toe: „We zijn echt nét getrouwd hè! Jij bent de eerste die ik bel!"

Chloe beseft dat haar reactie best lang op zich laat wachten. Maar het was net alsof de weg even weg was en daar schrok ze tijdens de schrik ook weer van. Ze is niet de meest zekere chauffeur van de wereld en opgelucht draait ze het Hondaatje haar eigen lange straat in.

„Nee joh, wat te gek! Ik ben gewoon verrast, joh! Nou, eh, gefeliciteerd! Jeetje joh!"

„Oké. Ja, dank je! Ja, gek hè!"

Zijn kersverse vrouw kijkt hem quasi-beledigd aan, waarop Ben met een komische grimas corrigeert: „Eh ja, ik bedoel, het is *te* gek, hè."

Hierop schieten ze beiden in de lach. Ze zien er schattig uit samen, vindt Chloe. Ze heeft Ben in ieder geval nog nooit zo gelukkig gezien.

Dan richt Ben zich weer tot Chloe. „Enne, we gaan nu op een uitgebreide honeymoon! Geen idee waar we beginnen of eindigen, maar we willen de hele wereld over! Maar wat er ook gebeurt" – het volume van Bens stem stijgt nog meer en het scherm wordt volledig ingenomen door zijn neus – „met Mardi Gras ben ik thuis!"

Hij brengt de telefoon weer op afstand, kijkt stralend naar zijn vrouw en corrigeert zichzelf weer, dit keer teder. „Zijn wíj thuis."

„Jeetje Ben, wat een nieuws allemaal!" lacht Chloe. Dit is zo typisch Ben, denkt ze, *head first*. Vier maanden met iemand backpackend aan de boemel gaan en dan gelijk trouwen. Huppakee. Ze kan zijn impulsiviteit soms niet bijhouden en doet haar best het autootje recht op de weg te houden, terwijl ze tegelijkertijd het Facetimegesprek probeert te volgen.

„Oh ja, trouwens, ik zit in de auto. Ik zat net bijna aan de verkeerde kant van de weg, haha! Dus ik moet ook nog even opletten, snap je."

„Oh oké, oké. Ja, tuurlijk!" Met dat nieuws begint hij aan zijn afscheidsrede. „Nou, dan even nog snel: héél véél succes overmorgen op JazzFest, echt helemaal super te gek!"

Chloe vermoedt dat het Bens zeer grote duim is, die hij veel te dicht bij de camera opsteekt naar haar. „En: heel veel plezier natuurlijk! En wel blijven ademen hè!"

Dan houdt hij zijn telefoon een stuk verder van zijn lichaam, pakt zijn kersverse vrouw beet en geeft haar een zoen op haar mond, recht in beeld.

„Nou, doei!" roept Ben, terwijl SoPHiéieie haar arm zwaaiend omhoog tilt. Voordat Chloe kan antwoorden, ziet ze snel ronddraaiende beelden verschijnen van de lichtblauwe lucht, oranje klassieke gebouwen, troebel water, en 'oh, dat leek Ben weer', waarna het beeld troebel en donker wordt.

Wat doet ie nou weer met dat ding, denkt ze. Haar mobiel bliept en vertelt haar dat de verbinding is verbroken. Als er vlak achter haar een sirene loeit, schrikt ze zich een ongeluk. In de achteruitkijkspiegel ziet ze een politieauto dringend naar haar knipperen.

Oh jee, denkt ze nerveus. Ze stopt verderop langs de kant van de weg en draait handmatig het raam naar beneden – Bens auto is nog van die leeftijd – en kijkt zenuwachtig naar buiten of ze al iemand ziet aankomen.

Een bolle politieagent loopt op haar toe, terwijl de blonde agente in de auto blijft zitten, ziet ze in haar achteruitkijkspiegel. De politieagent die komt aanlopen is een ex-roodharige, maar nu voortijdig grijze man met een vollemaansgezicht en een bierbuik die daar qua omvang bij past. Als Chloe mocht generaliseren, zou ze de man een Ierse achtergrond geven. Een beetje zoals Colm Meaney in, eh, nou ja, in bijna elke film waar hij in speelt.

'Colm' bukt zich om haar aan te spreken door het opengedraaide autoraam. „Mevrouw, waar was u mee bezig?"

Benard trekt ze haar neus op. „Ik weet niet wat u bedoelt?"

Zijn naamplaatje op zijn uniform vertelt haar dat hij sergeant David Mulroon heet. Klinkt toch best Iers, dacht ze zo.

„U bent met van alles bezig, behalve met autorijden," berispt de politieagent haar. „U reed bijna aan de verkeerde kant van de weg, toen u de straat hier insloeg. Dat had u toch wel door? Of niet?"

Ze zucht en haar lichaam zakt in elkaar, waarop ze bekennend en spijtig toegeeft: „Ja, ik geloof dat dat niet helemaal goed ging daar, nee." Ze zal hem maar niet zeggen dat ze aan het bellen was.

„Oké," besluit Sergeant Mulroon op iets mildere toon, terwijl hij met vlakke hand een paar keer op het dak van de auto petst.

Ze hoopt van harte dat het bij deze waarschuwing blijft, maar sergeant Mulroon bukt zich naar haar toe. „Ik moet u helaas bekeuren, mevrouw. Autopapieren graag."

Haar hoofd valt gefrustreerd naar beneden, als ze beseft dat ze die niet van Ben heeft gekregen.

Verdorie

„Godver," mompelt Andrew getergd tegen zijn mobiele telefoon. Hij probeert Ben al de hele dag te bereiken, maar er wordt maar niet opgenomen. Zelfs met het tijdsverschil zou Ben nu toch weleens boven water moeten zijn. Andrew zucht hartgrondig en overdenkt zijn spontane beslissing en actie van vanochtend vroeg voor de zoveelste keer.

Tot zijn verbazing had major Poston op hem staan wachten bij zijn terugkomst bij het Rode Kruis-kamp. Andrew had hem met zijn beste pokerface moeten bevestigen dat hij de koffer persoonlijk in de handen van de piloot had gelegd en dat de piloot daarop direct met de koffer aan boord was vertrokken.

Technisch gesproken heeft Andrew niet tegen major Poston gelogen. Hij heeft wel degelijk de koffer in de handen van de piloot gelegd. Hij heeft er alleen niet bij vermeld dat er nog een koffer bovenop lag, dat hij de adressen verwisseld heeft en dat hij de piloot voor díe koffer de uitdrukkelijke instructie ‚Spoed voor het Rode Kruis' had gegeven. Geen kleinigheidje uiteraard, maar de major leek zeer tevreden.

Door de specifieke instructie ‚Spoed voor het Rode Kruis' hoopte Andrew te voorkomen dat zijn koffer dezelfde legerroute zou bewandelen als de oorspronkelijke koffer. Zijn koffer zou dan, buiten medeweten van het leger om, via het Rode Kruis worden afgeleverd op Bens adres. Andrew kan echter niet goed inschatten hoeveel tijd het Rode Kruis nodig heeft om de koffer bij Ben af te leveren en dus moet hij dringend Ben spreken. Hij kan ook niet inschatten hoe lang het leger nodig heeft om te ontdekken dat hun koffer niet de beoogde inhoud bevat, dat er een tweede koffer in het spel is en of ze dan kunnen terugvinden waar die koffer naartoe is gegaan. En dus moet hij dringend Ben spreken. Andrew weet wel dat de koffer met vaccinaties die via de legerwegen is verzonden naar alle waarschijnlijkheid morgenmiddag zal arriveren bij de legerhotemetoot. Hoe dan ook, ze zullen toch snel bij hem uitkomen, schat hij zo in. En dus moet hij dringend Ben spreken.

Nadat hij zich rot geschrokken was van die journaliste die hem bij zijn kantoortje had staan opwachten, was hij er met de jeep vandoor gegaan. Hij was doorgereden naar zijn barak op de militaire basis om zich daar te verschuilen en hopelijk Ben aan de lijn te krijgen. Zeker een uur had hij op bed in de stress gezeten en toen besloten via de achteringang het Rode Kruis-kamp in te sluipen. Journaliste Lindsay was godzijdank in geen velden of wegen te bekennen, maar het was tegen die tijd al midden in de nacht. Hierop heeft hij alsnog de spoedzending met vaccinaties het ziekenhuis in gesjouwd, waar de verpleegster ongeduldig op hem zat te wachten. Hij kon haar echter moeilijk uitleggen waarom hij zeker drie uur te laat was.

Daarna is Andrew direct teruggereden naar zijn barak en zit hij nu in de zenuwen op zijn bed naarstig Bens nummer te bellen. Om gek van te worden. Zijn hongerige maag knort als een gek, maar hij gunt zichzelf geen tijd om daar gehoor aan te geven.

Hij bedenkt zich dat de door zijn onvrede bedachte ontsnappingsfantasieën van de afgelopen maanden nu wel van pas komen. Zo weet hij dat er voor vanavond een goederenvlucht naar Boston gepland staat. Hij zal er vanuit het Rode Kruis-kamp ook enkele goederen voor moeten aanleveren; de zending staat inmiddels klaar om ingeladen te worden bij de goedereningang. Na aflevering zal hij echter niet terugrijden naar het Rode Kruis-kamp, maar zich aan boord van het vliegtuig verbergen in de laadruimte. Hij kent de routine inmiddels goed genoeg om ongezien aan boord te kunnen glippen.

Gefrustreerd en op van de zenuwen legt hij zijn telefoon op het bed, pakt hij zijn standaard legerplunjezak uit de smalle kast naast zijn bed en gooit hij er zijn weinige bezittingen in. Hij voelt naar de juiste plek onder het bed en trekt er dankbaar het rolletje dollarbiljetten uit dat hij altijd achter de hand heeft. De eventuele noodzaak daartoe was hem tot vervelens toe ingeprent door zijn voorzichtige en wantrouwende vader, waarvoor hij hem nu op een vreemde manier dankbaar is. Dan legt hij de zak onder zijn bed, klaar om deze op een later moment te grijpen wanneer de tijd rijp is.

Hij gaat weer op het bed zitten en doet de zoveelste belpoging.

„Verdorie, Ben, neem nou gewoon op," gromt Andrew weer tegen zijn telefoon die maar eindeloos blijft overgaan zonder opgenomen te worden.

Weaver?

Zijn ex heeft net zijn zoon Billy opgehaald en Ted pakt zijn mobiele telefoon en autosleutels van de eettafel, waarna hij zijn huis uitloopt. Hij heeft honger. Met zijn ex was het maar moeilijk praten, vindt hij. En hij kan het toch niet goed doen. Hij probeert het telkens over zijn kant te laten gaan, al die hersenspinsels van haar. Hij kan toch niet sorry gaan zeggen voor dingen die alleen maar in haar hoofd zijn gebeurd en niet in het echt? Gelukkig was ze met Billy heel fijn de laatste tijd en dat vond hij het belangrijkste.

Als troostend antwoord op de verwijten van zijn ex gaat Ted zichzelf vanavond trakteren op zijn favoriete take-outmaaltijd van het Dooky Chase Restaurant op Orleans Avenue. Het water loopt hem al in de mond bij de gedachte aan de overheerlijke *gumbo* die zij maken. Hij sluit zijn voordeur en kijkt op van het Rode Kruis-vrachtwagentje dat hard en piepend stopt voor het huis van de buren. De bestuurder van het wagentje stapt haastig uit, waarna hij een zwarte koffer met zilveren hoekranden uit de laadruimte pakt. Dan loopt hij de veranda van André op en belt aan, waarbij hij de koffer naast zich neerzet.

Het zal mij benieuwen of André naar de deur komt na het gedoe van gisteravond, denkt Ted. Hij blijft wachten op zijn veranda en houdt het aan Monique beloofde oogje in het zeil.

De bezorger drukt nogmaals op de bel. Hij heeft duidelijk haast en pakt ongeduldig zijn mobiele telefoon uit zijn zak om de tijd te checken. Dan klopt hij nog eens extra hard op de deur.

Met een vaart zwaait de voordeur open en Ted ziet een onverzorgd uitziende André in ochtendjas met warrig kroeshaar in de deuropening verschijnen. Zijn bruine ogen staan verre van helder en uit het huis komt muziek in de vorm van de song *On your way down*, dit keer in de versie van Trombone Shorty.

„Meneer Weaver?" vraagt de bezorger luid aan hem. Het is Ted duidelijk dat André zich in een zeer beschonken toestand bevindt en meewarig schudt hij zijn hoofd. Hij vermoedt zo dat de bezorger het ook wel door heeft. Het is moeilijk te missen. André kijkt de bezorger daas aan. „Ja?" Duidelijk dronken en zo goed als onverstaanbaar mompelt hij: „Whee …Whee … Wheeeler, ja." Hij zwiert op zijn benen heen en weer en komt verre van stabiel over.

De bezorger steekt zijn iPad naar hem uit met het verzoek: „Hier tekenen alstublieft."

Hij wijst de te raken locatie aan met zijn wijsvinger die André met zijn ogen mee naar beneden volgt naar de juiste plek. „Gewoon met uw vinger."

Daarop steekt André gehoorzaam zijn wijsvinger vooruit en de bezorger brengt de iPad naar de vinger toe. Hij krabbelt er iets op en de bezorger lijkt tevreden. Ted is vanaf zijn veranda onder de indruk van de gladde maar vast ongeldige ondertekeningsprestatie van de bezorger.

„Prima, meneer." De bezorger pakt de koffer op en overhandigt deze aan André. „Alstublieft."

Op de automatische piloot pakt André de koffer van hem aan. Dan laat de bezorger de koffer los en draait hij zich om om het verandatrapje af te lopen. André lijkt echter niet bedacht te zijn op het plotse gewicht van de koffer en valt daardoor naar voren, pardoes op zijn gezicht. Zonder enige weerstand. De koffer eindigt ondersteboven op de vloer naast hem.

Geschrokken draait de bezorger zich om. „Meneer?"

In mum van tijd hurkt Ted naast het onbeweeglijke lichaam van André neer en schudt hij verwoed zijn schouder. „André!"

Daarop draait hij het slappe lichaam van zijn buurman om. „Hé, André!"

De bezorger klinkt bezorgd. „Shit, is-ie oké?"

„Ik weet het niet. Hij is zeker behoorlijk kachel?"

Hierop knikt de bezorger. „Ja, zo zou ik dat zeker wel omschrijven! Wat nu?"

Ted bekijkt André eens goed. Er zijn geen wonden of bloed te zien, al is er op zijn rechterwang een bescheiden rode plek te herkennen, waar hij vast op terechtkwam. Hierop checkt Ted zijn polsslag en voor zover hij daar verstand van heeft, lijkt die heel rustig. Hij ziet er uit alsof hij zo heerlijk als een baby aan het slapen is.

„Ik denk dat ik hem maar op de bank leg. Ik weet het anders ook niet."

„Tja, er lijkt niets aan de hand met hem. Behalve dan ..."

Hierop maakt de bezorger een glas-naar-de-mond-gebaar.

„Ja, precies. Laat 'm maar lekker zijn roes uitslapen. Zou jij me even een handje willen helpen? Met zijn tweeën is het zo gebeurd."

De bezorger overweegt de vraag en knipoogt dan. „Tuurlijk, doe ik wel even. Goed voor mijn karma."

Samen sjorren ze André 's lichaam dat als dood gewicht voelt omhoog aan zijn armen. Het vergt wat lichaamsinspanning, maar zodra ze hem over de drempel hebben gekregen, hebben ze de vaart te pakken en belandt André netjes op de bank in de woonkamer.

„Bedankt, man." Ted knikt naar de bezorger. „Fijn dat je even hielp."

„Tuurlijk, joh. Ik zet die koffer ook wel even binnen dan."

„Is goed."

Ted pakt het dekentje van André's comfortabele stoel en legt het over de rustig slapende man heen, waarna de bezorger de koffer rechtop naast de bank neerzet. „Alles zo oké dan?"

„Ja hoor. Bedankt man."

„Tuurlijk, joh. Nou succes ermee, hè." Hierop loopt de bezorger het huis uit en doet hij de voordeur netjes achter zich dicht.

Ted kijkt naar de slapende André en neemt zich voor later vanavond nog even langs te gaan om te kijken hoe het dan met hem gesteld is. Hij besluit dan eindelijk voor zijn begeerde take-out te gaan en loopt om de bank heen richting de voordeur. Daarbij struikelt hij over de koffer, die de bezorger naast de bank had gezet, en die op de grond ploft met het adreslabel en de Rode Kruis-sticker naar boven gericht. Dan ziet Ted dat de koffer geadresseerd is aan ene ‚Ben Weaver'.

„Sjonge, het is niet eens voor André bedoeld!"

Hoofdschuddend verbaast hij zich over de onnodige gevolgen die de verkeerde bezorging van de koffer met zich meebrachten. Weaver? denkt Ted dan bij zichzelf. Waarom gaan er ineens belletjes af in zijn hoofd? Ze rinkelen vrolijk door en ineens herinnert hij zich waarom.

Christine.

En hij beseft ook waarom het even duurde in zijn brein. Toen hij haar kende, heette ze nog geen Weaver. Toen heette ze nog La Croix. Christine La Croix.

De welluidendheid van die naam zegt al alles over de persoon erachter, vond hij toen, en dat vindt hij nu weer. Zou het? denkt hij opgewonden. Een zoon van haar zou toch zo onderhand wel op zichzelf kunnen wonen? Misschien zelfs dus bij hém in de straat! Ted besluit dat de te winnen informatie het waard is om de moeite van een onderzoek te doen en pakt zijn mobiele telefoon uit zijn zak. Hij googelt op ,Ben Weaver'. In zijn opwinding moet hij de zoekterm drie keer opnieuw intypen voordat hij resultaten te zien krijgt.

Nee. Nee. Nee. Ted scrolt door de lijst met namen en adressen. Hé, zou dat hem zijn? vraagt Ted zich af.

Ja, een adres! ziet hij dan met blijdschap. En ja hoor, hij woont gewoon bij mij in de straat! Maar dan op nummer 3369, niet op nummer 3396. Bij nadere inspectie van het adreslabel ziet Ted dat de 6 en de 9 inderdaad omgedraaid op het adreslabel staan. Daarom is de koffer bezorgd op nummer 3396, terwijl het 3369 had moeten zijn. Ted begrijpt dan dat niet alleen het huisnummer op de adressticker niet klopt, maar dat ,Weaver' ook nog eens best klinkt als ,Wheeler', zeker als je in laveloze toestand bent. Vandaar de verwarring bij de bezorger.

Ondanks dat Ted behoorlijke trek heeft, besluit hij om een blik te werpen op het huis dat bij nummer 3369 hoort. Het is immers maar een klein stukje verderop in de straat en hij moet er toch langsrijden op weg naar Dooky Chase. Hij kan zijn nieuwsgierigheid bijna niet bedwingen. Na een laatste blik op de heerlijk snurkende André doet hij zijn telefoon in zijn broekzak en pakt hij de koffer op. Op naar nummer 3369, denkt hij voortvarend.

Chloe rent nog even snel naar binnen om haar handtas te pakken. De jongens van de band staan buiten te wachten en ze zijn al aan de late kant. Zojuist hebben ze de benodigde muziekapparatuur in de bandbus geladen die Danny en Charlie voor de deur hebben neergezet. Josh rijdt er met zijn zelf in elkaar gebouwde motor achteraan met Chloe achterop.

De komende twee nachten blijft ze bij Josh slapen; dat is wel zo handig gezien het schema, hadden ze besloten. Maar handig betekende ook ,fijn en gezellig', aangezien de twee elkaar ook op die manier gevonden hebben. Hoe goed is het leven toch als je verliefd bent en met je geliefde op een podium op JazzFest mag spelen! Chloe's buik heeft de laatste paar weken een extra zwerm vlindertjes op bezoek gehad. Grinnikend had ze beseft dat ze geen haar beter is dan haar neef Ben wat impulsiviteit betreft. Het is allemaal zo snel gegaan, met Josh, en met de band, dat haar hoofd het af en toe niet bij kan houden.

Daarom richt ze zich enkel op de komende twee dagen. Vanavond een barbecue bij de oma van Josh en morgen JazzFest! Dan kon ze die dag erna bijkomen. Daar is ze al bij voorbaat aan toe, dankzij de vele zenuwen die op de gekste momenten door haar lijf gieren.

Chloe sluit de voordeur van Bens huis af en draait zich om naar het verandatrapje, als een zilveren Volvo achter Josh zijn motor stopt. Ze vermoedt dat de auto niet langs de onhandig geparkeerde bus kan en rent het trapje af om de chauffeur van de auto niet op te houden. De man stapt echter uit zijn auto en lijkt haar te moeten hebben, begrijpt ze uit zijn blik. Ze vertraagt haar pas, waarop de man haar aanspreekt. „Hallo!"

Ergens in de veertig schat Chloe hem, met vriendelijke ogen en dito glimlach. Hij lijkt wel een levensgrote teddybeer, denkt ze, dus ze zegt „Hallo" terug en ze stopt om hem beleefd aan te horen.

„Ja, eh ..." stottert de man. Hij lijkt zelfs een beetje zenuwachtig. „Ben jij, of ken jij, toevallig de naam ,Weaver'?"

Hierop gaan haar wenkbrauwen omhoog. „Ja, ik ben Weaver, Chloe Weaver."

„Ken jij toevallig Christine Weaver? Vroeger heette ze Christine La Croix?"

„Ja," antwoordt Chloe stomverbaasd. „Dat is mijn moeder! Hoe kent u haar?"

„Van school nog! Maar ik heb haar sindsdien niet meer gezien hoor. Oh, eh ...," gniffelt hij. „Ik ben Ted. Ted Bunton. Misschien ooit van gehoord?"

Weifelend schudt ze haar hoofd. „Eh, nee. Niet dat ik weet, hoor." Dan lijkt ze zich iets te herinneren. „Of ben jij ...*Teddy Bear*?"

Onmiddellijk voelt ze zich ongemakkelijk, nu Josh en Charlie naast haar staan en het laatste vast hebben gehoord. Geamuseerd kijken ze van de man naar Chloe en terug. Onder al die blikken wordt de man rood in het gezicht en barst hij in lachen uit. „Oh, Christine." Prompt is er een twinkeling in zijn ogen verschenen.

Charlie stoot Chloe ondeugend aan. „Vriendje van je moeder?"

„Zo lijkt het," stamelt ze, waarbij ze wat zenuwachtig grinnikt. Ze voelt een rode blos opkomen bij de gedachte aan de verhalen die haar moeder over *Teddy Bear* had. Niets expliciets natuurlijk, daar is haar moeder boven verheven, maar de affectie voor de man was duidelijk geweest in haar stem. „Dat was lang voor je vader natuurlijk," zei ze dan met warmte, „de wilde haren en zo."

Chloe vraagt zich ineens af of haar moeder haar *Teddy Bear* terug zou willen zien na al die tijd. Ze had haar moeder in de jaren na haar vaders overlijden nooit gehoord over andere mannen, laat staan mannen in het algemeen. Chloe beseft met terugwerkende kracht dat zij en haar moeder het daar nooit over hebben. Niet omdat er niet over gesproken mag worden, maar omdat het niet aan de orde is. Maar Chloe twijfelt ineens aan die zelf ingevulde hypothese nu zij de man even goed opneemt. Warme bruine ogen, beetje kleur in het gezicht en peper-en-zout-haar dat netjes in de gel zit minus één weerbarstige pluk. Zijn open vriendelijke gezicht en dito glimlach spreken Chloe het meest aan.

Charlie geeft haar een pijnlijke por in haar zij en ze kijkt hem gepijnigd aan. „Wat?"

„Hallo! Vanavond?!" mompelt hij zachtjes. Nadrukkelijk seint hij met zijn ogen naar *Teddy Bear*.

„Wat vanavond?" sist ze.

Ook Danny is inmiddels uit de bus gestapt en hij loopt op het groepje toe. „Alles goed hier?"

„Ja. Hoi, ik ben Ted."

Afwachtend steekt Danny zijn handen in zijn zakken. „Danny."

„Ik heb een koffer voor ene Ben Weaver. Woont die hier ook?"

Hierop antwoordt Danny voor Chloe: „Ja, dat klopt. Hij is er nu even niet, maar ..."

Ted wijst naar zijn auto. „Hij ligt in de kofferbak. Verkeerd bezorgd, bij mijn buren een paar huizen verderop, dus ik dacht: ik breng hem gelijk even langs."

Snel blikt Danny op zijn horloge. „Moet ik even meelopen? Dan zet ik hem wel even in de bus voor nu. We zijn al een beetje laat."

„Graag," zegt Ted.

In een mum van tijd heeft Danny de koffer uit Teds kofferbak gehaald en in de bus gezet. Chloe begrijpt inmiddels wat Charlie haar duidelijk probeert te maken met die por in haar zij. Ze kan *Teddy Bear* uitnodigen voor het feestje vanavond. Leuke verrassing voor haar moeder, die vanavond ook komt. Kunnen ze elkaar ‚toevallig her-ontmoeten'. Nu zijzelf zo onder de goede pannen is, gunt ze dat haar moeder ook. En van harte. Ook met terugwerkende kracht.

„Eh, Ted," begint Chloe aan haar volgende impulsieve missie. „Ik zou je wat willen vragen."

Ergens heel in de verte hoort André gebons en maar heel langzaam ontwaakt hij op de bank in de woonkamer. Hij was echt even *out* voelt hij, als hij probeert zijn stijve lichaam rechtop te zetten. Hij heeft geen idee hoelang hij op de bank heeft gelegen, hoe hij daar beland is en hoe laat het is. Alles is blanco. En heel luid.

Wat is dat toch voor herrie? vraagt hij zich versuft af. De wereld voelt geenszins stabiel of echt aan en het gebons op de voordeur versterkt het gebons in zijn hoofd. Met moeite trekt hij zijn lichaam op aan de zijkant van de bank en sloft op wankele benen naar de voordeur. Hij voelt zich verre van nuchter, terwijl hij tegelijkertijd een kater van jewelste heeft.

Dan duiken er verschrikkelijke flarden van beelden op in zijn hoofd van de avond ervoor. De afschuw over zichzelf kruipt tot in de allerkleinste celletjes van zijn ziel. Zelfs ademhalen doet hem emotioneel pijn. Heb ik dat nou écht gedaan? denkt hij wanhopig. Het lijkt wel een boze droom. Nooit in zijn leven had hij ooit een hand opgeheven naar iemand, noch had hij ooit een fractie van zo'n behoefte gevoeld. Dat hij zijn opgekropte emoties slecht onder controle had, was wel duidelijk. Hij voelt hoe bang hij is dat Monique voor altijd weg is en hij haat zichzelf hartgrondig om zijn eigen onvermogen.

Hij opent de voordeur waar zo hard op gebonsd wordt en ziet dan tot zijn verbazing twee mannen in legeruniform op zijn veranda staan, die hem uitermate autoritair aanstaren.

„Weaver?" vraagt de ene man streng, die met zijn vierkante kop en korte blonde stekeltjes een dubbelganger van Dolph Lundgren had kunnen zijn in zijn jonge jaren. De man naast hem is kleiner en heeft een spits donker gezicht. Ze kijken hem zo indrukwekkend legerachtig aan dat het even duurt voordat André de vraag begrijpt.

„Eh ..." begint hij. Zijn mond voelt echter kurkdroog aan en zijn tong lijkt wel aan zijn gehemelte geplakt. Bovendien voelt zijn kaak alsof de botten op een andere plek zitten dan normaal en met zijn hand duwt hij zijn kaak in de goede stand terug. Het doet behoorlijk pijn merkt hij. Wat heeft hij in godsnaam gedaan?

Ongeduldig en luider herhaalt de andere man: „Weaver?"

Hierop knippert André met zijn ogen, waarna hij met zijn uitgedroogde stembanden kraakt: „Wat? Weav- ...Wheeler ja."

De mannen wachten nauwelijks het antwoord af en komen direct in actie. Dolph duwt André met kracht de woning binnen, de spitse man achter hem volgt op de voet en sluit de voordeur. Ze duwen hem de woonkamer in en met een zet belandt hij weer op de bank. Van de vaart van al die snelle bewegingen wordt hij duizelig en eng en hij ziet zwarte sterretjes voor zijn ogen draaien. Hij kan totaal niet volgen wat de twee mannen hem op luide toon vragen of wat ze van hem willen en kijkt slechts versuft van de één naar de ander.

De spitse man loopt de keuken in en verdwijnt uit het zicht, terwijl Dolph op luide toon maar vragen blijft stellen over een koffer. André heeft werkelijk geen idee waar het over gaat, maar de toon vertelt hem hoe serieus de man deze zaak neemt. Uiteindelijk stamelt hij: „Sorry, sorry, ik voel me niet zo lekker." Hij grijpt met zijn hand naar zijn maag om zijn lichaam te vertellen dat het niet hoeft over te geven. Hij proeft de gal in zijn mond en het zweet breekt hem uit.

Hierop komt de spitse man terug van waar hij geweest is, waarbij André ziet dat hij de ingelijste gezinsfoto, die op zijn nachtkastje staat, in zijn hand heeft. Hij staat perplex van het onfatsoenlijke en aantoonbare bewijs dat de man in zijn slaapkamer was.

Spits geeft de foto aan Dolph die na een blik zijn aanval op André inzet. „Waar is de koffer?"

Hulpeloos kijkt André hem aan. „Koffer? Ik weet niets over een koffer."

Dreigend houdt Dolph de foto van zijn gezin voor André's neus. „Als je me niet vertelt waar de koffer is, gaat je gezin eraan!"

Prompt wordt André bang en er schieten allerlei vragen door zijn hoofd. Bedreigt die man nu werkelijk zijn gezin? Wie zijn die gasten? Wat doen ze hier? Wat willen ze van me? Op dat moment voelt hij zich zo ontzettend hulpeloos en machteloos en overgeleverd aan de goden. Laat staan dat hij ook maar enigszins in staat is om zijn eigen gezin te beschermen.

Wanhopig roept hij uit: „Ik weet écht niets van een koffer! Het spijt me, het spijt me! Alsjeblieft, doe mijn gezin niets. Je mag alles hebben van me, alles!"

De stress en de paniek eisen dan hun tol en André's maag gooit zijn gehele binnenste naar buiten op de vloer, op de bank en op de schoenen van Dolph, die tot zijn grote ergernis iets te laat uit de vuurlinie stapt. Geërgerd gooit hij de foto naast André op de bank en beide mannen spoeden zich naar de voordeur. Ze zijn zo snel vertrokken als dat ze aankwamen en laten André versuft achter op de bank.

Na het overgeven voelt hij zich iets beter en wordt de wereld om hem heen langzaam iets helderder. Hij ziet de vieze boel op de grond en de foto van zijn gezin naast hem liggen op de bank. Bibberend pakt hij de lijst op, drukt deze tegen zijn hart en begint onophoudelijk te janken als een kleuter die op zijn knie is gevallen. De boosheid en de agressie over het onrecht van zijn situatie en de rotgevolgen die het heeft gehad, hebben plaatsgemaakt voor diep verdriet. Wel een half uur lang jankt hij onophoudelijk grote tranen, terwijl hij zichzelf heen en weer wiegt op de bank met de foto tegen zijn hart gedrukt. Bij elke traan voelt hij de opluchting van zijn lichaam dat al zijn verdriet simpelweg niet langer kan en wil opkroppen voor hem.

Als de hoeveelheid tranen langzaam minder wordt, volgen er echter nieuwe tranen door de flarden in zijn hoofd over wat hij Monique de avond ervoor heeft aangedaan. En dat hij haar misschien kwijt is. Met terugwerkende kracht ziet hij hoe hij zichzelf is verloren, toen hij zijn twee vingers en zijn baan verloor. En hoe hij zijn eigen gezin aan het verliezen is door zijn eigen toedoen.

Op dat moment verschuift zijn zienswijze van slachtoffer naar iemand die verantwoordelijkheid neemt voor zijn daden. Hij beseft heel goed dat hij het verleden niet meer kan veranderen, maar wel het heden en de toekomst. Hierop neemt hij een beslissing en doet hij een ferme belofte aan zichzelf. Wankel staat hij op van de bank, maar beweegt hij zijn uitgeputte lichaam vastberaden naar de keuken. Hij pakt de voorraad drankflessen uit het onderste keukenkastje en gooit alle flessen één voor één leeg in de gootsteen.

Vanaf nu wordt hij weer de man die voor zijn gezin kan zorgen en zijn geliefden kan beschermen als het nodig is. André zal het hun laten zien. Al is het het laatste wat hij doet.

Welkom

„Welkom, welkom.”

Ted wordt door een guitig vrouwtje op leeftijd aan zijn mouw meegetrokken naar binnen. Haar zwierige rode kimono past bij haar zwierige wilde bos witte haar.

„Ik ben toch niet te laat?”

„Te laat voor wat?” Het vrouwtje knipoogt en ze trekt hem verder de lange gang in. De omgeving ontgaat Ted volledig, zo nerveus is hij.

Ondertussen stelt ze zich aan hem voor. „Ik ben Nina, de oma van Josh. We zitten achter.”

„Oh sorry, ik ben Ted,” stamelt hij onbeholpen. „Oh! En ik heb nog wijn meegenomen.” Onhandig duwt hij de fles wijn in de kleine hand van Nina.

Hierop lacht ze. „Jij mag vaker komen.”

Ze duwt hem de achtertuin in en hij ziet Chloe en Josh links bij de barbecue staan. Dan ziet hij de picknicktafel onder de oude enorme boom waar een aantal mensen aanzitten. Tot zijn opluchting is Christine er nog niet. Hij haalt diep adem, want hij heeft een moment nodig om rustig te worden. Het zweet staat hem nu al op het voorhoofd, maar hij wilde per se een colbert aan vanavond. Veel te warm voor de tijd van het jaar natuurlijk, maar Christine houdt van goede manieren, zo weet hij, en dat had hij er wel voor over. Na zevenentwintig jaar wil hij een goede indruk maken.

Als Chloe hem ziet, steekt ze haar duim naar hem op. „Ze komt zo, hoor!”

Dankbaar voor deze melding knikt Ted en hij steekt een hand op ter begroeting.

Met een wijzend vingertje stelt Nina hem voor aan de mensen die aan de tafel zitten. „Nora, Danny, Clara, Charlie.”

Dan duwt ze hem dan op een stoel aan het eind van de tafel, waarbij Ted Danny en Charlie van eerder die avond herkent. „Oh hé, hoi.”

„Hé, man," reageren ze.

Het meisje met de vlechtjes, net voorgesteld als Clara, vraagt: „Wil je misschien een biertje?"

Daar is Ted zeker wel aan toe. „Ja, lekker."

Ze zwiept de koelbox open die naast haar staat en vist er een koud biertje uit, waarna ze hem deze aanreikt met de instructie: „Met een draaidop."

„Ah, goed te weten, dankjewel."

Hij neemt het heerlijk koude flesje van haar aan en slokt gretig een aantal koude slokken naar binnen.

De bel is nauwelijks te horen over Meschiya Lake heen, die toepasselijk *I'll wait for you* zingt vanuit een bluetooth speaker die aan een koordje aan een tak van de enorme boom bungelt. Nina haast zich het huis in en in haar rappe pas zwiert haar rode kimono kunstig achter haar aan.

Charlie, met zijn grote afro boven een wit strak shirt, stoot Ted met zijn elleboog aan. „Zeker wel spannend?"

Hierop knikt Ted naarstig ter bevestiging en Charlie klinkt daarop zijn flesje bier tegen die van hem. „Komt wel goed, joh. En zo niet, dan heb je lekker gegeten."

Hartgrondiger dan hij wilde laten weten, zegt hij: „Ik hoop het."

Hij voelt dat het koele bier goed doet tegen zijn gezweet. Het ontgaat hem volledig waar de andere aanwezigen met elkaar over praten en lachen en ze laten hem gelukkig even met rust. Hij veegt de laatste druppels van zijn bezwete voorhoofd en staart dan met intense afwachting naar de witte achterdeur.

Even later zwiept die open en trekt Nina een vrouw de tuin in, naar Chloe. Prompt zit zijn hart in zijn keel. Ze is nog even elegant als toen, met een lichtroze satijnen blouse boven een witte kokerrok, haar zwarte steile haar net zo glanzend als haar lippen en haar katachtige ogen mooi geaccentueerd. Ze omhelst haar dochter Chloe en geeft Josh een hand.

Wanneer ze zich omdraait, stokt Teds ademhaling abrupt. Ze kijkt de tafel rond, totdat haar blik op hem rust, waarna ze zich naar haar dochter omdraait. Dan draait ze zich weer om naar hem en kijkt hem diep in de ogen aan. Hij hoort Meschiya niet meer en het voelt ineens alsof ze de enigen in de wereld zijn. Het is maar goed dat Ted zit, want zijn knieën voelen maar gek aan. Zonder dat hij het zich bewust is, zegt zijn mond hardop: „Christine."

Daarop ziet hij twinkeltjes in haar ogen verschijnen. „Ted."

„Welkom, welkom."

Christine wordt door een klein oud vrouwtje aan haar mouw meegetrokken naar binnen. „Jij moet Chloe's moeder zijn, dezelfde mooie ogen. Ik ben Nina, de oma van Josh."

Ze trekt haar door de lange gang mee naar de achterkant van het huis. Christine was al onder de indruk van de voorkant van het mooie witte statige herenhuis, maar de klassieke binnenkant is al net zo mooi. En erg groot. Vooral de grote portretfoto aan de muur naast de trap van de mooie jonge vrouw die Christine direct herkent als een jongere versie van de vrouw die haar nu meetroont, maakt indruk op haar.

Haar dochter Chloe heeft haar uitgenodigd voor een speciale barbecue bij de oma van Josh om te vieren dat de band morgenmiddag op JazzFest mag spelen. Christine kijkt ernaar uit ‚de jongens' van de band te ontmoeten, zoals Chloe ze noemde.

Uiteraard had ze er moeite mee gehad dat Chloe in New Orleans was gebleven voor een band en daarvoor haar opleiding aan de muziekschool had opgegeven. In haar hoofd had ze Chloe zes maanden de tijd gegeven om iets te bereiken met haar nieuwe plan. Toch moet ze erkennen dat spelen op JazzFest een meer dan behoorlijke prestatie is in zo'n korte tijd.

Daarnaast heeft Chloe een baantje als barista gevonden, waar ze net van kan rondkomen, dus Christine kan er moeilijk iets van vinden. Chloe is immers al bijna twintig en altijd heel zelfstandig geweest. Uiteraard is ze supertrots op haar avontuurlijke dochter die haar dromen achterna durft te gaan, maar het plotse loslaten en het lege nest vallen haar maar moeilijk. Maar Chloe had haar het virale videoclipje van de band gestuurd, waardoor ze met eigen ogen heeft kunnen zien en horen hoe goed Chloe past bij deze jongens en zij bij haar. En dat dat met een beetje geluk zomaar een toekomst zou kunnen hebben. Het optreden op JazzFest zou zomaar dat beetje geluk kunnen zijn. Ze gunt haar dochter haar nieuwe leven enorm.

Nina troont haar mee naar de achtertuin waar aan de rechterkant een grote picknicktafel in de schaduw van een oude enorme magnoliaboom staat. Aan de tafel zitten zo'n vijf mensen die druk met elkaar in gesprek lijken te zijn, maar wiens conversatie overstemd wordt door de muziek. Nina trekt haar echter mee naar de linkerkant van de tuin. Daar ziet ze in de rook van de barbecue haar dochter in innige omhelzing staan met een jongen met wild donkerblond haar, die haar dochter een zoen op haar mond geeft. De blik, die ze elkaar geven, ziet er heel innig uit.

Dit is nieuwe informatie, denkt Christine verrast. Ze herkent de jongen met zijn warrige bos haar van het videoclipje dat Chloe had gestuurd en even voelt ze verontwaardiging opkomen dat Chloe haar dat deel van het verhaal niet heeft verteld, maar Nina onderbreekt haar gedachten door te roepen: „Chloe, je moeder!"

Verschrikt draait Chloe zich om en een rode verlegen blos kruipt op haar wangen, waarop Christine haar dochter een warme omhelzing geeft.

Meteen fluistert Chloe in haar oor: „Dit is supernieuw hoor, mam."

Christine begrijpt dan dat haar dochter dit natuurlijk niet voor haar heeft achtergehouden en geeft haar een tedere aai over haar wang, waarop Chloe dankbaar glimlacht. Dan richt ze met vragende wenkbrauwen haar inspecterende blik op Josh, die zich op zijn paasbest voorstelt en zelfs zijn warrige haren uit zijn ogen wrijft. „Hallo mevrouw Weaver, ik ben Josh." Hij geeft haar een handdruk met precies de juiste stevigheid.

Zoals altijd waardeert ze dit soort goede manieren. „Hallo Josh, zeg maar Christine, hoor."

De guitige lach van de jongen wordt breder en zijn blauwe ogen staan helder en intelligent. Het staat Christine wel aan wat ze ziet onder het wilde haar. Daarop kijkt ze naar haar dochter, die opgelaten en afwachtend haar blik volgt, duidelijk hopend op een blijk van goedkeuring. Zelfs onder haar opgelaten staat lijkt ze te stralen. Ondanks dat Christine zich als moeder allerlei zorgen maakt zoals een moeder zou doen in dit geval, is ze vooral heel dankbaar haar dochter zo gelukkig te zien.

Het daverende lachsalvo van de mensen aan de picknicktafel komt boven de muziek uit en trekt hun aandacht. Aan de tafel zitten twee jongemannen, een jonge meid met vlechtjes, een stevige oude vrouw met grijs haar en ...

Prompt hapert Christines ademhaling. Vol ongeloof draait ze zich om naar Chloe die zwakjes haar armen in de lucht gooit: „Verrassing?"

Heel even en als in shock rust haar blik op haar dochter. Dan draait Christine zich langzaam om naar de man aan de tafel, die ze zevenentwintig jaar geleden voor het laatst gezien heeft. Hij ziet er in zijn colbertje nog net zo sportief en fit uit als toen. Alleen de rimpeltjes om de ogen en het dunnere en nu peper-en-zout-gekleurde haar verraden de afgelopen zevenentwintig jaar. Maar de weerbarstige pluk is onveranderd en zijn warme lichtbruine ogen ook.

De warme glimlach op zijn vriendelijke gezicht met dito ogen doet haar beseffen dat de bijnaam *Teddy Bear* nog steeds van toepassing is. Haar eigen mond trekt onbewust in een tedere glimlach. Ze kan niet wegkijken van die ogen die haar zo warm aankijken en het voelt ineens alsof ze de enigen op de wereld zijn. Ze heeft niet door dat de andere aanwezigen in volle verwachting van de één naar de ander kijken, zoals in een tenniswedstrijd.

„Christine," constateert hij tevreden.

Zijn warme, diepe stem zorgt voor een gek sprongetje ergens in haar buik, een gevoel dat ze al jarenlang niet meer heeft gevoeld. Ze knippert met haar ogen, die de twinkeltjes niet kunnen verbergen.

„Ted."

Chloe zit onderuitgezakt, met een buik vol heerlijke barbecuehapjes, op een wiebelende tuinstoel naast de picknicktafel in de grote tuin achter het enorme herenhuis van de oma van Josh. Met bijna gebiologeerde verbazing slaat ze haar moeder gade die volledig lijkt op te gaan in de man die Chloe pas een paar uur geleden voor het eerst ontmoet heeft. Ze heeft haar moeder nog nooit zo gezien, zo meisjesachtig en giechelend. Ze wordt bijna verlegen van het schouwspel voor haar. Alsof ze iets aanschouwt, dat niet voor haar ogen bestemd is.

Josh ploft in de stoel naast haar en wrijft tevreden een hand over zijn eigen volle buik.

„Die had je niet zien aankomen, hè?" Hij knikt met zijn hoofd in de richting van de twee mensen, die zo in elkaar opgaan.

Chloe grinnikt. „Ze heeft me nog niet eens over jou aan de tand gevoeld."

„Heb ik even mazzel."

Plagend port hij haar in haar zij, maar ze slaat met een koket gebaartje zijn hand weg, waarop Josh op serieuze toon verklaart: „Jullie lijken écht op elkaar."

Als antwoord port ze Josh zeer onelegant en hard in zijn rechterzij waardoor hij uitroept: „Oh nee, toch niet. Genade!"

Nou, dat gaat weer lekker

Lindsay klopt op de deur van het kantoortje van colonel dr. Lewis dat aan de voorkant van het Rode Kruis-kamp is gesitueerd. Vanachter de deur hoort ze een mat „Ja" als teken dat ze binnen mag stappen. In de slechte verlichting van de ruimte zit een lange dunne kale man achter een bureau, met een uitgeput gezicht dat past bij de doktersjas en een brilletje dat telkens van zijn neus glijdt. De asbak op het bureau voor hem is volgepropt met kleine shagpeukjes en er hangt een lucht die haar sterk aan de fietsenstalling van haar middelbare school doet denken.

De man neemt haar vanachter zijn brilletje op. „Ja?"

„Hallo, colonel dr. Lewis." Ze steekt haar hand naar hem uit. „Ik ben Lindsay Moore."

Beleefd schudt hij haar hand. „Lewis. Waar kan ik u mee van dienst zijn?"

Ze komt maar direct ter zake. „Ik ben op zoek naar first sergeant Andrew James. Weet u waar hij is?"

Hierop trekt hij zijn wenkbrauwen op. „Ik weet waarom ík hem zoek, maar ik weet niet waarom ú hem zoekt?"

Ze twijfelt of ze hem dat moet vertellen gezien haar eerdere ervaringen met hogeren in rang. Ze houdt het liever vaag. „Ik moet hem dringend spreken over een persoonlijke zaak."

Zonder resultaat had ze gisteren en vandaag elke centimeter van het Rode Kruis-kamp, de naastgelegen Amerikaanse legerbasis- en barakken en het Mafraq Ziekenhuis uitgekamd om Andrew te vinden. Er is óf iets gebeurd óf er is iets gebeurd, is haar conclusie.

Colonel Dr. Lewis gebaart haar te gaan zitten in de stoel tegenover hem. „U maakt zich zorgen?"

Tot haar eigen verbazing merkt ze dat ze inderdaad op de een of andere manier oprechte bezorgdheid voelt voor de ineens onvindbare man. „Ja, eigenlijk wel."

„Mag ik vragen wie u bent?"

Ook dit houdt Lindsay liever vaag, ondanks dat ze diezelfde bezorgdheid in de ogen van de man tegenover haar gereflecteerd ziet. „Ik ken hem nog uit Syrië en ik ben hier om hem te spreken daarover."

De colonel lijkt haar politieke tactiek echter te doorzien en leunt afwachtend in zijn stoel. Dan vertrouwt ze op haar neus om de gok te durven wagen open kaart te spelen.

„Oké, ik ben een journalist en ik denk dat hij informatie heeft over het bombardement in Nissab."

Hierop schudt colonel dr. Lewis op besliste wijze zijn hoofd. „Dat kan niet, toen was hij hier nog niet."

„Nee, precies!" Ze gebaart een alles verklarend handgebaar, dat de colonel duidelijk niets verklaart.

„Ik volg u niet, hoor. Maar als u hem vindt, wil ik ook graag weten waar hij is."

Hierop gooit ze een brutaal balletje op. „Moet hij misschien wat voor major Poston doen? En dat u dat niet weet?"

Wantrouwend knijpt colonel dr. Lewis achter zijn brilletje zijn ogen samen en rukt hij zijn kin omhoog. „Wat bedoelt u nu?"

Ze weet heel goed dat ze hiermee interne problemen veroorzaakt, maar misschien is dat ook wel haar intentie. Als Andrew James buiten medeweten van zijn direct leidinggevende colonel dr. Lewis klussen voor major Poston doet voor het leger, wil de colonel – die prat gaat op het invoeren in het systeem – dat weten natuurlijk. Ze gooit er nog een schepje bovenop. „Weet u iets af van zendingen die buiten het systeem om gaan?"

De kaken van colonel dr. Lewis staan onmiddellijk strak. „Er gaat hier niets buiten het systeem om, mevrouw Moore, daar kijk ik persoonlijk op toe."

„Hm," snuift Lindsay terechtwijzend. „Wees daar maar niet zo zeker van."

Lindsay klopt op de deur van het kantoortje van major Poston dat op de naastgelegen Amerikaanse legerbasis is gesitueerd. Nadat haar gesprek met colonel dr. Lewis rampzalig was verlopen – ze was nog net niet naar buiten geëscorteerd – had ze besloten major

Poston met een bezoek te vereren in haar zoektocht naar first sergeant Andrew James. Helaas hoort ze geen geluid achter de dichte deur, dus ze klopt harder en luistert ingespannen naar enige reactie.

Dan wordt er achter haar gebulderd: „Hé!"

Geschrokken draait ze zich om en ziet ze twee uit de kluiten gewassen mannen van het type *G.I. Joe*. Ze kijkt in de fletsblauwe ogen van *G.I. Joe* Nummer Eén die ze herkent als een van de door Andrew benoemde bullebakken die de ‚buiten-het-systeem-omzending' bij Andrew kwamen ophalen.

Jezus, dié gasten weer, denkt ze balend wanneer ze naar bullebak Nummer Twee kijkt, die er maar autoritair bij staat met over elkaar gevouwde armen voor zijn veel te overdreven buikspieren die door zijn shirt bulken.

„Wat ben je aan het doen," beveelt Nummer Eén, met een korte kinruk. Zijn ogen lijken wel van staal. Inwendig voelt ze de anti-overdosis-testosteron-gal in haar maag opkomen en haar mond bereiken. De twee testosteronbommen blokkeren haar pad en stellen zich op als een onverzettelijke barricade.

„Ja, wat ben je aan het doen," papegaait Nummer Twee.

Lindsay houdt haar stem zoet. „Ik ben op zoek naar first sergeant Andrew James. Weet u waar hij is?"

De mannen zijn duidelijk niet onder de indruk van haar charmes en Nummer Eén buldert: „Wat moet je met die loser?"

Hierop glimlacht ze ondeugend. „Dat ga ik jou toch niet vertellen."

Ze waagt er zelfs een schalks knipoogje aan. De twee mannen kijken elkaar aan om hetzelfde ongeloof bij de ander te checken en kijken dan weer naar haar.

Nee, ik zou hier ook niet intrappen, denkt ze bij zichzelf, als ze de harde gezichten voor zich naar zuur ziet veranderen.

„Weg jij!" buldert Nummer Eén tegen haar, waarna Nummer Twee haar ruw bij de arm pakt en haar richting de uitgang van het gebouw meesleept.

Nou, dat gaat weer lekker, denkt ze gefrustreerd als ze haar arm probeert vrij te krijgen uit de stevige greep.

Wegwezen hier

In de zeer vroege ochtend observeert Andrew stilletjes vanachter de uitbundig bloeiende magnoliaboom voor huisnummer 3362 de woning van Ben. Nummer 3369 is een schattige, lichtblauwe shotgun-woning met een witte reling om de veranda gekruld en met een oud bijpassend blauw Hondaatje ernaast geparkeerd. Met hun voor-dag-en-dauwlied laten de vogeltjes alvast voorzichtig weten dat het een prachtige zomerdag gaat worden.

Andrews legeruniform stinkt van de spanning en hij sterft van de honger. De vlucht in het goederenvliegtuig was een hel geweest. Sowieso was zijn stiekeme onderkomen niet bedoeld voor mensen, maar er was veel turbulentie geweest. Bij gebrek aan een stoel met veiligheidsriem is hij enkele keren door het ruim gestuiterd en zit hij flink onder de blauwe plekken. Afgezien daarvan was zijn plan zeer goed verlopen. Bij aankomst op Boston kon hij kinderlijk gemakkelijk ongezien uit het laadruim glippen en daarna had hij een directe vlucht naar New Orleans kunnen pakken die hij cash kon betalen dankzij zijn dollarvoorraadje.

Al die tijd heeft Andrew, tot zijn grote en stinkende frustratie, Ben telefonisch niet te pakken gekregen en is hij bezorgd dat zijn mobiele telefoon zijn positie zal verraden als hij deze nu nog aanzet. Hij heeft namelijk geen idee of zijn desertie al is opgemerkt en in hoeverre men in de eerste uren van zijn vermissing van desertie of ook andere oorzaken zal uitgaan. Het zal in ieder geval niet lang meer duren, voordat er een opsporing op touw wordt gezet. Van welk soort dan ook. Andrew vreest dat de legerhotemetoot inmiddels de verkeerde koffer zal hebben ontvangen en daarop een zoekactie is gestart, maar hij weet niet of de andere koffer al bij Ben is afgeleverd. Zo weet hij ook niet of ze zijn verdwijning al in connectie hebben gebracht met de verdwijning van de goede koffer. Turend controleert hij daarom goed de omgeving op verdachte bewegingen of personen.

In en rondom Bens huis lijkt het volkomen stil. Behalve de zoemende bijen om de magnoliabloemen en de vrolijk kwetterende vogeltjes ligt de gehele straat in rust. Andrew verzamelt zijn moed en stapt voorzichtig uit zijn wit gebloemde schuilplaats en tuurt links en rechts de straat in. Hij denkt een auto te horen aankomen vanuit een zijstraat verderop. Hij houdt zijn adem in en zijn oren open, en wacht gespannen of het snorrende geluid harder of zachter wordt. Het duurt een aantal seconden voordat hij hoort dat het geluid godzijdank zachter wordt.

Bij deze zekere constatering stapt hij met grote passen naar het huis van Ben, loopt het verandatrapje op en drukt op de voordeurbel die luid weerklinkt in de stille straat. Terwijl hij wacht, kijk hij zenuwachtig om zich heen. Hij hoort geen geluid vanuit de woning komen en gluurt dan door het raam naar binnen. Het lijkt volledig stil in het studentikoos aandoende woonkamertje.

Andrew belt nogmaals aan en klopt voor de zekerheid hard op de deur, maar er komt geen reactie. Hij controleert de omgeving goed, glipt dan het verandatrapje af en loopt haastig het zijpad naast de woning op naar achteren. Bij de achterkant van de woning aangekomen ziet hij een achterdeur met een oud en rammelend kattenluikje. Hierop probeert hij de hendel van de achterdeur, maar de deur is afgesloten. Hij kan de sleutel aan de andere kant van de deur door het raampje in de deur zien zitten.

Hij pakt een takje uit het aan een maaibeurt toe zijnde gazonnetje en gaat op zijn hurken voor het kattenluik zitten. Via het luikje steekt hij het takje naar binnen en probeert hij met de uiteinde van het takje de sleutel uit het slot te vissen. Hij kan door het raampje van de deur net zien wat hij doet en na zo'n drie minuten geklooi hoort hij de sleutel op de vloer vallen. Dan klapt hij het luikje zo ver mogelijk open en gebruikt hij hetzelfde stokje om de sleutel naar zich toe te harken.

„Yes!" zegt hij zachtjes als hij de sleutel in zijn hand vastheeft. Moeiteloos opent hij de deur en hij sluipt zachtjes de keuken in. Zijn mouw blijft hangen achter een haakje naast de deurpost waar een aantal sleutels aan hangen. Als hij zijn mouw los schudt, valt de sleutelhanger met een gemaskerd voodoopoppetje en autosleutel op de grond. Snel pakt hij de sleutel op en hangt deze netjes terug aan het haakje.

Stilletjes en voorzichtig loopt hij de woonkamer in. Er is geen teken van leven en na het checken van alle kasten vindt hij ook geen teken van een zwarte koffer op de benedenverdieping. De oude trap kraakt als hij naar de eerste etage loopt.

Tot zijn grote verbazing, en verdriet, is een van de slaapkamers bezaaid met vrouwenkleding- en accessoires, en andere duidelijk vrouwelijke attributen die verspreid door de kamer liggen. Waaronder een zwart jurkje aan een kledinghaak voor het raam en stoere, maar toch duidelijk vrouwelijke veterboots in de hoek. Andrew heeft Ben al een hele tijd niet gesproken, maar dat hij een vriendinnetje lijkt te hebben, doet Andrew toch wel pijn. Natuurlijk weet Andrew dat zijn verliefdheid niet besteed is aan Ben die altijd alleen maar goede vrienden met hem wilde zijn. Maar dat doet niets af aan zijn gevoelens en de knauw in zijn maag.

In de verte hoort hij de motor van een auto die zijn kant op lijkt te komen. Op slag duikt hij onder het raamkozijn en gluurt hij over de rand naar de straat beneden. Een zwarte stationwagen zeilt de hoek om en rijdt met een vaart langs de woning van Ben. Andrew krijgt spontaan een adrenalinestoot van paniek als hij ziet dat er twee mannen in een legeruniform in de auto zitten. Ze hebben hem niet gezien, maar hij weet genoeg. Hij moet weg hier. Hij is erbij.

Over op plan B, denkt hij angstig. Niet dat hij dat heeft, maar plan A is duidelijk verkeken. Die koffer mogen ze hebben, zijn eigen hachje is nu belangrijker. In paniek rent hij de trap af naar beneden, de keuken in. Hij grist het voodoopoppetje met de autosleutel van de haak in de hoop dat deze toegang biedt tot het blauwe Hondaatje dat naast het huis staat geparkeerd.

Sorry Ben, denkt hij gefrustreerd in het besef dat hij op het punt staat de auto van zijn goede vriend te stelen. Dit nadat hij net in zijn huis heeft ingebroken.

In de verte hoort hij de auto met zulke gierende banden stoppen dat de vogeltjes er stil van worden. Hierop rent hij het zijpad af en duikt hij achter het blauwe Hondaatje. Hij kruipt, totdat hij bij de autodeur is gekomen en de sleutel in het slot steekt. Tot zijn grote opluchting past de sleutel en hij klikt de deur zachtjes open. Nipt op tijd kan hij naar binnen kruipen, wanneer de auto met flinke vaart in zijn achteruit zijn richting opkomt en pontificaal voor Bens woning tot stilstand komt.

Andrew maakt zich zo klein mogelijk in de bestuurdersstoel van de oude Honda. Heimelijk spiekt hij door het minuscule hoekje van het raam van waaruit hij net zicht heeft op de twee mannen in legeruniform, die haastig uit de zwarte stationwagen stappen. Een blonde vierkante beul loopt met grote zware passen naar de voordeur, terwijl een kleinere donkere man achter hem aan dribbelt. De beul belt aan en vanuit zijn niet geheel onzichtbare schuilplaats hoopt Andrew vurig dat ze niet naar de auto kijken. Het angstzweet loopt hem over de rug als hij ziet dat de beul de voordeur openkwakt alsof het niets is. De twee mannen haasten zich naar binnen en de voordeur knalt achter hen dicht.

Dit is mijn kans, denkt hij met zijn verstand, maar zijn vermoeide lichaam loopt achter op de instructie van zijn brein, omdat zijn geweten en zijn hart daar een stokje voor steken. Hij vindt het verschrikkelijk dat hij Ben, nota bene zijn enige vriend op de wereld, ook hierin betrokken heeft en vervloekt zichzelf en zijn idiote plan. Natuurlijk zou het niet lukken, wat dacht hij eigenlijk wel? Met zíjn geluk? Met zíjn slechte karma? En dan nota bene degene, die zijn hachje al eerder gered heeft, wéér voor stommiteiten te laten opdraaien. Nota bene degene voor wie hij gevoelens heeft.

Karma hou je niet tegen, hoort hij zijn moeders stem weer in zijn hoofd zeggen. Zijn hart zucht en kraakt pijnlijk bij de gedachte aan zijn moeder en vertelt hem daarmee wat plan B wordt. Andrew tuurt naar Bens huis, terwijl hij de autosleutel omdraait in het slot. Het Hondaatje start met een klap en snort dan enthousiast vanwege de te verwachten rit.

Wegwezen hier, denkt hij, als de adrenaline het van de vermoeidheid overneemt en hij zijn voet op het gaspedaal zet. Binnen enkele seconden is hij de straat opgedraaid en tuft het Hondaatje gestaag de straat in. De eerste straat aan de rechterkant draait hij in, om dan de eerstvolgende straat aan zijn linkerkant in te draaien, als in een soort zigzagpatroon. Hij heeft geen idee of de legermannen zijn ontsnapping hebben opgemerkt en hij checkt telkens zijn achteruitkijkspiegel op een eventuele achtervolger. Wanneer hij de eerstvolgende straat naar rechts neemt, denkt hij tot zijn schrik in een flits een zwart stipje van een stationwagen in zijn zijspiegel te zien. Hij trapt het gas harder in en de Honda heeft er ondanks zijn ouderdom zin in.

Zweetdruppels vallen van zijn voorhoofd in zijn ogen en ongeduldig veegt hij ze weg. Hij mist daardoor de mogelijkheid om de eerstvolgende zijstraat naar links te nemen en trapt nog harder het gas in om bij de eerstvolgende zijstraat te komen. Net op het moment dat hij de bocht neemt, ziet hij tot zijn afgrijzen de zwarte stationwagen weer als een zwart stipje in de verte in zijn zijspiegel voorbijschieten.

„Godver!" vloekt hij hartgrondig, terwijl hij de steeds rapper voorbijsnellende omgeving afspeurt naar een uitweg. Zijn gemoedstoestand zinkt als hij even verderop in de straat een stoplicht op rood ziet springen. Jachtig checkt hij de achteruitkijkspiegel, maar hij ziet nog geen zwarte stip de straat op draaien waar hij nu rijdt. Hij stopt achter de rode auto die voor het rode stoplicht staat en Andrew met zijn knipperlicht laat weten dat hij linksaf zal slaan. Ondertussen blijft Andrew zijn spiegels controleren op een zwarte stip.

Het voelt als een eeuwigheid, terwijl er in werkelijkheid maar een paar seconden voorbijgegaan zijn, tot het licht op groen springt. De rode auto voor hem trekt tergend langzaam op en Andrew besluit spontaan naar rechtsaf te slaan om vaart te kunnen maken. Als een ervaren Formule 1-coureur stuurt hij de auto door de bocht en maakt hij flink tempo op de brede tweebaansweg waarlangs grote bomen hun takken hoog boven laten hangen. Een bord langs de weg vertelt hem dat de parkeergarage van het University Medical Center New Orleans over driehonderd meter aan zijn rechterkant zal verschijnen. Pas vlak voor de toegangsweg remt hij af en laat hij als een volleerde stuntman het Hondaatje met piepende bandjes voor de slagboom stoppen. Als een dolle draait hij handmatig het raampje open en drukt hij de knop in voor een parkeerkaartje. De machine spuugt het papieren kaartje regel voor regel uit en Andrew trekt het ding van ongeduld er bijna te vroeg uit, waarna de slagboom slechts tergend langzaam omhoog gaat. Met een laatste opgeluchte blik in zijn achteruitkijkspiegel rijdt hij het Hondaatje de veilige donkerte in, terwijl hij naarstig plan B in zijn hoofd probeert uit te werken.

Jullie mogen springen

Chloe maakt zich klaar voor de gezamenlijke finalesprong op de laatste drumklap van Charlie die het eind aangeeft van hun spetterende optreden voor een afgeladen veld met publiek op JazzFest. Haar luchtige rode topje plakt tegen haar rug van het zweet, als ze met beide blote voeten precies op het goede moment op het podium landt. Als antwoord juicht en joelt het publiek. Het podium geeft een prachtig en overweldigend uitzicht op lachende gezichten, klappende handen en joelende monden. Ze blijft maar buigen, totdat Josh haar arm grijpt om haar bij de groepsbuiging van de band te trekken. Ze voelt aan alle kanten een hoop mannenzweet aan haar plakken, maar het maakt haar niets uit en ze buigt in één beweging mee met de jongens.

De toegift met hun laatste song *Voodoo you*, of ‚onze nieuwe hit' zoals de band het noemde, was erin gegaan als koek. Chloe had zelfs mensen in het publiek gezien die het refrein meezongen! Wat een trip is het om te horen dat de woorden die zij heeft geschreven, meegezongen worden! Ze is in de wolken en haar blijdschap past bijna niet in haar lijf.

Na een laatste, dankbare zwaai wordt ze door Josh het podium af getrokken, waarna hij haar, zodra ze backstage zijn, een hele gemeende en natte omhelzing geeft. Dan staan Charlie en Danny ongeduldig om hen heen te springen en ze eindigen in een net zo gemeende en natte *bandhug*.

„Wat was dat fantastisch!" roept Charlie kinderlijk blij uit, die zijn ‚coolheid' tijdelijk en geheel probleemloos lijkt te laten varen voor zo'n goede zaak. Danny geeft hem grijnzend en instemmend een paar klappen op zijn schouderblad en Charlie geeft hem een beuk terug. Ze draaien zich om naar Clara als zij trots uitroept: „Ik heb alles gefilmd!"

Als ultiem bewijs houdt ze haar knalroze iPhone omhoog. Dan springt ze in Danny's armen en hij zwaait haar moeiteloos in de rondte.

De roadies zwermen langs hen heen om hun apparatuur van het podium te halen om plek te maken voor de volgende band. Om hen uit de weg te gaan, lopen ze snel verder backstage. In haar haast struikelt Chloe over een zwarte koffer met een Rode Kruis-sticker. Onwillekeurig ontglipt haar hoge „oeh!" wanneer ze geen vaste grond kan vinden met haar blote voet. Een oudere man in een wit overhemd met haar in een klein paardenstaartje en een verzorgd grijs baardje stapt in haar valrichting en vangt haar net op tijd op. Hij zet haar netjes bij de schouders terug op haar voeten en ze zegt dankbaar: „Pfiew, dankjewel!"

Dan richt de man zich enthousiast tot de gehele band. „Fantastisch jongens, fantastisch!"

Hij schudt de handen van de drie jongens ter felicitatie. Als hij bij Chloe is, glimlacht hij. „En meisje natuurlijk." Ook haar hand schudt hij meer dan enthousiast.

Dan wijst hij naar het stuk zeil achter het backstagegebied dat de uitgang naar buiten achter het podium aangeeft. „Kunnen we even praten? Daar is het wat rustiger."

„Oké," zegt Josh namens de band. De man draait zich om om voorop te gaan en de band volgt hem. Heimelijk stoot Charlie Josh hard aan met zijn elleboog. „Dat is toch die vent van eh ... van eh ..."

Zijn blik is indringend en zijn grote afro knikt indringend mee. Josh kijkt hem enkel vragend aan en loopt het trapje af naar buiten. Chloe heeft geen idee wie die man is en kijkt van Charlie naar Josh of er nog antwoord komt op die vraag.

Het antwoord komt zodra de band voor de man staat op het gras van het buitengebied achter het podium. Hij heet Bob Eskie en is van Resolution Records, een klein platenlabel in New Orleans, dat erom bekend staat kwalitatieve en échte New Orleans muziek te promoten. Bij dit nieuws gaan de wenkbrauwen van Chloe in volle verbazing en een ingespannen bijna-niet-te-durven-dromen-verwachting omhoog. Ze ziet dat haar bandleden er ook zo bij staan. Ze voelt haar hart in haar keel kloppen en een hoogrode blos naar haar wangen kruipen. Het is alsof ze allemaal hun adem inhouden.

Bij deze intens verwachtende aanblik grinnikt de man verlossend. „Jullie raden het goed, ik wil jullie een contract aanbieden." Daarop maakt hij een verontschuldigend gebaar. „Het is geen vetpot, maar ik wil echt mijn best gaan doen voor jullie, al is het maar om jullie op weg te helpen. Want wat jullie doen, is nieuw en daar moeten we gewoon wat mee. Ik vind jullie muziek écht tof. Ik heb al heel lang niet zoiets origineels gehoord."

Ademloos en strak blijft Chloe hem aankijken, net als de jongens; alsof ze niet uit deze onverwachte, mooie droom wakker willen worden, totdat de man in de lach schiet. „Jullie mogen springen, hoor."

Chloe en haar bandleden aarzelen niet en volgen zijn advies in volle glorie op.

Een zwarte koffer met een Rode Kruis-sticker wordt naast enkele opgestapelde flightcases, versterkers en andere muziekapparatuur en een heuse Mardi Gras paradewagen op de grond gezet in een fel verlichte garage, die met een knip in het donker wordt gehuld. De oude rammelende garagedeur wordt dichtgerold en op slot gedraaid. Twee paar voeten lopen buiten zachtjes een trap op en dan is het stil.

Het is een lange reis geweest voor de koffer en zijn inhoud. Van een auto in Syrië naar net over de grens in Jordanië, even in een jeep en door naar Amerika met het vliegtuig. Dan via auto-vrachtwagentje-auto-bus-podium-bus geëindigd in een donkere garage.

Voor de koffer en zijn inhoud is het een raadsel waar de lange reis zal eindigen.

Nog maar eventjes

Nog maar een half uurtje, denkt Jacintha met een vermoeide blik naar de klok. Haar dienst bij het tankstation *Big Easy* van haar oom Bernard, de man van haar tante Claudette, is om vijf uur vanmiddag begonnen toen ze van de kappers- en visagieschool kwam. Ze heeft amper tijd gehad om wat te eten. En dat terwijl ze de kleine koffiebar met snacks in de hoek van de winkel bemant.

De laatste twee weken was het extra druk geweest op en rondom Canal Street dankzij het JazzFest. Dit was de laatste dag van het festival en in het laatste half uur is de drukte snel afgenomen. Jacintha hoopt dan ook op een zeer rustige voortzetting tot het eind van haar dienst.

Ze kijkt er niet naar uit om voor de derde avond op rij bij haar tante en oom te logeren. Toegegeven, ze hebben meer dan genoeg ruimte en ze zijn hartelijk opgevangen, maar ze mist haar vader en maakt zich zorgen om hem. Haar moeder had haar toevertrouwd dat ze hoopte dat hun afwezigheid André genoeg zou stimuleren om zijn drankprobleem aan te pakken. Jacintha hoopt vurig met haar mee. Maar ze heeft toch zo haar twijfels.

Haar donkere ogen staan moe onder de vandaag geleerde modieuze coupe en ze voelt haar nepwimpers plakken tegen haar oogkassen. Een stel rekent hun consumpties af bij Jacintha en ze kijkt naar haar oom. Hij ziet er nog net zo fris uit als vanmiddag, ongelooflijk. Zijn hagelwitte overhemd is nog net zo wit.

Tot haar geluk ziet ze dat er nog maar twee mensen in zijn rij voor de kassa staan en dat er geen nieuwe klanten binnenkomen. Ze seint naar haar oom dat ze even naar de wc gaat. Blij om even te zitten en haar voeten te ontzien, neemt ze haar tijd. Daarna inspecteert ze uitgebreid haar gestylede coupe en de nepwimpers, die gelukkig nog op hun plek zitten. Ze zingt mee met haar absolute heldin Beyoncé die nog net vanuit de winkel te horen is in de gehorige wc en die van Jacintha zelf wel een *Halo* mag krijgen.

Wanneer Jacintha van de wc komt, stapt een dodelijk vermoeide man met donkere kringen onder zijn ogen de winkel binnen. Hij heeft een legeruniform aan en ruikt zelfs van deze afstand niet fris. Zijn korte blonde stekeltjes steken af tegen zijn zongebruinde gezicht, maar toch ziet hij eruit als een geest. Uitgeput laat hij zich op een van de barkrukken zakken, alsof het zijn laatste daad op aarde is. Normaal gesproken moeten de klanten bij haar aan de balie bestellen, maar in dit geval loopt Jacintha naar hem toe om de bestelling op te nemen. Op een vreemde manier heeft ze met hem te doen.

„Goedenavond, wat zal het zijn?"

„Eh, doe maar koffie en een paar beignets alsjeblieft. Kan ik hier nog gewoon bellen?" Zijn blauwe ogen zijn te leeg om de vraag kracht bij te zetten. „Je weet wel, met een vaste telefoon."

„Als je een kwartje hebt." Jacintha wijst met haar vinger de richting aan. „Hij hangt in de gang net voorbij de wc."

De man volgt haar vinger. „Ah! Bedankt."

„Tuurlijk."

Jacintha loopt terug naar de koffiebar om de bestelling klaar te maken, waarop de man opstaat en de gang in verdwijnt. De ouderwetse kiesplaat wordt verwoed heen en weer gedraaid, maar na een halve minuut loopt de man terug naar zijn barkruk. Zijn schouders hangen nog lager dan eerst.

Vanaf de bar vraagt Jacintha meelevend: „Lukt het niet?" Ze gooit een extra royale laag poedersuiker over de beignets.

De man kijkt vermoeid op en zucht gelaten. „Nee."

Jacintha zet de koffie en beignets op het tafeltje voor hem. „Misschien lukt het straks wel."

Dat levert haar een klein dankbaar glimlachje op.

Nog maar twee uur te gaan, denkt sergeant David Mulroon opgelucht. De laatste paar weken was hij druk bezig geweest dankzij JazzFest, maar dat was niet waarom hij het zat was. Zijn partner Krysta Zdrajca kon het bloed onder zijn nagels vandaan halen met haar hardhandigheid. Hij had haar meerdere keren moeten vermanen het rustiger aan te doen. Ze was bloedmooi,

maar achter dat mooie uiterlijk lag een onvermijdelijke rechtszaak voor politiegeweld op haar te wachten. Onlangs nog was
er een video de wereld ingegaan waarop zijn collega's van het
Treme-politiebureau een jongen onnodig hadden afgeranseld.
Sindsdien lag de gehele politiemacht onder vuur en onder een
vergrootglas.

Sergeant Mulroon zit naast haar in de politieauto op hun
vertrouwde ronde door de wijk langs het ziekenhuis. De snikhete
zon is onder en de schemer zet in als hij een oud blauw Hondaatje
opmerkt, dat eenzaam aan de zijkant van een tankstation is geparkeerd. Het verlaten tankstation knippert zijn naam in neon
The Big Easy met gele letters vrolijk de schemer in.

Mulroon wijst met zijn vinger naar het blauwe autootje. „Hé,
rijd daar eens heen."

Zijn partner draait het stuur en stopt de politieauto voor de
achterkant van de auto.

„Check even het nummerbord."

„Was al bezig."

Zijn onderzoek levert hem de bevestiging op van zijn vermoeden. Dit is de auto van de gezochte soldaat, die gedeserteerd is. Ze hadden vanochtend de instructie gekregen hun ogen
open te houden voor deze vermoedelijk vuurgevaarlijke militair
met de naam Andrew James, die in een oud blauw en gestolen
Hondaatje rondrijdt.

„Het is hem, hoor," bevestigt Sergeant Mulroon aan zijn partner.

„Wat doen we, ik zie hem niet." Zdrajca knikt naar het tankstation. „Misschien is hij in het tankstation, er is verder niet
veel hier waar hij zou kunnen zijn."

Sergeant Mulroon checkt de directe omgeving. „Eens. Eerst
even kijken?"

Soepel parkeert Zdrajca de politieauto uit het zicht van de
ramen van het tankstation. Ze stappen uit, pakken hun pistool
uit de holster en sluipen verdekt naar het eerste raam aan de
zijkant. Mulroon blijft daar staan, terwijl zijn partner onder het
raam doorsluipt. Mulroon werpt een heimelijke blik naar binnen.
Hij ziet een koffiebar en een bartafel waar een jong uitziende

serveerster met zeer modieus kapsel koffie bijschenkt voor een man die gemakkelijk aan de omschrijving van de verdachte voldoet. Een 34-jarige blanke man van ongeveer 1.80 meter, met blauwe ogen en kort blond haar. Zijn vieze legeruniform vult de bevestiging verder in.

„Het lijkt er verdomd veel op," fluistert Mulroon daarop naar zijn partner. Als vanzelf brengt hij zijn pistool omhoog en daarmee ongemerkt in het zicht voor het raam.

Zdrajca spiekt naar binnen en even later sist ze: „Mulroon!" Ze gebaart naar zijn pistool en sergeant Mulroon doet deze haastig naar beneden.

„Hij gaat er vandoor!" sist Zdrajca. Ze rukt de toegangsdeur van het tankstation open en rent met opgeheven pistool naar binnen. „Politie!"

Sergeant Mulroon volgt haar op de voet. Hij ziet bij binnenkomst aan zijn linkerkant een donkere man achter de kassa die geschrokken met opgeheven handen en passende gezichtsuitdrukking aangeeft dat hij hier volledig buiten staat.

„Is er nog een andere uitgang?" vraagt sergeant Mulroon hem.

„Ja, maar die is aan de andere kant, niet aan deze kant."

Sergeant Mulroon begrijpt uit zijn gebaar dat de gezochte man niet kan ontsnappen vanuit zijn huidige positie. Hij loopt met gericht pistool voorzichtig verder de winkel in, maar ziet zijn partner of de verdachte niet. „Politie! Geef je over!"

Dan hoort hij gemorrel aan het eind van het linkerpad, een luide klap en het geluid van een vallend lichaam tegen een winkelschap gevolgd door het geluid van kapotvallende flessen. Sergeant Mulroon snelt in de richting van de laatste winkelschap dat nog steeds heen en weer wiegt. In de zeven seconden die het hem kosten om bij de herrie te komen, hoort hij meerdere luide klappen en een onaangenaam lichamelijk kraken.

„Zdrajca!" roept hij terechtwijzend, nu al wetende dat de verdachte weinig meer te vertellen zal hebben als zij de volle zeven seconden heeft kunnen benutten. „Kappen met die shit!"

In zijn sprint schuift hij aan het eind van het pad de bocht naar rechts en ziet hij zijn partner met een knie in de rug op het lichaam van de verdachte zitten. De man ligt op zijn buik op de grond en bloedt behoorlijk uit zijn hoofd. Hij lijkt niet bij kennis en Sergeant Mulroon zucht hartgrondig om de te verwachten rechtszaak. Prompt knielt hij naast de man neer om zijn hartslag te controleren en schudt hij met een boze blik zijn hoofd naar zijn partner. Zdrajca mist zijn blik volledig en pakt hardhandig de polsen van de bewusteloze man vast om de boeien eromheen te slaan. Dan staat ze monter op met een duivelse glimlach om haar mooie mond. „Nou, die doet niets meer."

Sergeant Mulroon zucht nog eens moedeloos. Dan wordt hij zich gewaar van een slungelige tienerjongen in het volgende gangpad, die zijn telefoon in de richting van het slachtoffer omhooghoudt. De jongen vangt de blik van sergeant Mulroon op en verklaart arrogant: „Jullie zijn nu live op YouTube, je reinste politiegeweld hier. Met je dikke bierbuik." De jongen lijkt er zelfs op in te zoomen met zijn telefoon.

Sergeant Mulroon kan als reactie alleen maar een dikke, moedeloze zucht slaken. Instinctief steekt hij zijn linkerarm uit naar Zdrajca om haar tegen te houden de tienerjongen dezelfde behandeling te geven als de bewusteloze man op de vloer.

Nog maar een uurtje, denkt Monique dankbaar. Haar voeten doen pijn.

Ze heeft net een nieuwe patiënt op de eerstehulpafdeling van de University Medical Center New Orleans geïnstalleerd voor de nacht. De blonde man was met een flinke hoofdwond met spoed naar het ziekenhuis gebracht. Een aardige en bolle politieman met een Ierse achternaam houdt de wacht voor de deur. Om die reden vermoedt Monique dat de man een voortvluchtige is.

Ze ondersteunt het hoofd van haar patiënt als ze hem een slokje water door een rietje uit een glas laat drinken. Na twee slokken valt zijn hoofd terug op het kussen en vallen zijn ogen dicht. In het felle licht lijkt de man wel een spook, vindt ze. Monique weet niet wat hij heeft geflikt, maar ze voelt compassie voor hem. Alles aan hem voelt kapot en gebroken en nu waren ook zijn hersens als een drilbadje heen en weer geschud vanbinnen. De behandelend arts had Monique de opdracht gegeven de man elk half uur wakker te maken en hem dan simpele vragen te stellen om te bepalen hoe erg de hersenschudding is. Ze checkt zijn infuus en ziet dat deze bijna aan vervanging toe is. Ze pakt de reeds klaargelegde volle infuuszak van het keukenblokje aan de rechterkant en hoort het geluid van luid stampende schoenen in de gang. Als ze opkijkt van haar werk, ziet ze door het raam naast de kamerdeur twee mannen in legeruniform met de politieagent in de gang praten. De ene soldaat is een blonde beul van een vent en doet haar aan Dolph Lundgren denken. Tijdens het praten maakt hij nogal autoritaire gebaren naar de bolle politieman. Monique kan niet horen wat er gezegd wordt, maar het is duidelijk dat ze het niet eens zijn met elkaar. Dan wordt de deur opengegooid en de blonde beul stapt luid en duidelijk binnen. Achter hem volgt een kleinere donkere man met een spits gezicht.

Monique kan ze nu al niet uitstaan en haar beschermende natuur neemt het over, waardoor ze zichzelf tussen de mannen en het bed opstelt. „Geen bezoek. Hij heeft rust nodig."

Ze blijft expres in de weg staan, maar de blonde beul lijkt daar volkomen maling aan te hebben en schuift haar lomp opzij.

Daarop protesteert ze narrig tegen de kleinere man achter hem. „Dit kan écht niet. Moet ik de beveiliging bellen?"

De kleinere man bekijkt haar slechts laatdunkend. „Wij zíjn de beveiliging, mevrouw."

Hier gelooft ze werkelijk niets van, maar ze durft haar patiënt niet alleen te laten om de beveiliging te roepen, dus ze blijft staan om het in de gaten te houden.

Dan brengt de blonde beul zijn hoofd dicht bij de gebroken man. „Hé! Klojo!"

De blauwe ogen van haar patiënt schieten verschrikt open.

„Waar is die koffer?" eist de beul hardvochtig.

Haar patiënt kijkt hem aan alsof hij water ziet branden. „Maar ... maar ... die hebben júllie toch?!?!"

Monique ziet aan de oplopende getallen op de hartmonitor dat de bloeddruk van haar patiënt op alarmerende manier stijgt. Iets wat de precaire bloedvaatjes in zijn door elkaar gehusselde hersens kan laten knappen. Daarop probeert ze de blonde beul van haar patiënt weg te trekken. „Ga weg, ga van hem weg! Dit kan hij niet hebben!"

Ze hijgt van de inspanning want de man is een behoorlijke kluif qua gewicht en hij geeft geen centimeter mee.

Dan hoort ze een indringende stem achter haar. „Alles in orde hier?"

Hierop draait de blonde beul zich om en Monique verliest bijna haar evenwicht door de veranderde trekrichting. Tot haar opluchting stapt de aardige en bolle politieagent met die Ierse achternaam de kamer binnen.

Hardvochtig snauwt de beul hem toe. „Gaat je niets aan, bemoei je er niet mee!"

De politieman laat zich echter niet bang maken. „Dit gaat zomaar niet. Ik wil de naam van je meerdere en zijn telefoonnummer."

Even denkt Monique dat de weerbarstige man de politieagent wat zal aandoen.deze houdt uit verdediging zijn vuisten omhoog, maar de kleinere legerman stapt tussenbeide en sust de gemoederen. „Mannen, mannen. Hier schieten we niets mee op. Laten we even de gang op gaan om dit te bespreken."

Hij werpt een dwingende blik op Monique om aan te geven dat zij in de kamer bij de patiënt moet blijven en duwt de mannen in de richting van de deur. De drie mannen stappen daarop de gang in en wanneer de deur dichtvalt, blijft het stil in de kamer.

Ze kijkt naar haar patiënt en ziet een ontredderde man die haar een even zo ontredderde blik geeft. Ze loopt naar hem toe en legt troostend haar hand op zijn arm.

„Gaat het?"

Wanhopig slaat hij zijn andere hand voor zijn ogen om zijn opkomende tranen tegen te houden.

„Ach," zegt Monique bij deze aanblik. „Rustig maar." Troostend wrijft ze haar hand over zijn arm.

Dan haalt hij zijn hand van zijn ogen en pakt haar hand smekend vast. „Help me."

Moniques hart loopt over voor hem, maar ze kan natuurlijk geen gehoor geven aan deze duidelijk niet-medische hulpvraag.

Ze zou ook niet weten hoe ze hem zou moeten helpen met die drie mannen op de gang.

Ze legt haar andere hand boven op zijn hand en geeft een klein kneepje. „Ik zorg goed voor je, dat beloof ik." Daarop slaakt hij een wanhopige zucht en legt hij zijn hand weer op zijn ogen.

Hierop vervangt ze de lege infuuszak voor een volle en werpt ze een blik naar de gang. Tot haar genoegen ziet ze geen vervelende mannenhoofden meer voor het raam staan en ze loopt ernaartoe om meer zicht te krijgen. De mannen lijken volledig buiten beeld en ze opent de deur. Ze kijkt links en rechts de gang in, maar er is niemand te zien. Bij de verpleegsterbalie verderop in de gang hoort ze haar naam roepen.

„Ja?" roept Monique in antwoord en ziet dan haar collega vanachter de balie gebaren om naar haar toe te komen.

„Ik kom eraan," belooft ze haar collega. „Ze zijn allemaal weg," meldt ze opgewekt tegen haar patiënt. „Dus je kan nu even écht je rust pakken. Probeer maar wat te slapen, dan kom ik je over een half uur weer wekken, goed?"

Lichtjes knikt hij zijn hoofd, terwijl zijn ogen leeg naar het plafond staren. Zachtjes doet Monique de deur dicht en loopt ze naar de balie waar haar collega haar instrueert dat er een ‚auto-ongeluk' aankomt en ze snel kamer tien moet klaarmaken.

Als een zombie staart Andrew naar het plafond van de witte ziekenhuiskamer. De tl-verlichting doet pijn aan zijn ogen en zijn hoofd bonkt. De grote jaap in zijn voorhoofd is vakkundig gehecht en verbonden. Het zal een flink litteken blijven, had de arts hem gezegd, maar dat kan hem niet zoveel schelen op dit moment.

Toen de legerman naar de koffer vroeg enkele minuten geleden, had Andrew zich ineens gerealiseerd dat hij zónder de koffer geen enkele waarde heeft. Dan blijft er namelijk in zijn gedeserteerde staat nog maar één platgeslagen feit over in deze hele aaneenschakeling van ellendes: hij weet te veel. En Andrew weet wat er met mannen gebeurt in het leger die te veel weten.

Warrige gedachten vliegen door zijn hoofd en Andrew kan er niet één beet pakken om verder uit te denken.

Als in een echo hoort hij Moniques stem door zijn hoofd galmen. „Ze zijn allemaal weg. Je kan nou even écht je rust pakken. Probeer maar wat te slapen, dan kom ik je over een half uur weer wekken, goed?"

Met een ruk zit hij rechtop in het piepende ziekenhuisbed. Dit is mijn kans, denkt hij opgewonden.

Een fikse adrenalinestoot geeft hem de energie om zijn infuus uit zijn hand los te rukken. Aarzelend zet hij zijn linkervoet op de vloer, waarbij de wereld als een omgekeerde draaimolen voor zijn ogen draait. Met enorme inspanning lukt het hem om zijn rechtervoet naast de linkervoet te zetten. Hij blijft dan op de rand van het bed zitten en laat de wereld om hem heen stabieler worden. Met grote moeite staat hij op van het bed, waarbij hij zich naarstig vasthoudt aan het metalen voeteneinde. Hij dwingt zichzelf diepe ademhalingen te nemen en stapje voor stapje schuifelt hij naar de deur. Hij doet de deur op een kier open en gluurt links en rechts de verlaten gang in. Even verderop bij de balie, rechts in de gang, beantwoordt een vrouwenstem een rinkelende telefoon. „Zo, hè hè, zijn jullie er eindelijk?"

Met tussenpozen hoort hij een vrouwenstem snauwen: „Ja, dag, hij ruikt nog net niet, zo lang zitten we al te wachten tot jullie 'm ophalen! Ja ja, schiet nou maar op. Hij ligt in kamer vier."

Het telefoongesprek wordt beëindigd met een norse klap van de hoorn op de haak.

Dan hoort hij een andere vrouwenstem. „Komen ze eindelijk voor meneer Harris?"

De eerste vrouwenstem antwoordt: „Ja."

De tweede vrouwenstem zegt: „Dat werd eens tijd. Vier uur wachten totdat je de vriezer in mag, dat kan toch niet."

Het is geen fris plan dat in Andrews hoofd opkomt na het afluisteren van dit gesprek en hij hoopt van harte dat hij het goed heeft begrepen. Namelijk, dat er een dode meneer Harris in kamer vier ligt die binnen korte tijd wordt opgehaald om de vriezer in te mogen gaan.

Zachtjes doet hij de deur verder open en ziet hij tot zijn grote verrassing dat kamer vier precies tegenover zijn kamer ligt, of zo doet de grote blauwe ,4' die op de deur prijkt in ieder geval geloven. In zijn ziekenhuisjapon met open achterkant sluipt hij stilletjes op blote voeten naar de grote blauwe ,4'. Heimelijk opent hij de deur, waar een ziekenhuisbed staat met een onbeweeglijke bobbel onder het witte laken. Hij ziet nog net wat grijze haartjes boven het laken uitsteken en het voelt doods in de kamer.

Voorzichtig doet hij de deur achter zich dicht en loopt hij naar de bewegingsloze figuur onder het witte laken. Hij prikt met een vinger op de plek waarvan hij vermoedt dat het een been is. De figuur voelt koud aan en in afgrijzen trekt hij zijn hand terug. Hij kijkt de kamer rond en ziet een deur aan de linkerkant naast het keukenblokje. Als deze kamer het spiegelbeeld van zijn kamer is, dan is dat de toiletruimte, zo bedenkt hij. Snel opent hij de deur om daar inderdaad een toiletruimte te vinden. Hij laat de deur openstaan, als hij terugloopt naar het bed.

Hij raakt door het laken met zijn hand de schouder aan van de overleden man en verbijt de onaangename doodse kou die deze zijn hand geeft. Hij rukt het laken van het bed en schrikt van het uitgemergelde gezicht eronder. Wanneer hij op het kastje naast het bed een kunstgebit ziet liggen, begrijpt hij waarom het gezicht van de man zo is ingevallen. De onaangename aanblik zorgt voor weifeling in de uitvoering van zijn plan. Het voelt zo respectloos.

Ach, respect ben ik toch al lang kwijt, moedigt Andrew zichzelf in gedachten aan. Terwijl hij het zware levenloze lichaam van de dode man van het bed sjort, fluistert hij herhaaldelijk: „Sorry, sorry, sorry." Dit kan niet goed zijn voor zijn toch al zo slechte karma. Maar hij weet niet wat hij anders moet doen. Met grote moeite sjouwt Andrew het lichaam van het bed de toiletruimte in. Met een laatste beschamende „sorry, sorry, sorry" sluit hij de deur, kruipt hij op het bed en legt hij het laken over zich heen. Precies zoals het over de dode man heen lag.

Gespannen wacht hij enige minuten af, waarna hij de deur van de kamer hoort opengaan. Hij knijpt zijn ogen dicht, dwingt zichzelf bewegingsloos te liggen en zo goed als bijna niet te ademen.

Dan hoort hij het geluid van piepende wieltjes en een jonge mannenstem. „Heb je 'm?"

„Ja," hoort hij een zware mannenstem brommen, gevolgd door geklik en gerammel alsof er iets vastgezet wordt. Dan voelt hij aan weerszijden van het bed gesjor aan het laken onder hem om vervolgens aan beide kanten opgetild te worden. Hij dwingt zijn lijf zo stil mogelijk te houden en zich aan de schommelende reis door de lucht over te geven. Met een een plof belandt hij op een koud aanvoelende metalen ondergrond en voelt hij dat er een riem stevig over zijn borstkas wordt vastgetrokken. Even later voelt hij ook zijn benen ingesnoerd worden.

„Zit-ie?" hoort hij de zware mannenstem brommen.

„Ja," antwoordt de jonge mannenstem.

Andrew voelt de rijdende beweging van zijn nieuwe onderkomen en hij hoort de kamerdeur open- en dichtgaan, terwijl piepende wieltjes hem voortrijden door de fel verlichte gang. De rit lijkt eindeloos door plotse bochten en lange rechte stukken waarbij hij af en toe voorbijgaand geroezemoes van pratende stemmen opvangt, totdat er een abrupte stop komt aan de beweging. Even later hoort hij een lift pingen en de deuren opengaan. Zijn bedekte onderkomen wordt voortgeduwd en hij hoort de liftdeuren dichtschuiven. De zachte klanken van Cold little heart van Michael Kiwanuka sussen zijn heftige adrenalinestoot. Zijn inzakmoment wordt net op tijd opgeschrikt wanneer de zware mannenstem bromt: „Ga je nog wat leuks doen van het weekend?"

De jonge mannenstem antwoordt: „Shirley is zaterdag jarig, dus we gaan eten bij Brennan's. Op Royal Street, je weet wel."

„Oh, alvast gefeliciteerd," bromt de zware stem.

„Thanks," zegt de jonge stem.

De liftdeuren pingen en Andrew voelt zijn ontsnappende transportmiddel weer voortbewegen. Hier klinkt het drukker met mensen en hij hoopt dat dit betekent dat ze bij de ingang van het ziekenhuis zijn. Maar na een onverwachte scherpe bocht verdwijnt het geluid van stemmen en rijdt hij door een eindeloze gang. Door het witte laken telt hij de voorbijgaande vage schijnsels van felle tl-lichten aan het plafond.

Dan hoort hij het zoeven van een automatische deur en voelt en vangt hij de ietwat onhygiënisch ruikende buitenlucht door het laken op. De wieltjes van zijn onderkomen piepen harder op de hobbeligere ondergrond, totdat de voortstuwende beweging stopt. Dan hoort hij een autodeur openklappen, waarna hij met een ruk een donkere benauwd aanvoelende ruimte in wordt geduwd. Het onderstel van zijn onderkomen wordt met een klik aan weerszijden vastgezet. De autodeur wordt dichtgeslagen en even later hoort en voelt hij een motor starten. Het geschud en de beweging die daarop volgt, verraadt dat de auto voortbeweegt.

Zijn naarstig ingehouden adem ontsnapt hem in een diepe zucht. Ondanks dat de riem in zijn borstkas striemt, haalt hij enkele keren diep adem. Door de krampachtig ingehouden spanning van de laatste tien minuten begint zijn lichaam te rillen. Hij voelt hoe ontzettend koud hij het heeft, tot op het bot, terwijl het warm en benauwd aanvoelt in de donkere ruimte. Het laken op zijn gezicht voelt verstikkend en Andrew draait zijn hoofd opzij om vrijer te kunnen ademen.

„Godzijdank," klappertandt hij in de minuscule hoop dat hij ontsnapt is aan de twee legermannen. Hij probeert zich los te wrikken van de aangesnoerde riemen, maar ze geven geen centimeter beweging en hij kan geen kant op. De fysieke worsteling tegen de onwrikbare riemen vergt dan teveel van hem en hij voelt zichzelf wegzakken in een zwarte stille bodemloze put.

Waar ga ik nu weer belanden, is de laatste vage gedachte die in hem opkomt.

Christine stapt tijdig in haar witte autootje om de slechts vijf minuten naar het restaurant te rijden waar ze met Ted heeft afgesproken. Ze is blij met de airco in haar auto, want het is een zinderend warme avond en ze wil een beetje fris aankomen. Ze heeft wel tien verschillende outfits geprobeerd, waarbij ze is uitgekomen op een lichtgele, getailleerde jurk op knielengte met een bruin gebloemd tailleriempje en bruine open sandalen met een elegant hakje. Voor het geval de airco in het restaurant erg hoog staat, neemt ze een groengeel gebloemde, zijden sjaal mee. Met haar zwarte haar mooi glad geföhnd en gestifte lippen weet ze dat ze er prachtig uitziet.

Ondanks dat de avond vorige week als een droom was verlopen, voelt ze zich nu zenuwachtig. Na John is er niemand meer geweest die haar interesse kon wekken en de plotse ommekeer op dat gebied maakt haar onzeker. Ze had mannen toch allang opgegeven.

Met weemoed denkt ze terug aan haar tijd met Ted, zevenentwintig jaar geleden. Ze was nog maar zeventien jaar en hij met zijn twintig jaar startte zijn tweede jaar aan de universiteit in Atlanta. Maar ze was oh zo verliefd geweest. Haar eerste liefde. Haar vader had hen uit elkaar gehaald, omdat hij niet wilde dat ze met een blanke man was. Hoe ironisch, dat ze daarna alsnog met een blanke man trouwde. Haar dochter Chloe was al onderweg en daarom moesten ze trouwen, maar daar heeft ze nooit spijt van gehad. John was een wereldvent. Alleen jammer, en vooral tragisch, dat hij na acht jaar huwelijk al dood ging door een auto-ongeluk. Daarna had ze niet meer naar getaald naar relaties. Ze had zich gestort op de opvoeding van Chloe waar ze alleen voor stond. Gelukkig had Johns broer, haar zwager, haar enkele keren willen en kunnen helpen met financiën, waar ze in haar eentje voor opdraaide.

Sinds Chloe op eigen benen staat, voelt Christine zich alleen en eenzaam achtergelaten in het lege nest. Om dan uitgerekend Ted tegen te komen, dat moet toch een teken zijn, zo beredeneert ze. De zenuwen in haar buik versterken de mentale beredenering in haar hoofd. Ondanks de zenuwen krult er een glimlachje om haar gestifte mond als ze het parkeerterrein van het restaurant op draait.

„Alvast wat te drinken, meneer?" vraagt de jonge serveerster beleefd.
„Ja graag. Een Merlot, alsjeblieft."
„Komt eraan, meneer."

Het jonge ding loopt naar de volgende tafel.

Ted is extra vroeg gekomen om alvast aan de omgeving te wennen. Hij heeft een eerste date met Christine en is ervoor naar Baton Rouge gereden, naar het Mexicaanse restaurant dat zij heeft uitgekozen. Hij is naar de kapper geweest gisteren. En vanochtend heeft hij nog speciaal een nieuw colbertje met een mooi overhemd gekocht om vanavond goed voor de dag te komen.

Het jonge ding arriveert met zijn Merlot en hij zegt dankbaar: „Ah, dankjewel." Hij kan wel een slok gebruiken tegen de zenuwen.

Nog een kwartier, ziet hij op zijn horloge.

Voor de zoveelste keer deze week denkt hij terug aan het onverwachte afscheid van Christine zevenentwintig jaar geleden. Haar vader had niet gewild dat ze met een blanke man was en had haar verboden nog langer met hem om te gaan. Hij was ook wat ouder dan zij en hij zou vlak daarop naar de universiteit in Atlanta gaan voor zijn tweede jaar. Door die omstandigheden hebben ze toen met elkaar moeten breken. En in de tijd voor internet, sms, whatsapp en social media was het bijna onmogelijk om langs haar vader te komen om in contact met elkaar te blijven. Ironisch vond hij het wel dat hij jaren later hoorde dat Christine alsnog met een blanke man was getrouwd, John Weaver welteverstaan, met wie Ted nog een korte tijd in het softballteam had gezeten. Maar hij had ook geruchten gehoord dat Christine zwanger was geraakt en dat het een ‚moetje' was geweest, van juist haar vader.

Hoe gek kan het lopen, denkt Ted, denkende aan de toevallige ontmoeting met Christines dochter vorige week, die nota bene bij hem in de straat woont. En dat dankzij een verkeerd bezorgd pakket. Toen hij de gelijkenis met haar moeder in Chloe's ogen had gezien, was de hoop als een bom in zijn hart geslagen. Vanaf dat moment had hij aan niets anders kunnen denken. De avond van hun herontmoeting vorige week was als een droom verlopen en sindsdien leeft hij in een waas naar vanavond toe. Hij is sinds tijden niet meer zo vrolijk en blij geweest. Fluitend staat hij op en zelfs de verwijten van zijn ex doen hem niets.

Ted neemt een geruststellende tweede slok van zijn wijn en ziet dan de elegante vrouw het restaurant binnenkomen. Meteen lijkt de tijd stil te staan. Als ze zoekend het restaurant rondkijkt, steekt hij zijn hand op om haar blik op te vangen. Zodra ze hem ziet, loopt ze glimlachend naar zijn tafel. Ze ziet er prachtig uit met een sjaal om haar schouders gedrapeerd, maar Ted ziet vooral haar ogen. Zodra ze bij de tafel is gearriveerd, staat Ted op en pakt hij haar hand, waar hij tevreden een tedere kus op drukt.

„Christine."

James hier

Het is bijna middernacht als Andrew bij de voordeur van het appartement van zijn ouders op de vijfde verdieping aanbelt. De nachtportier bij de receptie van het luxe gebouw aan Park Avenue had hem als verloren zoon onthaald, maar Andrew had zich naar de lift gehaast, beschaamd om zijn onwelriekende staat. Hij had de man verbaasd achter zich gelaten.

Al twee weken lang is hij op de vlucht. Zijn hoofdwond is door gebrek aan hygiëne enorm lelijk geheeld. De verticale donkerrode jaap vanaf zijn linkerwenkbrauw tot diep in zijn lichtblonde haargrens tekent zich afschrikwekkend af tegen zijn bleke voorhoofd. De niet passende gestolen kleding en een onaangename lichaamsgeur geven hem het uiterlijk en de lucht van een zwerver.

De ontsnapping vanuit het mortuarium was simpel geweest. Andrew was wakker geworden op dezelfde metalen ondergrond met hetzelfde laken over zijn hoofd, maar zonder de riemen die hem insnoerden. Zijn hoofd had heel zwaar gevoeld en hij had moeite gehad zijn ogen te focussen. Het was ijskoud, spaarzaam verlicht en doodstil in de kille ruimte geweest, toen hij het laken van zich had afgegooid. Er hadden enkele lege metalen tafels in het midden van de ruimte gestaan met daarnaast verrijdbare tafeltjes waarop medische instrumenten waren uitgestald. De ziekelijke geur had hem weeïg in zijn benen gemaakt en hij had de lege en dood aandoende ruimte snel verlaten.

Op zoek naar een uitgang was Andrew op een deur met het bord ‚kleedkamer' gestuit. Zich daarop bewust wordend van zijn niet veel bedekkende maar vooral hinderlijk koude ziekenhuisjapon had hij van alles uit diverse lockers gerukt en enigszins passende kleding en schoenen vergaard en aangetrokken. Op dat moment was de deur van de kleedkamer open gegaan. Een slanke verzorgde man van in de dertig had hem verbaasd aangekeken. Toen de man verontwaardigd met een wijzende vinger had gezegd: „Hé, dat is mijn jack!" had Andrew hem omvergeduwd met een gemeend „Sorry" en was hij de gang op gerend. Hij was blijven rennen, totdat hij zeker vijf blokken van het mortuarium vandaan was.

De dagen die hierop waren gevolgd, hadden bestaan uit pure overleving. Eten en drinken zien te vinden zonder geld, een veilige slaapplek vinden voor de nacht, overdag schuilen voor de politie en sowieso niets doen waardoor hij zou opvallen. Als een schaduw was hij geweest en hij was nooit te lang op één plek gebleven. Totdat een oudere trucker hem in het toilet had gevonden van een tankstation even buiten New Orleans waar hij was flauwgevallen van de honger en de naweeën van zijn hersenschudding.

De vriendelijke man had met hem te doen gehad. Hij had hem in zijn gekoelde vleeswarentruck meegenomen op zijn tien uur durende vaste route naar Charlotte, North Carolina. Aldaar had de barmhartige man voor hem een lift bij een collega-trucker geregeld naar New York City, naar zijn zieke moeder. Na afgezet te zijn bij de Meat Market in New Brunswick even buiten New York City had het Andrew een paar dagen gekost om in het centrum van de grote stad op zijn uiteindelijke bestemming te geraken. Maar nu is hij er dan toch eindelijk. Gehavend en gebroken, maar hij is er.

Met het oog op het late uur en met een zwaar hart klopt hij met zijn knokkels op de deur in plaats van nog eens aan te bellen. Dan hoort hij gemorrel aan de sloten en gaat de grote voordeur op een klein kiertje open. Een bruin oogje loert naar hem. Zijn afschrikwekkende litteken op zijn voorhoofd lijkt alle aandacht van Rosa te trekken. Snel legt Andrew zijn hand erop. „Rosa. Ik ben het!"

Stomverbaasd en verschrikt fluistert Rosa: „*Dios mio*, meneer Andrew. Wat ziet u eruit?"

Langzaam opent ze de deur en hij ziet warrige bruine haren boven een ouderwetse kamerjas uitsteken.

„Sorry Rosa, dat ik je wakker heb gemaakt, maar ik wil graag mijn moeder zien. Kan dat?"

„*Dios mio*, natuurlijk, meneer Andrew. Ja ja, kom." Ze gebaart hem naar binnen en doet zachtjes de deur achter hem dicht.

„We moeten stil zijn, meneer Andrew. Meneer James slaapt in zijn kantoortje."

Stilletjes sluipen ze langs de studeerkamer van zijn vader. Rosa voorop met haar ontplofte haar en onhoorbare pluche sloffen op het gepoetste eikenhouten visgraatparket, Andrew op zijn tenen in zijn gestolen, knellende sneakers. Hij ziet zijn vaders witte haar boven het deken op het sofabed uitkomen als hij langs de open deur van zijn vaders studeerkamer loopt. Als een bolletje in elkaar gedraaid ligt Fluffy op de grond voor het sofabed te slapen.

Op de trap ligt gelukkig tapijt en ze snellen onhoorbaar door naar de slaapkamer van zijn moeder. Rosa kruipt door de smalle opening van de deur naar binnen en gebaart Andrew te wachten. Hij ziet vanuit de gang een lichtje aangeklikt worden en hij spiekt de deuropening in. Daarop gebaart Rosa hem binnen te komen en Andrew loopt snel naar het bed. Hij schrikt van zijn moeders uitgemergelde bleke gezicht met kort licht sprietend haar erboven en het infuus in haar arm. Verlangend reikt ze haar armen naar hem uit en Andrew beantwoordt haar omhelzing voorzichtig. Hij kan de botten tellen en wil haar infuus ongestoord laten. Woordenloos blijven ze in de zo langverwachte omhelzing hangen.

Terence James III schrikt wakker van de het indringende getring van de ouderwetse telefoon, die onder het schijnsel van de goudkleurige bureaulamp op zijn antiek houten bureau tekeergaat. Met twee stappen is hij van zijn sofabed naar zijn bureau gestapt, over Fluffy heen die verschrikt opkijkt uit zijn zoete droom. Op de tweede ,tring' neemt hij de telefoon op. „James hier."

Na een hartverscheurende dag met zijn vrouw was Terence op het sofabed in zijn studeerkamer in een diepe slaap gevallen, waar hij slaapt om haar infuus niet te storen. De zoveelste chemobehandeling was niet aangeslagen en had haar lichaam eerder verwoest dan geheeld. De behandelend artsen hadden haar vandaag naar huis gestuurd, ,voor de laatste fase' om ,afscheid te nemen', met een morfine-infuus tegen de pijn.

Het meest onwaardige eind voor de mens, had Terence bitter bedacht, nadat hij het uitgemergelde, maar zo geliefde restant van zijn vrouw Odetta samen met zijn huishoudster voorzichtig in bed had gelegd die middag.

„Jackson hier," blaft colonel Jackson.

Prompt voelt Terence de afkeer voor de man uit zijn maag omhoogkomen.

Hij houdt het zakelijk. „Ja?"

„Enig idee waar je zoon is?"

Het sarcasme van de colonel druipt er vanaf en op slag voelt Terence nattigheid. „Want?"

„Die zagen we net, gedeserteerd en al zo blijkt, uw woning ingaan, meneer James," vult colonel Jackson valszoet aan.

„Ik weet niet waar u het over heeft."

Nors klapt Terence de hoorn hard op de haak. Hij weet echter dondersgoed dat er een camera bij zijn voordeur hangt, waarvan hij zich altijd heeft afgevraagd of ze daarmee zijn huis in de gaten hielden. Daar had hij nu het antwoord op. Al lopende door het in schemer gehulde luxe appartement trekt hij zijn kamerjas aan, op zoek naar het volgende antwoord. Hij vindt zijn zoon, natuurlijk, in de slaapkamer van zijn vrouw.

Het beeld van zijn zoon in een wanhopig innige omhelzing met zijn uitgemergelde moeder en een amper hoorbaar snikkende Rosa naast hen zal hem voor altijd bij blijven. Het deel in hem dat zich zo druk maakt om zijn carrière en status en die van zijn zoon loopt als een ballon leeg. Van het ene op het andere moment ziet Terence wat er écht belangrijk is in het leven. Dit is het moment dat het voor het eerst bij hem doordringt dat hij op het punt staat de twee meest belangrijke mensen in zijn leven te verliezen. Dit is het moment dat voor altijd zijn geschiedenis ingaat als het moment dat zijn hart eindelijk opende. En huilde. En rouwde. En berouwde. Och, zo ontzettend veel berouw.

De aanwezigen hebben tot nog toe zijn aanwezigheid in de deuropening niet opgemerkt. Terence heeft moeite de woorden te vinden die dit stille en intens verdrietige tafereel moeten onderbreken. Hij schraapt zijn keel waardoor Andrew uit de omhelzing met zijn moeder opschrikt en hij zijn vader met angst in de ogen aankijkt.

„Zoon, ze weten dat je hier bent. Ze komen eraan, jongen."

Odetta's armen vallen slap naar beneden als Andrew zich uit haar omhelzing losmaakt en moeizaam rechtop staat. Hierop loopt Terence naar hem toe en slaat hij een arm om hem heen, een onwennig gebaar voor beiden, waarbij zijn zoon ongelovig en wantrouwend naar hem opkijkt. Alsof hij geen spatje genegenheid had verwacht van zijn eigen vader en zijn aanraking slechts als een persoonlijke aanval uitgelegd kan worden. Zijn zoons argwanende blik breekt het brekende hart van Terence in nog kleinere stukjes. Stevig neemt hij zijn zoon in zijn armen die na enige aarzeling zijn omhelzing beantwoordt, waarbij Terence tot zijn verbazing merkt dat er tranen over zijn gezicht lopen. Hij ziet Rosa de hand van zijn vrouw pakken en beiden kijken hem met dankbare, betraande ogen aan.

Het aanstaande gevaar weer beseffend, vermant Terence zich. Kordaat veegt hij de tranen van zijn wangen, waarna hij zijn zoon indringend bij beide schouders beetpakt. „Je moet vluchten, Andrew, ze kunnen ieder moment hier zijn."

Zijn zoon ziet er uitermate gehavend uit met een enorme jaap van een litteken op zijn voorhoofd en lege uitgeputte ogen. Vanonder zijn vreemd gesorteerde kledij komt een absoluut onwelriekende geur. Hij ziet dat Andrew nog tot weinig in staat is en pakt hem resoluut bij zijn arm. Op onverzettelijke wijze trekt hij hem de slaapkamer uit, de trap af en de keuken in. „Kan je ergens heen?"

Andrew kijkt hem slechts aan alsof hij aan het eind van de wereld is gekomen en van het randje aan het vallen is.

Zachtjes schudt Terence hem door elkaar om hem alert te krijgen. „Andrew!"

„Eh," stamelt hij dan wanhopig. „Nee ...nee ...waarheen dan?"

„Oké," beveelt Terence hem. „Hier blijven."

Als een zak aardappelen zakt Andrew tegen het koude aanrecht, terwijl Terence zich naar zijn studeerkamer haast. Aldaar schuift hij hardhandig een rij boeken van de plank van de boekenkast achter zijn bureau. Met een klap vallen ze op de grond. Terence schrikt van Rosa's plotse stem die op haar pluche sloffen onhoorbaar in de deuropening van de kamer is verschenen. „Meneer James?" „Voor niemand de deur opendoen, Rosa. En waarschuw me als je mensen ziet!" commandeert Terence haar nors, terwijl hij de openingscode van de kluis intypt op het kleine schermpje voor zich. Met zijn nieuwe hart realiseert hij zich dan dat zijn toon onnodig, onterecht en erg hard is naar de altijd hulpvaardige Rosa en hij corrigeert zichzelf. „Alsjeblieft."

„*Sí*, meneer James."

Als een soldaat met orders loopt Rosa naar de voordeur om daar samen met Fluffy de wacht te houden, waarbij ze haar blik strak op de intercom gericht houdt.

Terence trekt de deur van de kluis open en haalt daar twee dikke rolletjes dollarbiljetten uit die hij altijd paraat heeft voor noodgevallen. Ondertussen peinst hij naarstig over een goed onderduikadres waar Andrew enige tijd zou kunnen verdwijnen. Wanneer hij de kluisdeur met een klap dichtgooit, komt het beeld van de vervallen oude blokhut diep in de bossen van Connecticut bij Bozrah in hem op. Het beboste stuk land was na het overlijden van de kinderloze tante van zijn vrouw in haar familie gebleven. Het bijbehorende woonhuis met het merendeel van het stuk grond was langgeleden al verkocht, maar het onbruikbare, heuvelige stukje bebost land met de houten blokhut aan de rand van het perceel was geen onderdeel geweest van de koop. Inmiddels hadden Terence en ook de familie van zijn vrouw door de jaren heen dusdanig meer vermogen vergaard dat ze zich luxe strandhuizen konden veroorloven op Long Island en Hampstead. Dit schamper stukje land op deze niet noemenswaardige locatie was daardoor in de vergetelheid geraakt. Hopelijk genoeg in de vergetelheid om ongemoeid te blijven, hoopt Terence nu vurig. Het lijkt hem verreweg de beste schuilplaats die hij in zo'n kort tijdsbestek kan bedenken en hij hoopt dat Andrew zich de locatie nog kan herinneren na al die jaren.

Resoluut stapt hij over de boeken op de grond heen. Wanneer hij de keuken in loopt, ziet hij zijn zoon als een zak aardappelen op de grond zitten, leunend met zijn rug tegen een keukenkastdeurtje. Zo bleek als een schim, vindt Terence tot zijn grote verdriet.

Zo goed als hij kan, sjort hij Andrew op zijn voeten en duwt hij hem de dienstingang in. Aan het eind van de gang opent hij de deur, die op een slecht verlicht trappenhuis uitkomt. Hij duwt de twee dikke rolletjes geld in de handen van zijn zoon. „Weet je Bozrah nog?"

Gedurende enkele momenten kijkt Andrew hem verdwaasd aan, maar dan knikt hij. Terence geeft hem 'n paar vaderlijke klappen op de schouder, die hem tevens voortduwen naar het trappenhuis en zijn ontsnapping. Zijn zoon kijkt als laatste afscheid naar hem op en knikt hem dankbaar toe. In die blik ziet Terence heel andere emoties terug dan die hij nog geen twee minuten eerder van zijn zoon kreeg. Ook Terence voelt zich heel anders dan anders. „Wees veilig, zoon. Wees veilig."

Met tranen in zijn ogen en een laatste bemoedigende knik naar zijn zoon die hij nu pas, na al die verspilde jaren, in zijn hart voelt, sluit hij zachtjes de deur.

Zo, hè hè

„Zo, hè hè."

Ongeduldig trekt Ben het cellofaan van een nieuwe mobiele telefoon, die hij net in een sjoemelzaakje in een zijstraat van de grote winkelstraat in Rome heeft gekocht. Hij en Sophie zijn een uur geleden in de stad aangekomen en het is heerlijk weer. Ondanks het vroege ochtenduur zijn al veel mensen op de been die met hun zonnebrillen en korte broeken duidelijk het label 'toerist' dragen.

Wat onzeker kijkt hij Sophie aan, daar hij niet uitblinkt op digitaal gebied. „Eens kijken hoe ver ik kom."

Zijn huid is lekker gebrand van de gedraaide zonuurtjes, waardoor zijn diepblauwe ogen nog blauwer lijken. Zijn witte T-shirt versterkt het geheel nog eens extra.

Toen zijn mobiele telefoon vorige week in het water was beland, was Ben bezorgd geweest om de foto's en filmpjes die erop stonden van hun huwelijk. Venetië, de meest romantische stad van Italië, zo vinden Ben en Sophie, had hen geïnspireerd tot hun spontane actie. Heel intiem en romantisch was de huwelijksvoltrekking geweest op het eiland Lido, met alleen hij en Sophie, de pastoor en twee kort meereizende backpackers als getuigen en de ondergaande zon in de zee op de achtergrond. Daarna hadden ze gefeest tot in de kleine uurtjes.

Uitgerekend de volgende dag was zijn telefoon in het kanaal beland, toen hij vanaf een varende taxigondel Chloe had gefacetimed. Door de zwaaibeweging van Sophie ter afscheid aan Chloe had ze per ongeluk met haar arm zijn telefoon uit zijn hand gezwiept. Met lede ogen hadden ze de onvermijdelijke plons in het troebele water van het kanaal aangezien.

Gelukkig had Ben de foto's in zijn Dropbox gezet, een handigheidje van Sophie, dus de foto's waren niet weg, wist ze. Met een nieuwe telefoon kan Ben het album verder aanvullen met hun aankomende avonturen. En ondanks dat hun bestaan frank en vrij, vindt hij het toch ook een fijn idee dat Chloe en zijn ouders hem kunnen bereiken als het nodig is. Met Sophie's hulp lukt het misschien ook om zijn account op deze nieuwe telefoon te krijgen. Al heeft hij zelf geen flauw idee hoe dat moet.

Ben gaat op de stoeprand voor de winkel zitten en ploft zijn rugzak naast hem neer.

„Eens even kijken." Hij houdt zijn ogen strak op het scherm. „Ja, en dan die."

Sophie gaat naast hem zitten en tuurt met hem mee.

„Hier moet ik dan inloggen, toch?" vraagt hij haar wijzend naar het schermpje.

„Ja, klopt."

„Ja, hoor!" roept Ben dan uit zodra zijn inlogcodes worden goedgekeurd. „Ik zit erin!"

Hij schiet dan in de lach en wijst met een vinger naar een van de foto's waar hij met een verfomfaaid hoofd op staat. „Kijk, dat is nou een cocktailtje te veel." Zijn haar is al behoorlijk lang geworden en niet onder controle te houden, waardoor mensen hem op straat lachend voor Einstein uitmaken.

Maar dat maakt hem niets uit.

Dag, mijn liefste

„Dag, mijn liefste," fluistert Terence James III, terwijl hij een rode roos op de prachtig gedecoreerde witte kist legt. Hij brengt zijn vingers naar zijn mond, drukt daar een kus op en plaatst zijn hand tegen de kist.

Het is donker, bewolkt en er waait een gure wind over de begraafplaats, waar hij en Rosa de zeer intieme dienst bijwonen. Vandaag is de laagste temperatuur in jaren gemeten rond deze tijd van het jaar. Het past bij het gemoed van Terence; zijn hart voelt net zo guur. Zijn allerliefste vrouw is enkele dagen geleden overleden, haar lichaam had van het ene moment op het andere de strijd opgegeven. Terence heeft haar ziel voelen vertrekken en met haar was ook zijn hart vertrokken.

Het overlijden van zijn vrouw en de situatie waar zijn zoon in zit, raakt Terence hard. Hij heeft spijt, zoveel spijt, van de eisen die hij hen oplegde in het leven. Altijd moest het méér, beter en groter. In de wereld van hebzucht op het niveau waar Terence op zit, is er werkelijk geen ontkomen aan. Dat is het enige waar het om draait in die wereld, voor gevoel is geen ruimte en tot dit punt in zijn leven had hij nog nooit zoveel gevoelens gehad als nu. Hij weet nu beter. Hij ziet het nu. Hij voelt het nu. Oh, wat voelt hij het.

Het is alleen te laat. Veel te laat.

Rosa staat naast hem en legt ook een rode roos op de kist. *„Descansa en paz."*

Ze kijkt naar Terence op met een betraand gezicht en legt snikkend een bibberend handje op zijn arm. „Zo verschrikkelijk."

Ondanks dat Terence haar jarenlang slechts had beschouwd als ‚huishoudster', zag hij met zijn nieuwe ogen dat Rosa net zo goed familie is door al het lief en leed dat ze heeft gedeeld met zijn gezin al die jaren. Hij is haar dankbaar voor alle goede zorgen voor zijn vrouw en zoon en heeft zich voorgenomen haar goed achter te laten als hij …

Als ik wat eigenlijk, vraagt Terence zich weer af. Zijn status binnen de Grootloge is onveranderd, ondanks de blamage van de desertie van zijn zoon en hij heeft nog net zoveel vinger in de pap. Maar het vergaren van nog meer macht en geld trekt hem totaal niet meer. Hij zou alles wat hij heeft zo inleveren als hij daarmee zijn vrouw of zijn zoon kon terugkrijgen.

De speciaal ingehuurde zangeres zingt a capella *La vie en rose*, het favoriete lied van zijn vrouw. Het ontroert Terence tot op het bot en de tranen wellen op in zijn ogen. Hij kijkt naar de twee rode rozen op de hagelwitte, glimmende kist en fluistert zachtjes: „Wat moet ik nu, liefste?"

Op dat moment ontstaat er langzaam een kleine opening in het donkere, dreigende wolkendek. De zon schijnt haar zonnestralen precies op de kist en Terence en Rosa knijpen hun ogen tot spleetjes dicht tegen het plotse felle schijnsel dat weerkaatst tegen de witte kist. Terence kijkt weg van het felle licht en ziet in een flits een blond hoofd op- en weer wegduiken achter een grote eikenboom in de verte aan de rechterkant van de begraafplaats. Hij schermt de felle lichtreflectie af met zijn hand en tuurt in de verte totdat hij het blonde hoofd weer ziet opduiken.

Hij herkent zijn zoon direct aan de donkere streep die over zijn voorhoofd loopt en checkt met spiedende ogen de omgeving op veiligheid. Op ongeveer tien meter afstand schuin links van Terence staat een vrouw van begin veertig met rossig haar geknipt in een korte bob, in een net zwart broekpak. Ze heeft een aktetas in haar handen die ze voor zich laat bungelen, en haar ogen zijn gericht op de in gang zijnde ceremonie.

Terence kent deze vrouw niet, maar de alarmbellen gaan in zijn hoofd af. Hopende dat Andrew zijn teken oppikt en begrijpt, schudt Terence langzaam zijn hoofd heen en weer in een lange ‚nee'. Hij durft Andrews kant niet meer op te kijken als hij bemerkt dat de onbekende vrouw hem aanstaart. Hierop richt hij zijn blik strak op de kist voor hem. De zon is inmiddels achter de wolken verdwenen en de gure wind vlaagt door zijn keurig gekamde haar.

Door zijn tranen heen fluistert hij tegen de kist: „Dankjewel, liefste."

Lindsay staat te rillen in de gure wind die over het New York City Marble Cemetery waait. Zoals zoveel New Yorkers en de weerdiensten heeft ze dit onverwachte koufront niet aan zien komen en mist ze daardoor zeker twee zeer nodige kledinglaagjes. Haar zwarte, zakelijke businessoutfit biedt maar weinig warmte en de gemaakte vlieguren tekenen zich als donkere wallen onder haar ogen af.

Nadat ze in Jordanië vragen had gesteld over de vermiste Andrew werden de legergelederen alleen maar nog meer gesloten. Geen enkele soldaat of Rode Kruis-medewerker wilde of mocht meer met haar praten en ze ving op alle fronten bot. Daarop was ze naar het Jordaanse Army Airport gegaan. Daar had ze met veel pijn en moeite de naam losgepeuterd van de Amerikaanse piloot in dienst van het Rode Kruis, die op de bewuste avond de verdachte koffer van Major Poston via Andrew had ontvangen en naar Amerika was gevlogen. De piloot was echter bij aankomst in Amerika voor twee weken met verlof gegaan om bij de geboorte van zijn dochter te kunnen zijn. Aangezien de piloot haar nog enige resterende aanwijzing was, had ze besloten naar Amerika te vliegen en de man op te zoeken. Toen ze echter op het vliegveld van Boston was aangekomen, had ze een e-mail van Jason Bennett ontvangen, haar opdrachtgever bij de New York Times. Hij had haar de rouwkaart doorgestuurd voor Odetta James, de moeder van Andrew. Daarop had ze besloten door te vliegen naar New York en onuitgenodigd de besloten begrafenis bij te wonen, in de hoop de vader van Andrew te spreken, meneer Terence James III.

Op de bijna verlaten begraafplaats zingt de ingehuurde zangeres een prachtige versie van *La vie en rose* en onwillekeurig krijgt Lindsay een brok in haar keel. Ze kijkt naar de vader van Andrew, de grote meneer Terence James III, die nu niet toch zo groot meer lijkt. Ze ziet hem met tranen in zijn ogen zijn hoofd schudden, terwijl hij naar de kist kijkt en er onhoorbaar tegen fluistert. Ze slikt de brok in haar keel weg wanneer ze ziet dat de ceremonie op zijn einde loopt. Met gepast respect blijft ze wachten, totdat Terence en een op de hielen volgend klein propperig vrouwtje naar de zwarte, glimmende rouwauto lopen. Voordat Terence de straat kan oversteken, stapt ze pontificaal in zijn looppad en steekt ze haar hand uit. „Meneer James. Mijn condoleances met uw verlies."

De oudere man met verwaaid wit haar kijkt haar achterdochtig aan en neemt haar hand niet aan. „Wie bent u?" commandeert hij.

Pff, die mannen met hun bevelen, denkt Lindsay geërgerd, terwijl ze haar gezicht neutraal houdt. Vanuit haar binnenzak pakt ze een visitekaartje en steekt dit naar hem uit. Terence grist het kaartje uit haar handen en houdt het met zijn arm op afstand om te kunnen lezen zonder zijn noodzakelijke leesbril.

„Meneer James, ik ben op zoek naar uw zoon, Andrew. Weet u waar hij is?"

Door de wantrouwende blik in zijn ogen voegt ze er op haar meest betrouwbare toon aan toe: „Ik denk dat ik hem kan helpen."

„Helpen waarmee?" commandeert de afwijzende man haar.

Hierop geeft ze hem een samenzwerende blik. „Met zijn precaire situatie."

De man snuift minachtend en zwiept het visitekaartje door de lucht. „Alsof een journalist daar wat aan kan doen." Met strakke pas loopt hij Lindsay bijna omver om de straat over te steken naar de wachtende auto.

Ze loopt achter hem aan en pakt zijn arm om hem tegen te houden.

„Meneer James, als alles blootgesteld is, hoeft hij ook niet meer te vluchten. Alstublieft, ik kan hem helpen."

De man kijkt kwaad naar de hand die op zijn arm ligt en snel trekt ze deze terug.

„Alstublieft," smeekt ze bijna. „Ik wil hem juist helpen uit die situatie te komen. Ik heb met hem te doen."

De man kijkt haar onderzoekend aan en lijkt haar woorden te overwegen. Maar dan schudt hij resoluut zijn hoofd. „Ik denk niet dat dat de hulp is die hij nodig heeft, mevrouw."

Daarop opent hij gedecideerd de deur van de glimmende rouwauto en gebaart hij de propperige vrouw in te stappen.

Lindsay zucht hartgrondig wanneer de man instapt en de deur van de auto dichttrekt.

Nou, dat gaat weer lekker, denkt ze weerbarstig, als ze zichzelf gereflecteerd ziet in de geblindeerde ramen van de rouwauto die haar voorbijschiet.

Rosa's bruine oogjes priemen in de rug van meneer Terence James III en de onbekende vrouw die hem aanspreekt. De besloten emotionele dienst op de koude begraafplaats heeft haar een gevoel van leegheid bezorgd. Ze wil zo snel mogelijk de warmte van de binnenkant van de auto om zich heen voelen.

Haar donkerbruine trenchcoat wappert in de gure wind en Rosa aanschouwt gelaten het korte gesprek voor haar als een bedrukt visitekaartje voor haar ogen dwarrelt. Met een onverwachte snelheid en precisie grijpt ze het kaartje vanuit de lucht met twee vingers beet en leest ,Lindsay Moore, freelance onderzoeksjournalist'. Met een heimelijke blik op haar werkgever stopt ze het kaartje in de rechterzak van haar veel te dunne jas en ze loopt achter de twee aan naar de auto.

Rosa heeft geen steekhoudende motivatie waarom ze het kaartje in haar zak heeft gestopt. Behalve dan dat de journaliste gemeend op haar overkomt en ze Andrew de mogelijkheid wil geven zélf te beslissen om met haar te praten of niet.

Vreselijk had ze het gevonden om hem te vertellen dat diens moeder was overleden, toen Andrew in de supermarkt naast haar was opgedoken op haar vaste boodschappendag om te vragen hoe het met zijn moeder ging. Ze was eerst geschrokken van de vreemde man die haar, met een hoody over zijn ogen getrokken, fluisterend had aangesproken bij de vriesafdeling van de Morton Williams Supermarkt. Toen ze echter zijn stem had herkend en de grote jaap op zijn voorhoofd boven zijn bange ogen had gezien, had ze hem het liefst in haar armen genomen en willen troosten zoals vroeger. Maar Andrew had gefluisterd dat ze moest doen alsof ze hem niet kende, omdat ze vast in de gaten werden gehouden.

Zo zenuwachtig als ze werd van dat gegeven, had Rosa met licht trillende handen gedaan alsof ze de etiketten van de verschillende vrieszakken *hash browns* bestudeerde. Op deze koude manier had ze hem het nare nieuws over zijn moeders overlijden moeten vertellen. Hierop was Andrew met tranen over zijn wangen de winkel uitgesneld en had ze hem niet meer gezien. Maar ze was er zeker van dat Andrew haar weer in de supermarkt op haar vaste boodschappendag zou opzoeken. Dan zou ze hem het kaartje geven en kon hij zélf beslissen wat hij ermee wilde doen.

Papa, ik help je wel!

„Papa, ik help je wel!"

Jacintha loopt het trapje van de veranda op met twee grote bakken muurverf die ze op de houten vloerplanken zet. Ze haast zich om het naambordje tegen de muur naast de voordeur omhoog te houden, waarna haar vader de schroeven aandraait.

„Ach, dankjewel, lieverd."

Een rustig windje waait door de langzaam verkleurende boombladeren in de straat. Het wordt gelukkig wat frisser na een van de warmste zomers die New Orleans in tijden heeft gehad. Wanneer de vierde schroef op zijn plek zit, doen beiden een stap naar achteren om het resultaat te controleren. Haar vader André is nog niet tevreden en pakt een schoonmaakdoekje om het huisnummer 3396 en de naam ‚Wheeler' op te poetsen.

Met een bedenkelijke blik neemt Jacintha de toestand van haar vader op. Zijn lichaam had geprotesteerd, toen hij van de zomer *cold turkey* was gegaan van de drank. Hij was er zeker drie maanden flink ziek van geweest, waarbij Jacintha geregeld langs was gegaan om voor hem te zorgen. Haar schoolresultaten hadden er behoorlijk onder geleden. Pas de laatste anderhalve maand leek hij tot haar opluchting wat op te knappen. Haar voorheen goedgevulde vader is daardoor veranderd in een man wiens botten goed te zien zijn door zijn witte T-shirt.

„Papa, eet je wel goed?"

Hij kijkt haar met de gebruikelijke liefde in zijn ogen aan. „Ja, schat."

Daarop klopt hij met zijn drievingerige hand op zijn nu platte buik en gaat dan in een overdreven pose van een gespierde bodybuilder staan. „Ik vind het wel goed staan, jij niet?"

Hierop schiet Jacintha in de lach. Ook zonder de drank moet ze geregeld om hem lachen. Drank heeft hij wat haar betreft nooit nodig gehad.

Buurman Ted verschijnt op de veranda van zijn woning naast hen en zwaait hartelijk, waarop Jacintha en haar vader terugzwaaien. Ze ziet hem in zijn auto vertrekken met een lach om zijn mond en kijkt daarop vragend naar haar vader.

Haar vader vertrouwt haar toe: „Die heeft het te pakken, hoor. Vrouwtje in Baton Rouge."

„Oh." Jacintha knikt goedkeurend. „Wat fijn voor 'm."

Dan knikt ze naar hun huis. „Wat ga je nu aanpakken?"

Ze doelt op zijn plan om het huis op te knappen voor haar moeder. Om haar te laten zien dat hij weer de man is die zij kende. Hopelijk is het niet te laat. Jacintha heeft geprobeerd om op haar moeder in te praten, maar vooralsnog houdt ze het onderwerp af door te zeggen: „Ik ben er nog niet aan toe". Telkens als haar vader aan Jacintha vraagt hoe het met haar moeder is, zakt haar hart in haar schoenen.

André verzamelt het gebruikte gereedschap en de schoonmaakdoekjes. „Nou ja, eigenlijk alles natuurlijk, maar ..." hij maakt zijn ogen groot om de grote omvang aan te duiden, „... dat kan niet in één keer."

Dan wenkt hij haar de woning in. Vanaf het woonkamerplafond tot aan de grond hangen doorzichtige plastic zeilen die de meubelen tegen de muur moeten behoeden voor verfspatten. De losse meubelen zijn strategisch verschoven en gedrapeerd met meer stukken zeil. Een hoge trapladder staat in het midden van de kamer en de klanken van Marvin Gay's *Sexual Healing* klinken zoet uit het kleine, ouderwetse radiootje dat op de keukenbar staat.

André wijst naar het plafond. „Dat is de eerste hindernis."

Bezorgd kijkt ze naar boven. „Maar papa, dat is toch heel zwaar werk zo boven je hoofd?"

„Jawel, maar ik doe het stukje bij beetje, hoor. En dan kan de rest pas, hè."

Ze herinnert zich de bakken muurverf die ze, op zijn verzoek, voor hem had meegenomen.

„Daar is die muurverf dan voor zeker," constateert ze, terwijl ze de omvang van het plafond zorgelijk in zich opneemt.

„Oh ja, is dat nog gelukt?"

„Ze staan buiten." Jacintha wijst naar de twee grote bakken ‚witsel' op de veranda. Haar vader ziet ze staan en loopt ernaartoe om ze te halen. Wanneer hij terugkomt, zet hij ze naast zich neer en kijkt hij zijn dochter hoopvol aan. Ze kent deze blik en voelt haar hart alweer zakken.

„Hoe is het met je moeder?"

„Schiet nou op!" klinkt er gedempt vanachter het kale frame van een praalwagen die tot aan de deur van de oude garage in de achtertuin van de oma van Josh is gerold door de ‚meiden'. Door de aflopende grond voor de garage moeten de twee meiden moeite doen om de praalwagen niet naar achteren te laten rollen tijdens het wachten.

Cheryl zet haastig haar vele tassen, overladen met kleurrijke veren, boa's, gekleurd papier en rolletjes stof, op de grond en vist de sleutels uit haar blauwe, leren nep-Chanel-handtasje dat ze voornamelijk 's avonds gebruikt als ze ‚Cher' wordt. Overdag en in haar dagelijks leven als Cheryl valt het glamoureuze tasje behoorlijk uit de toon, ziet ze. Maar alles beter dan ‚Chet' te moeten zijn, zoals ze ooit ter wereld was gekomen.

Ze opent snel de rammelende garagedeur en roept naar de meiden: „Hij kan, hoor!"

De kale praalwagen wordt dan gestaag de garage ingerold en Cheryl legt een blok hout voor de wielen aan weerszijden om terugrollen te voorkomen.

„Zo goed?" roept ze de ruimte in naar haar *partners in crime.*

De twee doemen tegelijk aan weerszijden van het kale gevaarte op en de één antwoordt: „Ja, volgens mij wel."

„Gaat lukken zo," bevestigt de ander met een duim omhoog.

„Nou," constateert Cheryl tevreden wrijvend in haar handen waarvan de vingernagels fraai roze gelakt zijn, „dan kunnen we beginnen!"

Dit gaat helemáál niet lekker!

Andrew trekt zijn hoody stevig over zijn voorhoofd als hij vanaf de brede laan van 1st Avenue de smallere 76th Street inloopt. Op deze druilerige oktoberdag heeft hij met journaliste Lindsay afgesproken bij The Stumble Inn, een Amerikaanse sportpub die er op deze maandagmiddag in de luwte tussen lunch en *happy hour* rustig bij ligt. Na bijna vier maanden ondergedoken te zijn op een stille en afgelegen plek klinken de bekende en soms oorverdovende stadsgeluiden hem als muziek in de oren.

Hij was zich wild geschrokken van het feit dat Lindsay de begrafenis van zijn moeder had bijgewoond van de zomer. Hij had niet kunnen geloven dat Lindsay nog steeds op onderzoek was en zonder het te weten zo dicht bij hem was gekomen. Vanuit zijn schuilplaats achter de grote oude eikenboom aan de andere kant van de begraafplaats had hij met afgrijzen aanschouwd dat Lindsay na de ceremonie zijn vader had aangesproken. Hij had opgelucht ademgehaald, toen hij Rosa en zijn vader kort daarop in de rouwauto zag stappen en had gewacht totdat Lindsay verdwenen was, waarna hij heimelijk over de muur aan de andere kant van de begraafplaats was geklommen en in de drukke mensenzee was verdwenen.

Na een koude overnachting op het toilet van het busstation had hij zich de ochtend daarop kunnen opwarmen tijdens de drie uur durende busreis naar het stadje Bozrah in de bossen van Connecticut. Daar had hij ongezien in kunnen breken in de vervallen houten blokhut die sinds jaar en dag in het bezit van zijn moeders familie was. Hij had gehoopt dat zijn vader gelijk had dat niemand meer omkeek naar dit vergeten en vervallen stukje eigendom en heeft zo min mogelijk menselijk contact gemaakt. Als een kluizenaar had hij de zomermaanden binnenshuis of diep in de bossen doorgebracht.

's Nachts was de stilte van het duister om hem heen verschrikkelijk. Deze had als een zwarte deken over hem gelegen en de nachtmerries hadden een goede nachtrust zo goed als onmogelijk gemaakt. Het schuldgevoel over de vele doden in Nissab, het feit dat hij Ben daarvoor had laten opdraaien en om hem later ook nog in zijn zoveelste slechte beslissing te betrekken zonder dat Andrew wist hoe dat was afgelopen, hadden zijn geweten getart en geteisterd. Na die ellenlang durende maanden had hij de zelf opgelegde eenzaamheid en zelfkastijding niet meer getrokken. Met dezelfde bus had hij de terugreis naar New York gemaakt. Hij wist niet hoe en hij wist niet wat, maar zijn hart snakte naar officiële rechtvaardigheid en boetedoening voor zijn fouten en naamzuivering voor Ben, zodat diens karma er niet zo slecht zou voorstaan als dat van hem.

Op haar vaste boodschappendag had hij Rosa benaderd in de supermarkt, die hem het kaartje van Lindsay had toegestopt. Rosa had het hulpaanbod van de journaliste geloofd. Daarop had hij besloten op Rosa's uitstekende mensenkennis te vertrouwen, iets waar het hem zelf geregeld danig aan ontbrak. Misschien was dit ook inderdaad de manier, zo had hij bedacht. Als de doofpot open en bloot ligt en Andrew voor zijn deel van het verhaal verantwoordelijkheid zou nemen, zou deze ellende een keer afgelopen moeten zijn en kan hij zich eindelijk berusten in zijn verdiende lot. Hij kan zo niet langer meer doorgaan, het sloopt hem aan alle kanten. Hij wil boete doen.

Heimelijk tuurt hij door het raam van de pub naar binnen. Hij ziet rossig haar boven een van de houten scheidingspanelen tussen de tafels uitkomen. Verder ziet hij een verveelde serveerster op een kruk aan de andere kant van de bar zitten en met haar telefoon spelen. Snel doet hij de deur van de gezellige, bruine kroeg open en loopt hij naar binnen. Bijna onhoorbaar schuift hij de houten zitbank op tegenover Lindsay en kijkt in haar verraste ogen.

„Oh, ik had je niet gehoord," zegt ze verwonderd. Hij ziet haar dan bezorgd naar zijn lelijke litteken op zijn voorhoofd staren. „Gaat het wel goed met jou?"

Moedeloos haalt hij zijn schouders op. „Maakt niet uit, joh. Ik ben er klaar voor."

„Klaar voor wat?"

Andrew voelt een zekere rust over hem heen komen bij de gedachte dat als hij nu de terechte schuld voor Nissab op zich neemt, zijn geweten en Bens naam kunnen worden gezuiverd. En misschien dat hij zo nog een klein beetje slecht karma kan inwisselen. Wat hem betreft een hoognodige correctie. „Om alles te vertellen," belooft Andrew.

Lindsay kan haar oren niet geloven, ze voelt ze spreekwoordelijk klapperen. „Generaal Silverman?"

Ze herkent de flink afgevallen en moedeloze man voor haar nauwelijks nog als de man die ze in Syrië en Jordanië had benaderd. De enorme jaap op zijn voorhoofd tekent donkerrood af tegen zijn bleke huid. Zo heel af en toe betrapt ze hem erop dat hij als een dronken man over zijn woorden struikelt. Ze ziet hem echter alleen sloten koffie naar binnen slurpen die de verveelde serveerster hem met strakke regelmaat aanbiedt. Daar kan het dus niet van zijn.

Zojuist heeft hij haar de naam onthuld aan wie de verdachte zwarte koffer geadresseerd was, die per vliegtuig vanuit Jordanië naar Amerika was gevlogen in opdracht van zijn meerdere Major Poston. Dit nadat hij had bekend dat het bombardement op Nissab een foutje van hem was. En dat deze kwestie vakkundig in de doofpot was gestopt door zijn meerdere colonel Jackson in Syrië.

Lindsay moet het allemaal even verwerken, aangezien dit veel hoger en veel dieper gaat dan ze ooit had kunnen bevroeden. General Silverman is een hotemetoot van de grootste orde binnen het Amerikaanse leger, die nota bene prat gaat op integriteit en daar grote woorden over spreekt en preekt. Lekker integer, bedenkt Lindsay oordelend als ze eindelijk haar mond dicht doet, die open was gevallen na de laatste onthulling.

De kwestie, die uit twee afzonderlijke onderdelen bestaat die dankzij Andrew direct met elkaar in verbinding zijn gekomen, riekt aan alle kanten. Dat de met verlof zijnde piloot in Boston vlak voordat zij hem wilde ondervragen een onverklaarbaar en fataal auto-ongeluk had gehad, had de putlucht van nonsens ook geen goed gedaan. Zo is ondertussen de omvang van de beerput immens groot.

Bekomen van de eerste schok van de tweede onthulling van die middag vraagt Lindsay: „En wat zat er in die koffer die major Poston aan je gaf, weet je dat?"

Hierop klinkt Andrew wat nerveus. „Nee, nee, dat weet ik niet, ik weet alleen dat het naar general Silverman moest. En ik heb de koffer daarna niet meer gezien."

Lindsay is niet overtuigd door zijn haastige, nerveuze antwoord. Het ruikt als een halve waarheid, zo vertelt haar neus haar. Maar dan verstart Andrew plots en kijkt hij uit het raam, waarop ze zijn blik volgt. Het is alsof het lichaam van de vermoeide man in één seconde tijd naar een hoge staat van paraatheid is omgeslagen. Ze vangt nog net een glimp op van een grote zwarte SUV met geblindeerde ramen, die langzaam langs de ramen van de warme pub rijdt.

In zijn ogen ziet ze de angst opkomen. „Niemand weet toch dat ik hier ben?"

„Nou, eh," bedenkt ze naarstig. „Nee. Ik heb het niemand verteld."

Op achterdochtige wijze knikt hij naar haar telefoon die voor haar ligt. „En je telefoon wordt niet getraceerd?"

„Nee, die staat uit. Kijk maar." Als bewijs laat ze haar uitgeschakelde telefoon aan hem zien.

De SUV is de pub voorbijgereden en uit het zicht verdwenen, maar Andrew houdt de straat angstvallig in de gaten.

„Denk je dat we niet veilig zijn?" vraagt ze hem onzeker, de eerder als paranoïde opgevatte inborst van Andrew bijstellend naar het veel grotere gewicht van de spelende kwesties.

Houterig maar kordaat staat hij op van de houten zitbank en trekt hij met een trillende hand zijn hoody over zijn litteken. „Ik wil het liever niet uitvinden. Sorry en bedankt, maar ik ga nu."

Voor ze het door heeft, is Andrew weggelopen en hoort ze met een klap de deur van de pub dichtvallen. Beduusd draait ze zich om naar het raam waar ze hem met zijn schouders hoog en zijn hoofd laag met hoge snelheid langs ziet lopen. Ze blijft hem met haar ogen volgen, totdat hij uit het zicht verdwenen is. Dan gooit ze haar tas open, haalt er meer dan genoeg dollarbiljetten uit om er de sloten koffie van te kunnen betalen en gooit deze op de tafel. Dan grist ze haar spullen bij elkaar en schuift ze deze ongeduldig van de tafel in haar tas. Ze loopt naar de deur van de pub en wanneer ze de deur opent, ziet ze tot haar schrik de eerder voorbijgereden zwarte SUV met geblindeerde ramen voorbijschieten in de richting waar Andrew naartoe liep. Met haar tas heftig bungelend aan haar onderarm rent ze de verdachte SUV achterna. De auto scheert door een rood stoplicht en verdwijnt uit haar zicht als deze rechtsaf slaat. Nog geen moment later hoort ze het ijzingwekkende geluid van een enorme bons, gevolgd door krakende botten, piepende banden en gillende mensen.

Zo snel als haar benen kunnen op haar niet voor rennen bestemde hakjes rent Lindsay naar het eind van de straat om de oorzaak van de herrie te ontdekken. Met angst in haar hart komt ze aan bij een muur van mensen die haar uitzicht belemmeren.

Ze duwt zich een weg erdoorheen, totdat ze hem als een gebroken poppetje op de weg ziet liggen. „Andrew!"

In paniek valt ze op haar knieën naast een bewusteloze Andrew, terwijl het bloed door zijn hoody op het grijze asfalt sijpelt en zich uitspreidt als een halo om zijn hoofd. Zijn linkerbeen ligt er in een ongezonde hoek bij en ze ziet het bot door zijn spijkerbroek steken. Voorzichtig trekt ze de hoody van zijn voorhoofd en ziet een grote gapende wond naast het toch al grote gapende litteken.

Ze hoort een wirwar van opgewonden stemmen om zich heen die met afschuw tegen elkaar uitroepen.

„Die auto reed gewoon door, zag je dat?"

„Is 911 al gebeld?"

„Nou, die is kassiewijle, hoor."

Door de laatste opmerking voelt ze het maagzuur in haar keel omhoogkomen. Voorzichtig legt ze een hand op de schouder van de levenloos aandoende man. „Andrew." Maar tot haar grote verdriet en schuldgevoel reageert de man nergens op.

Dit gaat hélemaal niet lekker! denkt ze verbeten.

Dat is mooi

„Biertje?" vraagt Josh zodra ze zijn appartementje boven de garage binnenstappen na een lange avond in de repetitieruimte. Hij loopt van de voordeur direct naar het kleine koelkastje en haalt er twee biertjes uit zonder op antwoord te wachten. Chloe doet de voordeur dicht en gooit haar jas en tas op de stoel naast de deur, om daarna onderuit op de oude versleten bank te ploffen. „Ja, lekker man."

Het refrein van hun laatstgeschreven song klinkt nog in haar hoofd. Op de een of andere manier loopt er iets niet lekker in de aanloop ernaartoe en ze probeert te bedenken wat het zou verhelpen. Bob Eskie had ze de opdracht gegeven nieuw en retegoed materiaal te schrijven om dat begin volgend jaar in een heuse studio op te mogen nemen. Hij heeft een heel goede geregeld en is nu bezig een geschikte producer voor hen te vinden.

Bij gedegen navraag binnen de muziekkringen bleek Bob Eskie als zeer betrouwbaar te boek te staan. Daarop had de band besloten de kans met beide handen aan te grijpen. Ze zijn in bijna al hun vrije tijd na hun werk overdag of optredens in de weekends in de repetitieruimte te vinden om nieuwe songs te schrijven en te verbeteren. Het is behoorlijk vermoeiend, maar niemand klaagt daar één woord over, dankbaar voor de kans. Je moet immers ergens beginnen en dit is zo rap gegaan. Dat hadden ze niet durven dromen.

Josh ploft naast haar op de bank en geeft haar het biertje aan. Ze klinken hun flessen tegen elkaar en nemen tegelijk een slok.

„Zo, dat was me een dagje wel." Josh puft om zijn verklaring kracht bij te zetten.

„Ik voel mijn voeten wel, hoor."

Chloe doelt voornamelijk op haar werkdag als barista in de koffiezaak van Clara's vader. Maar zij en Clara zijn dikke vriendinnen geworden en hebben een leuke dag gehad op het werk, ondanks de drukte van het Thanksgivingweekend. Ze wil dus zeker niet klagen. „Maar wel leuk allemaal."

Het probleem met de nieuwe song overdenkend, trekt ze bukkend haar stoere boots uit die ze op de grond laat ploffen. Josh stoot haar aan. „Zeg, ik zat nog te denken." Dan valt hij stil. Ze laat zich achterover ploffen op de bank en kijkt hem vragend aan.

Hij schraapt even zijn keel. „Nou kijk, als Ben terug is ... Weet je wel, met zijn nieuwe vrouw?"

Ze heeft geen idee waar hij naartoe wil. „Ja?"

„Nou, dan wordt het misschien ongemakkelijk in huis bij hun, zeg maar. Pasgetrouwd en zo, en tja ... eh tja." Josh hapert, haalt dan adem en brabbelt door. „Je bent hier toch eigenlijk altijd al, of in ieder geval vaak en het is wel zo handig ook nu je geen vervoer meer hebt."

Toen Chloe de ochtend na JazzFest bij Bens huis werd afgezet door Josh, was tot haar grote schrik het blauwe Hondaatje van de oprit verdwenen. Nog meer schrik volgde, toen ze de voordeur van de schattige blauwe shotgun-woning had opengedaan en de ravage in de woonkamer had gezien. Alles was van top tot teen overhoopgehaald, ook op de bovenverdieping. Tot op de dag van vandaag had ze gelukkig niets gemist, al kon ze niet voor Bens spullen spreken. Samen met Josh had ze de inbraak aangegeven en de auto als gestolen opgegeven bij de politie, maar ze had er niets meer over gehoord. Voor een nieuwe auto heeft Chloe uiteraard geen geld. Maar de jongens vinden het gelukkig geen probleem om haar te moeten ophalen, al blijft ze vaak bij Josh overnachten, zodat dat niet telkens hoeft.

Nog steeds heeft ze geen idee waar Josh naartoe wil. „Eh ... ja?" Dan lacht ze en port ze hem in zijn buik. „Wat is nou je punt, joh?"

„Nou, dan kom je toch hier wonen?" Hij strekt zijn armen uit naar het kleine domein om zijn prachtpaleis in aanbod te duiden. Op haar verraste gezicht doet hij zijn armen naar beneden. „Ik weet dat het snel is en zo, maar fuck snelheid, joh. We hebben het toch leuk?"

Ja, we hebben het zeker leuk, we hebben het fantastisch, denkt ze. Ze denkt aan haar moeder die na het Thanksgivingdiner afgelopen donderdag in haar oor had gefluisterd: „Geniet ervan lieverd, geen zorgen maken over dingen die er nog niet zijn." Ze weten immers allebei hoe het leven zomaar ineens kan veranderen en dat je elke dag moet plukken.

„Nou, dat is mooi." Ze trekt een zakelijk gezicht. „Dat scheelt een hoop gezeul!"

Daarop pakt Josh heimelijk een kussen van de bank, maar Chloe ziet zijn stiekeme beweging en schiet in de lach. Ze springt op en pakt het andere kussen, terwijl het kussen van Josh plagend tegen haar wang zwiept.

Beste kerstcadeautje ooit

I'm coming home for Christmas galmt Dolly Parton verlangend door de speakers van de JFK-luchthaven in New York.

„Hoe toepasselijk." Ben grinnikt naar Sophie. „Nou ja, gedeeltelijk dan."

Hij trekt een donkerblauwe muts over zijn bruine, warrige haar in afwachting van de aanstaande kou achter de laatste schuifdeuren van de grote aankomsthal.

Hun laatste stop in Europa, voordat ze de oversteek maakten naar Amerika, was bij Sophie's adoptieouders geweest op hun afgelegen boerderij in Noord-Frankrijk. De twee ouwetjes hadden Ben hartelijk ontvangen en hen al het geluk van de wereld gewenst waar Sophie hen enorm dankbaar voor was. Het waren heel lieve oude mensen, vond Ben en hij had het idee gehad dat ze hem net zo graag mochten als hij hen. Nu is het stel van plan om vanaf New York al liftend en backpackend in New Orleans aan te komen voor Mardi Gras op 21 februari.

Sophie stoot hem aan en knikt naar een drogist aan de linkerkant. „Oh, ik wil nog even naar de drogist en dan naar de wc."

Ben trekt haar mee uit het drukke looppad richting de uitgang. „Ja, tuurlijk joh, ik wacht hier wel. Geef maar." Hij sjort haar rugzak van haar rug en zet deze naast hem neer op de grond.

„Thanks, tot zo!" joelt Sophie.

Waarderend kijkt hij haar na met haar strakke, zwarte jeans onder een zwart zacht nepbontjasje met een donkere dansende paardenstaart erboven. Op zijn gemak leunt hij tegen de zijmuur van een krantenkraam vlak voor de uitgang van de hal. Een bijbehorende, draaibare krantenmolen met daarin een flink assortiment belangrijke Amerikaanse kranten staat vlak voor Bens neus. Om de wachttijd te doden pakt Ben de New York Times uit het schap en vouwt deze open.

Geschokt leest hij de grote krantenkop ‚Doofpot bombardement Nissab blootgelegd' door ene L. Moore met daaronder een foto van Andrew in zijn hoogtijdagen. Ben schrikt zich werkelijk rot van wat zijn ogen zijn hersens vertellen en als in een reactie beginnen zijn handen te beven. Hij moet zichzelf aanmoedigen door te lezen.

Met stokkende adem leest hij dat Andrew na zijn bekentenis aan de journalist over het per ongeluk bombarderen van het onschuldige dorp Nissab in Syrië op verdachte wijze door een zwarte SUV is geschept. Hierop is Andrew 'hersendood' verklaard door de artsen van het Lennox Hill Ziekenhuis in New York. Bens keel trekt verder dicht als hij leest dat het bombardement een bloederige opstand in de streek tot gevolg heeft gehad. Met als klap op de vuurpijl dat de benodigde wapens die een dergelijk bloedbad mogelijk konden maken nota bene zelf door het Amerikaanse leger aan de rebellen waren verstrekt. Een doofpot bovenop een doofpot dus. Waarbij bekende en onbekende namen en gebeurtenissen samenkomen in een steeds straffer wordend geheel.

Oh mijn god, denkt Ben met huiverend ongeloof, wat een ellende kan er door één fout komen.

Hij kijkt weer naar de mooie foto van Andrew op de voorpagina, die hem trots als een pauw in zijn legeruniform door zwarte en witte inktkorrels aankijkt boven het artikel met de zo vernietigende woorden. Hij moet deze plotse en onverwachte informatie even verwerken. Als een standbeeld staat hij bleek en verbijsterd voor zich uit te staren met een verfrommelde krant in zijn hand, terwijl haastige reizigers om hem heen krioelen.

Dan probeert hij te bedenken wanneer hij en Andrew voor het laatst contact hadden gehad. En wat er in hemelsnaam in de tussentijd gebeurd kan zijn dat hij nu zo'n artikel in de krant leest. Terugdenkend herinnert hij zich dat hij door het verliezen van zijn telefoon van de zomer ook het nummer van Andrew is kwijtgeraakt. Daarna is er dus geen contact meer geweest. Ben voelt zich met terugwerkende kracht schuldig dat hij dat contact heeft laten gaan.

Maar, zo herinnert hij zich ook – al moet het besef van ver komen – hij had de bewuste keuze gemaakt om te breken met dat verleden. En zich vol op de leuke dingen in het leven te storten, waaronder Sophie. Die de allerallerleukste is. Ondanks die zekere houvast voelt Ben het complete scala aan emoties die tot die noodzakelijke beslissing hebben geleid sinds lange tijd in hem opkomen.

De onbeantwoorde verliefdheid van Andrew die hij zo gepassioneerd aan een ongemakkelijke Ben had verklaard de avond voor de noodlottige fout. Waarbij Andrew de zes en de negen had omgedraaid, waardoor Ben de verkeerde langeafstandscoordinaten voor een raket had ingevoerd. Geen moment was het in Bens nietsvermoedende en onwetende hoofd opgekomen aan Andrews bevel te moeten twijfelen en/of deze te moeten controleren. Het absoluut vreselijke moment van het besef dat een volledig onschuldig dorp met eenvoudige burgers in het zuiden van Syrië was platgebombardeerd. Toen hij het dodental hoorde, dacht hij nooit meer van zijn leven nog maar enig geluk te kunnen voelen of te verdienen. Karma hou je niet tegen immers.

De dagen erna was Andrew hier zo kapot van en volledig bereid was boete te doen voor zijn fout. Ware het niet dat de vader van Andrew de situatie naar zijn ijzeren hand had gezet. Hij had Ben benaderd de schuld op zich te nemen, voor een zeer leuk bedrag, zodat Andrew zijn status in het leger kon behouden. Toen Andrew niet tegen zijn vader had durven ingaan, had Ben het gezien als een mogelijkheid om van het leger af te komen en een nieuw leven te beginnen. Zo ronduit ziek was hij van het hele gebeuren.

De maanden erna waarin Ben eenzaam in de cel tussen de afschuwelijke, interne hoorzittingen door, zijn onverdiende lot zat af te wachten en als een seriemoordenaar werd behandeld. Colonel Jackson, die uiteindelijk besloot de gehele kwestie in de doofpot te stoppen door Ben slechts oneervol te ontslaan om geen slapende honden wakker te maken. Ben had zich afgevraagd of de bikkelharde man ook in het complot van de vader van Andrew zat door hem zo gemakkelijk vrijuit te laten gaan. Maar hij had de deal van colonel Jackson met beide handen aangenomen en geen vragen gesteld.

Het voelt voor Ben alsof het gisteren was en niet anderhalf jaar geleden. Dat hij technisch gesproken door Andrews bekentenis vrijgesproken is van enige blaam doet hem eigenlijk maar weinig. Er wellen tranen in zijn ogen op. Het liefst zou hij, hier in de grote aankomsthal van JFK, ongegeneerd een potje willen blèren om het afschuwelijke lot van zijn maat Andrew. Hij voelt zich van het randje vallen om kopje onder te gaan in de donkere afgrond van verdriet. Dan ziet hij in de verte een donkerharig dansend paardenstaartje boven de hoofden van mensen zwiepen. Ineens kan hij weer ademen, merkt hij, wat hij dan ook opgelucht en dankbaar doet. Hij ademt bewust de rand van de afgrond steeds verder van hem weg en hij slikt zijn tranen resoluut weg.

Nee, ik heb de enige goede beslissing gemaakt, denkt hij vastberaden bij de dansende-staartjes-aanblik, en ik ga me er ook aan houden. Hij propt de krant in de overvolle papierbak naast de krantenkraam. Symbolisch propt hij daarmee ook de pijn in zijn hart in dezelfde prullenbak. Hij kan niet wachten om in die mooie grijze ogen te kijken.

Want dan weet hij dat alles goedkomt.

Onderweg naar de drogist denkt Sophie tevreden dat Ben de echte reden van deze actie, waar ze urenlang in het vliegtuig op had zitten broeden, niet door heeft gehad dankzij haar neutrale gezicht en aanpak. Ze moet het toch eerst zeker weten.

In de winkel moet Sophie drie schappen doorzoeken, totdat ze het gewilde product vindt. Ze leest snel de gemakkelijke gebruiksinstructie op de verpakking en snelt er dan mee naar de kassa. In dezelfde vaart rekent ze af, vindt ze de toiletruimte en sluit ze de deur van het toilethokje. Vlot doet ze haar onderkleding naar beneden, gaat zitten en pakt het product uit waarbij ze het verpakkingsdoosje op de grond laat vallen. Met een bibberig handje houdt ze het ding onder de warme straal vloeistof, die dankzij de lange vlucht vanuit Parijs moeiteloos stroomt.

Merde, denkt ze, als ze ondanks de veilige afstand toch nattigheid op haar vingers voelt. Als ze klaar is met plassen, pakt ze het verpakkingsdoosje erbij om de instructies nog eens te lezen. Het is echt alleen maar wachten, ziet ze bevestigend. Ze gooit het doosje terug op de grond en pakt enkele als wc-papier doende servetjes uit de daartoe opgehangen zilveren bak aan de muur. Ze wrijft ze over haar andere hand om zich van alle nattigheid te ontdoen en pakt dan haar mobiele telefoon uit haar achterzak. Hè verdorie, denkt ze, ik had gelijk al moeten timen natuurlijk. Voor de zekerheid wacht ze vanaf dat moment toch de volle twee minuten zoals de verpakking haar had geïnstrueerd door de timerfunctie van haar telefoon in te stellen. Daarna balanceert ze haar telefoon op de zilveren papierbak naast haar, veegt zich af, en trekt haar onderkleding onhandig omhoog. Ze doet de deksel van de wc naar beneden, gaat er vervolgens op zitten en telt de seconden van de timer op haar telefoon mee af. Dan draait ze het product in haar hand om voor het eventueel onvermijdelijke resultaat. Haar vermoeden wordt bevestigd als er een overduidelijk blauw plusje in het venstertje verschijnt.

Spontaan krijgt ze het warm en koud tegelijk en haar hart bonst in haar keel. Ze weet niet of het blijdschap of pure angst is dat door haar heen gaat, maar ze voelt het tot in haar gespleten haarpunten. Allerlei gedachten sjezen door haar hoofd en zijn zo luid als Formule 1-racewagens. Ze staart naar haar bibberende hand, die dat onverwachte plusje voor haar gezicht omhooghoudt. Haar ingehouden adem ontsnapt haar met een blazende: ‚Mon Dieu!'

Abrupt staat ze op en sjort haar telefoon in haar achterzak van haar zwarte jeans en het product met het kruisje in haar jaszak. Daarop rukt ze de wc-deur open, wast en droogt ze snel haar handen, waarna ze het toilet uit rent en pas stopt als ze voor Bens gezicht staat.

„Moet je kijken!" flapt ze er onbehouwen uit, terwijl ze het stokje uit haar jaszak tevoorschijn tovert. Ben kijkt heen en weer van het witte stokje met het blauwe plusje naar de grijze ogen van zijn vrouw, terwijl hij naarstig probeert te begrijpen wat ze bedoelt. Langzaam ziet ze het kwartje bij hem vallen als zijn blauwe ogen steeds groter worden.

Dan roept hij keihard en met victoriearmen in de lucht gegooid door de aankomsthal: „Dat is nou het beste kerstcadeautje ooit!"

Hij pakt zijn verbouwereerde vrouw op en zwiert haar zo enthousiast rond dat omstanders opkijken en grinniken om deze overduidelijke uiting van ultieme blijdschap.

Dag, mijn lieve zoon

„Dag, mijn lieve zoon," fluistert Terence James III tegen de onbeweeglijke, grauwe figuur in het net zo grauwe ziekenhuisbed. Voor de laatste keer pakt hij zijn hand vast. De slappe vingers voelen onnatuurlijk koeltjes aan in zijn warme hand. Nauwelijks merkbaar knipperen de tl-buizen in de kamer uit en aan, alsof er vanuit een astrale dimensie een antwoord wordt gegeven.

De kamer is grijs en lelijk met dito meubilair. Geen kaarten op de muur of bloemen naast het bed. De enige kleur in de kamer komt van Terence en Rosa, die samen aan één kant van het bed zitten, Terence in een stemmig donkerblauw pak en Rosa in haar lange donkerbruine trenchcoat. Aan de andere kant van het bed staat bliepend en knipperend de apparatuur die Andrew al meer dan een maand lang in leven houdt.

Dr. Collins, Andrews behandelend arts in het Lennox Hill Ziekenhuis in New York, komt de kamer binnen. Door de open deur vangt Terence een glimp op van verpleegsters die een feestelijk glaasje advocaat drinken naast de opgetuigde kerstboom bij de receptie. *Christmas time* van Bryan Adams klinkt zachtjes door de radio over de afdeling. Voor Terence geen vrolijk kerstfeest dit jaar. Geen vrolijk jaar sowieso.

Hij kijkt van het vriendelijke gezicht van dr. Collins naar het bijna onherkenbare gezicht van zijn enige en officieel hersendood verklaarde zoon. Er was geen hoop op enig herstel, zo had de arts hem meelevend uitgelegd enkele weken geleden. Diverse scans lieten zien dat de vele bloedingen de hersens van Andrew kapot hadden gemaakt. Dankzij machines werden de lichamelijke functies van Andrews lijf tot op heden voortgezet. Dezelfde machines waarvan vandaag de knop wordt ,omgedraaid'.

Ondeugdelijke term, zo denkt Terence bedroefd en hij sluit zijn ogen.

Het leven van zijn zoon komt als in een flits voorbij in zijn geestesoog. De gevoelige jongen die hij als kind was geweest en die door Terence het militaire leven in werd geduwd om hem ‚harder' te maken. Trots als een pauw had hij zijn relaties kunnen vertellen dat zijn zoon snel promotie maakte en meer aanzien kreeg. Alsof het enkel daar om ging. Hoe hem dat uiteindelijk de kop had gekost. Letterlijk én figuurlijk. Terence verwijt het zichzelf hartgrondig. Had hij maar nooit die maat van zijn zoon geld toegeschoven om de schuld voor zijn zoons kolossale fout op zich te nemen, zodat de legercarrière van Andrew gewaarborgd zou blijven. Zijn zoon had hem gesmeekt zelf de boetedoening op zich te mogen nemen, maar Terence wilde er niets van horen. Hij had hem zelfs voor ‚zwak' uitgemaakt. Nu weet hij dat er niets zwaks aan is om verantwoordelijkheid te nemen voor gemaakte fouten. Het is juist het moeilijkste wat hij ooit in zijn leven heeft gedaan. Achteraf heeft hij juist bewondering voor zijn zoon die daar geen angst voor had.

De enige, zeer schrale troost die Terence zichzelf kan voorhouden, is dat Andrew vlak voor zijn zeer spoedig aanstaande dood zijn zwaarwegende geweten heeft kunnen klaren. Een andere, zeer schrale troost is dat ze hem nu niets meer kunnen aandoen. Want ‚ze' hebben hem al zo goed als vermoord. Want dat het ongeluk van zijn zoon een klinkklare moordpoging was geweest, daar is hij heilig van overtuigd. Hij weet immers hoe dat werkt.

Uitgerekend vandaag was het artikel van de journalist die hem op de begrafenis van zijn geliefde vrouw had aangesproken, met grote, niet te missen krantenkoppen in de New York Times verschenen. Met een zwaar hart had hij gelezen over de verregaande gevolgen van de fout van zijn zoon. Hij had er geen idee van gehad in welk wespennest hij Andrew had geduwd, zo bezig was hij geweest met zijn eigen status.

Ondanks dat het omkoopaandeel van Terence niet in het artikel is opgenomen, verwacht hij dat ook die aap binnenkort uit de mouw zal komen. Hij schat in dat colonel Jackson deze informatie niet voor zich zal houden. Hoe belangrijk hij diens zoon ook heeft gemaakt binnen de Grootloge als wederdienst. Terence realiseert zich terdege dat zijn eigen positie binnen de

Grootloge met dit spraakmakende artikel in gevaar is gekomen. Maar als hij heel eerlijk is, kan het hem niet veel meer schelen. Hij heeft zich sinds de dood van zijn vrouw steeds meer uit alle zakelijke verplichtingen teruggetrokken. De brief om af te treden uit zijn functie als Grootsecretaris bij de Vrijmetselarij Grootloge van de staat New York ligt sinds gisteren klaar op zijn bureau. Het luxe appartement aan Park Avenue is vorige week verkocht en voor Rosa heeft hij een meer dan royale, levenslange maandelijkse toelage geregeld.

In het nieuwe jaar zal hij zich, samen met Fluffy, in Bozrah vestigen, op het stukje bebost land van de familie van zijn overleden vrouw. Hij wil de vervallen blokhut, waar zijn zoon enkele maanden ondergedoken heeft gezeten, met eigen handen opknappen tot een volwaardige woning voor zichzelf. Een simpel leven. Dat is waar Terence naar snakt. Sinds zijn vrouw is overleden en zijn zoon hetzelfde lot wacht, kan hij niet meer ademen in New York. De valsheid om hem heen lijkt hem te verstikken. Met elke moeilijke ademhaling voelt hij de bevestiging van zijn keuze om het roer om te gooien en zich terug te trekken uit zijn huidige leven. Hij kan simpelweg niet meer terug naar hoe het was. Hij wil het ook niet meer.

Dr. Collins kondigt aan: „Het is zover, ik leg nu de machines stil."

Terence geeft een kleine, bevestigende knik als laatste, fatale toestemming. Hij hoort dat dr. Collins de apparaten één voor één uitzet. Pas wanneer Terence geen geluiden meer hoort, behalve Rosa's zachte gesnik naast hem, doet hij zijn ogen open. Het lijkt alsof zijn zoon ligt te slapen, zo vredig ligt hij erbij. Het blonde haar is gegroeid in de laatste paar maanden en een pluk hangt over het lelijke litteken op zijn voorhoofd. Terence veegt de pluk uit zijn gezicht en streelt dan zachtjes zijn wang.

Ga maar, moedigt hij zijn zoon in gedachten aan.

Het blijft zeker een halve minuut doodstil zonder dat Andrew lijkt te reageren. Dan stapt dr. Collins vanuit haar eerbiedige plek op de achtergrond naar voren. Ze legt haar vingers op de halsslagader om een eventuele hartslag te controleren. Daarna pakt ze de pols van Andrew. Terence en Rosa kijken haar gelaten en afwachtend aan totdat ze bevestigt: „Hij is rustig heengegaan."

Daarop murmelt Rosa snikkend met biddende handen voor haar dichtgeknepen ogen in het Spaans een gebed op. Zelf staart hij in het niets naar de muur.

Stilletjes verlaat dr. Collins de kamer met de woorden: „Ik laat jullie even."

Het lijkt wel een woonblad

Onwennig rijdt Monique sinds lange tijd haar auto de straat in waar ze jarenlang heeft gewoond. Het is nog vroeg in de ochtend, want ze komt langs voordat ze aan haar lange dagdienst in het ziekenhuis begint. In de hele stad is de rusteloosheid voor Mardi Gras dat de volgende dag zal losbarsten, voelbaar.

Ze was gezwicht onder de aanhoudende verzoeken van haar dochter eens poolshoogte bij haar man te nemen. Al die tijd heeft ze dit moment gevreesd. Zal ze André, háár André, terugzien? Of die man die zij niet kende en waar ze zich rot van geschrokken is? Dat zou haar hart simpelweg niet nog eens kunnen verdragen. Ze heeft al die tijd de confrontatie voor zich uitgeschoven onder het motto: „Ik ben er nog niet aan toe.". Maar vandaag was dan toch dat moment aangebroken. Het moest er toch eens van komen.

Wanneer ze voor de woning parkeert, herkent ze die tot haar grote verbazing bijna niet. De raamkozijnen zijn stralend witgelakt en de gehele houten buitenkant is in een frisse, mosgroene kleur geverfd, haarfavoriete kleur. Vanaf de rand van het verandadak hangen aan weerszijden lichtkleurige houten plantenpotten waaruit roze en witte bloemetjes weelderig groeien. Er hangt een wit schommelbankje met kettingen aan het plafond in de rechterhoek van de veranda, waarop vrolijk gekleurde zitkussens zijn uitgestald.

Met open mond stapt ze uit de auto en geeft ze haar ogen de kost. Langzaam loopt ze het looppad naar haar eigen huis op. Ook het stukje voortuin ziet er prachtig verzorgd uit met netjes gemaaide gazonnetjes langs de weerszijden van het onkruidloze tegelpad. De voorheen wild gegroeide klimop omkrult de witte steunpilaren van de veranda sierlijk en onder controle. Aan de vensterbanken van de ramen aan beide kanten van de voordeur hangen licht houten plantenbakken met witte bloemetjes die mooi afsteken tegen het frisse mosgroen. De opgestapelde troep langs de rechterzijkant van het huis is volledig verdwenen. Onder de glimmende, in de beits staande houten schutting langs het vrij begaanbare looppad groeien opgeknoopte plantjes die nu al trots hun knalrode cherrytomaatjes laten zien.

Langzaam loopt ze de geschuurde en gebeitste, lichte, houten planken van de veranda op en stopt bedenkelijk bij de stralend witgeverfde voordeur. Moet ik nou aanbellen of mijn sleutel gebruiken, twijfelt ze. Ze besluit dat kloppen de beste middenweg is tussen die twee opties. Met haar knokkel klopt ze drie keer op de voordeur. Ook het naambordje naast de voordeur glimt uitnodigend. Er staat een schattig wit tafeltje naast het licht deinende schommelbankje waarop enkele theelichthouders in vrolijke dessins op een zilveren schaal staan geëtaleerd. Op de grond voor het schommelbankje ligt een geknoopt buitenkleedje in witte en lichtgrijze strepen.

Het lijkt wel een woonblad, vindt ze. Ze is behoorlijk onder de indruk van wat ze ziet. Ze merkt diep in haar binnenste dat beetjes hoop, kleine beetjes van haar vrees wegknabbelen bij het aanzicht van dit prachtige exterieur. En dan met name de overduidelijke moeite en liefde die erin is gegaan. Voor haar. Want alles wat ze ziet, is in haar favoriete kleuren geverfd en samengesteld.

Ze hoort binnen gestommel en haar hart maakt een hoopvolle en angstige sprong tegelijk. De voordeur gaat open en ze kijkt in twee bruine ogen die haar boven een enorm grote bos rode rozen aankijken. Ze stralen zo ontzettend veel liefde naar haar uit, dat de tranen spontaan in haar eigen bruine ogen opwellen. Zonder enige reserve valt ze hem dwars door de bos rozen heen om zijn hals.

Want de man voor haar is onmiskenbaar háár André.

„Schiet nou op!" klinkt er gedempt onder een zeil op de met kleurrijke veren en boa's beklede praalwagen, die de oppervlakte van de oude garage bijna geheel opslurpt met zijn omvang.

Cheryl kijkt naarstig om zich heen om een voorwerp te vinden dat haar partners in crime kan ontlasten van hun huidige last. Het katapultmechanisme staat sinds vandaag om onverklaarbare reden zo strak gespannen dat het moeite kost de katapultkant van het apparaat naar beneden te houden zonder dat het gaat wippen of – nog erger – ongecontroleerd de lucht in zal zwiepen.

Vandaag leggen Cheryl en de twee andere ‚meiden' de laatste hand aan hun praalwagen *Hurricane Gaytrina*, die zal schitteren in de parade morgen tijdens Mardi Gras. Het zeil over het apparaat moet de verrassing verbergen tot het juiste moment. Haar oog valt op een zwarte, stoffige koffer in de hoek van de garage waar een aangevreten Rode Kruis-sticker op zit geplakt. De koffer ziet er niet naar uit alsof deze in gebruik is en haastig pakt ze het op bij de hendel. Ze blaast het ergste van de stof eraf, waarna ze het onder het zeil aanreikt aan haar assistentes. „Is dit wat?"

De koffer wordt ruw uit haar hand getrokken en even later hoort ze een weifelend: „Ik weet het niet, hoor."

Dan volgt er wat gerommel en gemompel, waarna beide meiden met een grote grijns vanonder het zeil verschijnen.

„We hebben hem met een losse haak aan de balk net voor het laadbakje gehangen, dat houdt de boel goed tegen!" zegt de één enthousiast.

„Weet je zeker dat het zo wel houdt?" vraagt Cheryl. De koffer had wel zwaar aangevoeld, maar ze had getwijfeld of het wel zwaar genoeg zou zijn om het mechanisme naar beneden te houden.

„Gaat lukken zo," bevestigt de ander met een duim omhoog.

„Nou," constateert Cheryl tevreden in haar handen wrijvend waarvan de vingernagels rood gelakt zijn, „dan zijn we klaar!"

Bommetje droppen

„Klaar?" hoort Chloe door haar koptelefoon vragen.

„Ja!" antwoordt ze.

In haar eentje staat ze in de grote opnameruimte met haar viool voor een microfoon klaar om haar violsolo in *Voodoo you* deze derde keer er goed op te knallen. Ze doet haar ogen dicht en bijt op haar lip in opperste concentratie. Ze hoort de klik van de opnametechnicus gevolgd door de muziek van het tweede refrein waarna ze moet invallen.

Dit klinkt echt zo goed door de koptelefoon, denkt ze enthousiast. Dan beseft ze dat ze zichzelf **wéér** afleidt door naar de muziek te luisteren in plaats van het te spelen. Dat had haar al twee *takes* gekost. Ze doet haar ogen dicht en voor de focus stampt ze zachtjes haar voet op de grond op de maat mee tot haar eerste noot. Dan zet ze in en ze vliegt mee op de noten die haar handen inspireren om het verhaal te vertellen op haar viool. Nu voelt ze geen afleidende ogen en oren meer vanuit de controleruimte waardoor ze zich vaak opgelaten voelt. Ze is hier, ze is nu, met haar verhaal. En ze vliegt.

Vlak voor de laatste drie noten van haar solo voelt ze zichzelf weer in de opnameruimte landen. Dit keer glimlacht ze wanneer ze de laatste noot laat uitklinken, want het is gelukt. En zoals zij het voelde nog heel goed ook. Tevreden doet ze haar ogen open en kijkt afwachtend de controleruimte van de studio in voor het oordeel. Haar ogen moeten wennen aan het licht, maar dan ziet ze dat het een drukte is in de anders zo professionele controleruimte. Door haar koptelefoon hoort ze Josh. „Chloe, kom!" Door het glas ziet ze hem naar haar gebaren.

Hierop zet ze haar viool in de houder naast de microfoon en legt ze de koptelefoon op het barkrukje naast haar. Dan loopt ze de opnameruimte uit en de controleruimte in. Ze kijkt tegen twee onbekende ruggen aan die in het midden van de ruimte staan en omringd zijn door de jongens. Een vrouw met donker

haar hangend over een zwart bontjasje en een man in een spijkerbroek met bruin warrig lang haar dat onder zijn donkerblauwe muts alle kanten op staat. Daarachter staat Josh die haar
vrolijk meldt: „Kijk!"

Het tweetal draait zich om naar haar. Tot haar blijdschap ziet
ze dat het haar neef Ben is, die ze al zeker een jaar niet heeft
gezien. Ze had hem helemaal niet herkend met zijn ontplofte
haar en beginnend baardje.

„Nichtje!" roept hij enthousiast uit. „Ik zei toch dat we voor
Mardi Gras terug zouden zijn! Nou, kom 's hier."

Hij geeft haar een hele lompe. maar hartelijke knuffel.

Chloe kucht. „Lieve neef, dat was je schouder in mijn luchtpijp. Uche uche."

Zoals altijd lachen ze met elkaar om haar gebruikelijke grap.

Dan trekt Ben de vrouw met het donkere haar naast zich en
stelt hij haar trots voor. „Dit is nou Sophie."

Nog trotser legt hij een hand op haar buik. „En dit is mini-Sophie.
Of mini-Ben."

Meewarig schudt Chloe haar hoofd om deze nieuwe, omvang-
rijke informatie, maar barst dan spontaan in lachen uit en geeft
Ben een stomp op zijn arm.

„Jij weet altijd zo leuk even een bommetje te droppen."

Heel even ziet ze zijn gezicht verschrikt wegtrekken, al begrijpt Chloe niet waarom, maar hij herstelt zich snel als ze roept:
„Gefeliciteerd!" en met haar en Sophie in een groepsknuffel
belandt.

Beste Mardi Gras ooit!

„Schiet nou op!" klinkt er achter de flink met kleurrijke veren en boa's uitgedoste praalwagen waarop groot *Hurricane Gaytrina* in regenboogkleurige letters aan weerszijden langs de onderkant staat geschreven. De verklede helpers, bestaande uit Nina's kleinzoon Josh, zijn band en aanhang, staan op strategische plaatsen klaar om de praalwagen uit de garage te rollen wanneer het startsein wordt gegeven.

Cher zwiept de knalpaarse boa uit haar gezicht. Ze haast zich op haar enorm hoge met goud glitterende stilettohakken om de klossen hout voor de voorwielen weg te sjorren. Over een paar uur barst de Mardi Gras-parade los in de stad. Cher en haar meiden zijn net zo schreeuwend uitgedost als hun praalwagen. Ze zijn er helemaal klaar voor.

„Hij kan hoor!" roept ze de garage in, terwijl ze voor de praalwagen uitloopt.

De praalwagen rolt voorzichtig met korte rukjes de garage uit het pad af naar de straat. Door de helling naar beneden is het eerder een kwestie van afremmen in plaats van voortduwen. Wanneer de neus van de praalwagen over de stoeprand hangt, manoeuvreren de helpers gecontroleerd de praalwagen verder naar links de straat op.

Cher hobbelt van de ene kant naar de andere kant om te controleren dat er geen geparkeerde auto's worden geraakt. Maar er is geen koerscorrectie nodig. Haar twee partners in crime klimmen met hulp van de helpers de praalwagen op. Voorzichtig met hun grote pruiken duiken ze onder het zeil waar ook het motortje zit. Dan volgt er wat gerommel en gemompel en een verlossend kalm snorrend geluid. Beide meiden komen met een grote grijns vanonder het zeil vandaan.

„Hij doet het!" zegt de één triomfantelijk tegen Cher.

„Alles doet wat het moet doen?" vraag ze ter bevestiging.

„Gaat lukken zo," bevestigt de ander met een duim omhoog.

„Nou," constateert Cher tevreden in haar handen wrijvend waarvan de vingernagels metallic paars gelakt zijn, „dan kunnen we gaan!"

Een aanzienlijk afgevallen sergeant Mulroon houdt vanaf zijn strategische positie op Lee Circle de vrolijk verklede menigte in de gaten. *The natives are getting restless* constateert hij, terwijl hij tevreden over zijn amper resterende bierbuik aait. Over een kwartiertje zal de eerste praalwagen arriveren op deze route en de voorpret is groot. Groot en klein staan achter de dranghekken verzameld. Zoals altijd zorgt Mardi Gras voor een bonte en joelende boel.

Het is een heerlijke lentedag met een warm zonnetje en strakke, blauwe luchten. Perfect Mardi Gras-weer. Flarden muziek en feestelijk geroezemoes waaien vanuit alle windrichtingen langs. Dan kondigt het gestamp van een vette basdrum uit de verte de aankomende stoet aan. Zijn nieuwe partner, vers van de politieschool, kijkt sergeant Mulroon vragend aan voor eventuele nieuwe instructies. Hij knikt de jongeman geruststellend toe dat ze precies staan waar ze moeten staan.

„Ik help je wel, papa."

Zijn dochter Jacintha helpt André met het uitdelen van de Starbucks-koffie en –limonade die hij net voor zijn gezin heeft gehaald. In de drukke menigte is het lastig aanreiken. Ze staan met hun rug tegen het winkelraam van de Starbucks aangeduwd op St. Charles Avenue in de hoop een glimp op te vangen van de aankomende parade.

Met liefde in zijn ogen zegt André tegen zijn dochter: „Dankjewel, lieverd."

Daarop pakte ze de twee limonades van hem over en geeft er één aan haar broertje Jamal. André draait zich om naar zijn geliefde vrouw en geeft haar een dampende latte macchiato aan, die ze aanneemt met een: „Dankjewel."

Vandaag voelt André zich de koning te rijk in gezelschap van zijn zo gemiste gezin op deze prachtige dag. Toen hij Monique gisteren hun opgeknapte huis had laten zien, hadden ze een moeilijk, maar goed gesprek gehad en afgesproken de volgende dag als gezin Mardi Gras te vieren. Nu staat hij hier in het zonnetje te genieten met hoop in zijn hart dat het goedkomt met zijn vrouw en daarmee ook zijn gezin.

Jamal stoot hem aan en roept door de herrie heen: „Zullen we wat verder lopen? Het is hier zo krap."

Op dat moment wordt hij onfatsoenlijk opzijgedrukt door een voorbijganger en hij zet een zuur gezicht op om de noodzaak van zijn woorden kracht bij te zetten.

Jacintha kijkt spijtig rond. „Hier gaan we ook niet veel zien."

Hierop knikt Monique instemmend.

Als stormram gaat André voorop en ze wurmen zich richting Canal Street waar de straat breder is. Ze steken Canal Street over en passeren een moeiteloos geloofwaardige Jon BonJovi-*lookalike* die voor de ijszaak op de hoek van de straat staat. Ze steken het straatje over en vinden een iets rustigere plek voor de *Tourist Information* op de straathoek. Een mooie plek waar ze de voorbijkomende paradestoet in de bocht kunnen bewonderen.

„Hier goed?" vraagt André.

„Ja, perfect," antwoordt Monique.

André kijkt zijn vrouw diep in de ogen aan. „Dat vind ik nou ook."

Ted, Christine en Billy staan in de flauwe bocht van Basin Street op het open parkeerterrein de feestelijkheden in zich op te nemen. Het is al een lawaai en drukte van jewelste met verklede dansende en drinkende mensen in groepjes om zich heen, ook al zal de paradestoet hier pas over drie kwartier arriveren op het laatste, rechte stuk van de route.

Christine voelt zich enigszins opgelaten in haar prachtige jarentwintig jurk met pailletten en zwierende franjes om haar benen. Door het hoge elegantiegehalte valt het wat uit de toon met andere aanwezigen. Haar haar is uitgedost met een glitterband waar een witte veer in prijkt. Ze heeft haar eerste kralen te pakken in de vorm van een groene ketting die Ted vanochtend met een zoen om haar nek hing, voordat ze vanuit zijn huis vertrokken. Ted is als een heuse Sherlock Holmes verkleed, met hoed, pijp en al, en het pak staat hem goed. Zijn zoon Billy houdt niet van dat verkleden en staat puberaal de verkleedpartijen af te keuren. Hij deint mee op een versie van het aloude *When the saints go marching in* dat vanuit een nabij neergezette gettoblaster knalt.

Ted wijst naar een leeg plekje in de menigte. „Zullen we hier gaan zitten?"

„Prima."

Daarop vouwt hij de meegenomen campingstoeltjes uit en stalt deze rond de meegebrachte koelbox. Ze gaan zitten. Dan pakt hij twee kleine plastic flesjes wijn uit de koelbox en geeft er één aan Christine. Ze draaien de schroefdop open en klinken lachend hun plastic flesjes tegen elkaar als een proost.

Ongeduldig checkt Chloe haar telefoon voor de tijd. Staand op haar tenen kijkt ze rond of ze haar neef Ben in de menigte kan ontdekken. Ze ziet er schattig uit in haar zwart-wit, lappen poppenkostuum met gestreepte maillot. Ook de jongens van de band en Clara zijn verkleed, met ieder zijn of haar eigen thema. Zo is Clara heel toepasselijk verkleed als Pocahontas, als eerbetoon aan haar daadwerkelijke voorouder, Danny met zijn geloofwaardige postuur als bouwvakker en Josh als Jon BonJovi. Alleen Charlie met zijn uitgesproken coole seventiesstijl heeft zich niet hoeven verkleden. Daar is hij immers te cool voor.

Ze staan op de rechterhoek van Royal Street, waar deze kruist met Canal Street, voor het raam van de ijszaak Amorino Gelaterie tegenover de Tourist Information. Ze hebben hier een goed uitzicht op de bocht waar de parade langs zal draaien.

Dan hoort Chloe door de herrie van mensen een bekende stem doorkomen. „Nichtje!"

Ze draait zich om en ziet Ben zich een weg banen door de mensen, waarbij hij Sophie aan haar hand achter hem aan trekt. Hij heeft twee papieren witte zakken in zijn andere hand waar Café du Monde op staat.

Goedkeurend kijkt Ben rond als hij voor Chloe staat. „Goed plekje hier, man." Dan houdt hij grijnzend de twee witte zakken omhoog. „Kijk eens!"

Alsof de jongens het ruiken, komen ze als vliegen op de twee omhooggehouden zakken af.

„Hé, Ben." Onbeschaamd wijst Danny naar de lekkernijen. „Zijn dat beignets?"

Hierop geeft Ben één zak aan Danny. „Ga je gang, hè."

Als een onverwacht gewonnen loterijprijs neemt Danny de zak van hem aan en deelt hij de gepoederde beignets uit aan Clara en Charlie. De beignets gaan er goed in en zijn verorberd tegen de tijd dat de eerste praalwagen voor hun neus langs draait.

‚Cher' draait verleidelijk met haar kont in een paars schreeuwende galajurk en dito boa om haar hals en gooit een handvol kettingen door de lucht naar de menigte. Ze danst, hoe toepasselijk, op *Believe* van Cher, wat het absolute lijflied is van ‚Cher'. Ze playbackt het lied van haar heldin theatraal voor het publiek. De herrie is oorverdovend en tot waar haar oog reikt, ziet ze de dansende, drinkende en joelende mensen die haar gepassioneerd om kettingen vragen. Zoals altijd deelt ze deze gul uit.

Hurricane Gaytrina snort langzaam het kruispunt van Canal Street op. Cher denkt haar helpers van vanochtend te zien op de rechterhoek in de bocht, zoals ze met elkaar hadden afgesproken vanochtend. Ze pakt een extra hand kettingen, die ze onelegant met een vaart over de hoofden van de mensen in de richting van de ijszaak smijt, in de hoop dat ze goed aankomen. Ze wijst dan met een verleidelijk vingertje en blaast hun een Marilyn Monroe handkusje toe. Dat levert haar extra gejoel van haar helpers op.

De bocht zet in en de praalwagen schokt door de plotse verandering van de rijrichting. Om niet te vallen, graait Cher voor houvast naar het stuk zeil dat over het verrassingsapparaat ligt te wachten tot het goede moment. In haar val trekt ze een stuk van het zeil naar zich toe, totdat het niet meer meegeeft en ze daardoor haar evenwicht kan hervinden.

Dan klinkt er een onheilspellend geluid van een soort metaalachtige zweepslag gevolgd door een houten kraak vanonder het zeil. Voordat Cher deze geluiden kan inspecteren, zwiept vanonder het zeil de krakende katapult met een noodgang omhoog. Daaraan hangt de zwarte koffer met de aangevreten Rode Kruis-sticker, die het tegenwicht juist had moeten bewaren. Op het hoogste punt laat de katapult zijn vracht los. De veelkleurige kettingen schieten hoog de lucht in, op de voet gevolgd door de zwarte koffer, die er als een gek achteraan propelleert. Het merendeel van de kettingen schiet hard tegen de gevel van het Amorino Gelaterie-pand aan. In duizenden losgebroken kraaltjes vallen ze op de verwonderde hoofden van de mensen die eronder staan. De koffer pakt echter een hogere koers dan de kettingen en heeft door zijn grotere gewicht meer vaart en schiet daardoor de lucht in. Met een gigantische dreun klapt de koffer tegen het enorme billboard dat boven op de vijfde verdieping van het pand staat. De doorklinkende metalen dreun van het billboard is boven de immense paradeherrie hoorbaar, waardoor de mensen voor de ijszaak in beduchte spanning omhoog kijken wat ze nu weer op hun hoofden kunnen verwachten.

Dan waait het langzaam honderden en honderden en honderden Amerikaanse honderddollarbiljetten uit over een spontaan losgebarsten joelende menigte. Als waanzinnigen grissen en graaien ze naar de biljetten om zoveel mogelijk te pakken te krijgen. Chloe grist en graait om zich heen en, net zoals iedereen om haar heen, lacht ze als een bezetene.

Met opgestoken handen vol biljetten schreeuwt Ben met overslaande stem uit: „Beste Mardi Gras ooit!"

HET EIND

HERZ FÜR AUTOREN A HEART FOR AUTHORS À L'ÉCOUTE DES AUTEURS MIA KAPΔIA ΓIA ΣYΓΓP
HJÄRTA FÖR FÖRFATTARE UN CORAZÓN POR LOS AUTORES YAZARLARIMIZA GÖNÜL VERELIM SZÍV
CUORE PER AUTORI ET HJERTE FOR FORFATTERE EEN HART VOOR SCHRIJVERS TEMOS OS AUTO
ZÓINKÉRT SERCE DLA AUTORÓW EIN HERZ FÜR AUTOREN A HEART FOR AUTHORS À L'ÉCOU
CAÇÃO ВСЕЙ ДУШОЙ К АВТОРАМ ETT HJÄRTA FÖR FÖRFATTARE Á LA ESCUCHA DE LOS AUTOR
AUTEURS MIA KAPΔIA ΓIA ΣYΓΓPAΦEIΣ UN CUORE PER AUTORI ET HJERTE FOR FÖRFATTERE EEN H
ARLARIMIZA GÖNÜL VERELIM SZÍVBÖL ZÓINKÉRT SERCE DLA AUTORÓW EIN HERZ FÜR
SCHRIJVERS TEMOS OS AUTO CORAÇÃO ВСЕЙ ДУШОЙ К АВТОРАМ ETT HJÄRTA FÖ

De auteur

Fran Genis woont samen met haar man in hartje Rotterdam. Ze ontwerpt, ze schrijft songs, ze zingt, ze naait, ze knutselt. In het dagelijks leven is ze grafisch ontwerper en daarnaast mag ze graag muziekvideo's of websites in elkaar draaien. Al jaren zit ze met haar partner in een band die hun eigen muziek op cd's uitbrengt. Ze is in hoge mate autodidact en haar drijfveer is om haar eigenzinnige creativiteit om te zetten in iets moois. Sinds enkele jaren heeft ze een nieuwe creatieve passie ontdekt: schrijven. Haar verhalen zijn spiritueel georiënteerd, een onderwerp dat haar bezighoudt. Ze doet dit met veel hart en zonder er zweverig over te zijn. Haar insteek is juist hoe spirituele zaken in het gewone leven zijn toepassing zouden kunnen hebben.

De uitgeverij

Wie ophoudt beter te worden is opgehouden goed te zijn!

Op basis van dit motto zoekt uitgeverij novum steeds nieuwe manuscripten! Ondertussen zijn wij in Nederland, Duitsland, Oostenrijk en Zwitserland dé specialist voor nieuwe auteurs.

Elk manuscript dat wij ontvangen wordt gratis door onze redactie beoordeeld.

Meer informatie over onze uitgeverij en over onze boeken kunt u op online vinden onder:

w w w . n o v u m p u b l i s h i n g . n l